btb

Seit dem Tod ihres Mannes lebt Alma allein in ihrem Haus am Ende der Sackgasse eines kleinen dänischen Dorfes. Ihr Gedächtnis lässt sie immer häufiger im Stich, die Gicht plagt sie, sie ist taub, auch die Beine wollen nicht mehr so recht. Doch Abend für Abend zieht sie gewissenhaft ihre gute alte Bornholmer Standuhr auf. Sie weiß: Wenn sie die Uhr eines Abends nicht mehr aufzieht, wird sie am nächsten Morgen auch nicht mehr aufwachen. Bis eines Tages ein Junge mit seinem Hund am Haus vorbeigeht und eine unerwartete Freundschaft beginnt. Der Junge haucht ihr neues Leben ein, Erinnerungen an ihren Mann, den Uhrmacher Otto, kommen ihr in den Sinn: von einem gemeinsamen Tanzabend etwa, aber auch von einem Unglück in seiner Werkstatt, seinem Jähzorn in der Zeit danach. Nur Alma kennt die Wahrheit darüber, was wirklich mit ihm geschehen ist. Leider erinnert sie sich nicht mehr daran …

Ane Riel, Studium der Kunstgeschichte, wurde 1971 in Aarhus geboren. Ihr Debütroman »Blutwurst und Zimtschnecken« wurde als bester dänischer Krimiroman des Jahres ausgezeichnet. Für ihren zweiten Roman »Harz« hat sie gleich alle vier wichtigen skandinavischen Krimipreise bekommen: den dänischen, norwegischen, schwedischen Krimipreis sowie den Preis für den besten Kriminalroman Skandinaviens insgesamt.

Ane Riel

Geister weinen nicht

Roman

Aus dem Dänischen
von Julia Gschwilm

btb

Die Originalausgabe erschien 2021 unter dem Titel »Urværk«
bei Lindhardt og Ringhof, Kopenhagen.

MIX
Papier | Fördert gute Waldnutzung
FSC® C014496

Penguin Random House Verlagsgruppe FSC® N001967

1. Auflage
Deutsche Erstveröffentlichung Juni 2024
btb Verlag in der Penguin Random House Verlagsgruppe GmbH,
Neumarkter Str. 28, 81673 München

Published by agreement with Copenhagen Literary Agency ApS, Copenhagen
Covergestaltung: semper smile, München, nach einem Entwurf
von François-Xavier Delarue
Covermotiv: © Arcangel/Sally Mundy; Getty Images/Mehmet Şeşen
Satz: Uhl + Massopust, Aalen
Druck und Einband: GGP Media GmbH, Pößneck
cb · Herstellung: sc
Printed in Germany
ISBN 978-3-442-77427-2

www.btb-verlag.de
www.facebook.com/penguinbuecher

Almas Wille

Sie ging. Alma konnte den ruhigen Takt der Bornholmer Uhr nicht mehr hören, aber sie konnte ihn noch immer im Herzen spüren. Etwas in ihr sagte, dass sie zusammenhingen, die beiden. Die alte Standuhr und ihr Herz. Sollte sie eines Abends vergessen, die Bornholmerin aufzuziehen, würde ihr Herz zusammen mit ihr stehen bleiben. Das war kein Gedanke, der ihr Angst machte. Es war einfach eine Gewissheit, an die sie sich gewöhnt hatte. Sie hatte sich seit dem vergangenen Winter an so vieles gewöhnen müssen. In erster Linie daran, allein zu sein. Aber auch das ging, bis auf Weiteres.

Die Standuhr im Wohnzimmer aufzuziehen war das Letzte, das Alma tat, bevor sie sich schlafen legte. Zuerst machte sie sich fertig für die Nacht und streifte sich mit Mühe ihr Nachthemd über, während sie auf dem Bett saß. Wenn sie dann das Schlafzimmer verließ und in den Flur hinaustrat, musste sie sich an den Wänden abstützen. Das Haus, in dem sie wohnte, war nicht groß, und trotzdem gab es Abende, an denen der Flur sehr lang erschien und das Wohnzimmer nur wie ein schwaches Licht am Ende des Tunnels. Nichtsdestotrotz schätzte Alma ihre abendliche Routine. Allein schon ein Ziel zu haben war angenehm. Dass es für sie etwas zu tun gab. Jemanden, der auf sie wartete.

Auch wenn es nicht weit bis zur Uhr war, musste sie immer aufpassen, dass sie nicht hinfiel. Ihre Beine waren nicht mehr das, was sie einmal gewesen waren, ihr Rücken auch nicht, er krümmte sich mehr, als ihr lieb war. Morgens war es am schlimmsten. Offenbar richtete der Tag sie teilweise auf, bevor die Nacht sie wieder zusammenknautschte.

Im Wohnzimmer konnte Alma sich auf die Möbel stützen. Sobald sie die Flurwand losgelassen hatte, stand ein Esstischstuhl bereit, um mit seinem kräftigen Rücken ihre rechte Hand zu ergreifen. Vier vorsichtige Schritte später packte eine schwere Kommode ihre linke. Die Möbel erwarteten sie mit ihrem sicheren Stand. Und am Ende eines persischen Läufers, an der hintersten Wand des Wohnzimmers, wartete die alte Bornholmer Uhr.

Der Aufziehschlüssel hing an einem roten Faden an dem Schlüssel, der im Schloss des Uhrenkastens steckte. Sie waren wichtig, diese Schlüssel.

Schlüssel waren Eingänge. Und Ausgänge.

Die beiden Aufziehlöcher waren übereinander im Ziffernblatt platziert, und um heranzukommen, musste Alma zuerst den Glasdeckel öffnen, der davorsaß. Noch reichte sie gerade so dort hinauf, aber viel krummer durfte ihr Rücken dann auch nicht mehr werden. Sie stützte sich gern mit ihrer freien Hand am Uhrenkasten ab, wenn sie den Deckel vor dem Ziffernblatt öffnete, und vor allem, wenn sie danach den Aufziehschlüssel in das erste Loch steckte und zu drehen begann.

Früher war er derjenige gewesen, der das getan hatte. Jahrein, jahraus, jeden Abend zum exakt gleichen Zeitpunkt.

»Vierzehn«, sagte er jedes Mal, wenn er mit einem Loch fertig war.

Er zählte immer die Umdrehungen, und es waren immer vierzehn.

Alma machte sich nicht die Mühe zu zählen. Sie drehte einfach, bis es nicht weiter ging.

Wenn sie fertig war, öffnete sie die Holztür zum rechten Uhrenkasten. Sie klemmte ein wenig, und es gab eigentlich keinen Grund, sie zu öffnen. Trotzdem musste Alma sich vergewissern, dass die Gewichte nun auch ganz nach oben gezogen waren, wo sie sein sollten, und dass das Pendel zuverlässig unter ihnen hin- und herschwang.

Es ging trotz allem um ihr Leben.

Aber es war nicht nur das. Sie musste auch sichergehen, dass auf dem Boden des Kastens eine alte Zigarrenkiste lag, und darauf noch ein weiterer Schlüssel: ein kleiner flacher Schlüssel zu einem stabilen Vorhängeschloss. Ein unschuldiges Stück Metall, hätte man meinen können, und doch befiel Alma jedes Mal ein kurzes Unbehagen, wenn sie den Schlüssel dort in der Dunkelheit liegen sah. Es konnte passieren, dass sie einen Augenblick innehielt und ihn anstarrte, aber sie ließ ihn immer liegen.

Danach drückte sie die Holztür des Uhrenkastens mit beiden Händen zu, drehte den Schlüssel im Schloss um und hängte den Aufziehschlüssel zurück an seinen Platz. Abend für Abend zog sie nun dieselbe Schlussfolgerung, die sie freundlich der Bornholmer Uhr und dem Rest des Wohnzimmers mitteilte: »Ja, das war also dieser Tag.«

Alma konnte kaum noch hören, was sie selbst sagte, aber wenigstens konnte sie sehen. Weder der eine noch der andere Star hatte es geschafft, sich in ihren Augen niederzulassen. Nicht eine einzige Brille hatte sie ihr langes Leben hindurch gebraucht.

»Sie haben Adleraugen, Frau Sørensen«, hatte einmal jemand gesagt, und der Adler hatte offenbar die Stare all die Jahre über ferngehalten. Sie wusste nicht mehr, wie viele es waren.

Die Jahre flossen ineinander. Ohne jemanden, mit dem sie

sie zählen konnten, waren sie nichts anderes als Zeit, die verging und gleichzeitig nicht vom Fleck kam.

* * *

Ja, sehen konnte Alma noch immer. Ab und zu konnte sie sich auch erinnern. Sie erinnerte sich daran, dass sie einmal auf einer Düne gesessen und auf einen Punkt am Horizont gezeigt hatte. Einen Punkt, der ein Fischkutter war. Das Mädchen hatte den Punkt nicht entdecken können.

Um sie herum waren Strandhafer und Sand und das brausende Geräusch des Meeres, das von den Schreien der Möwen und spielenden Kinder durchbrochen wurde. Von Zeit zu Zeit strich ein lauer Wind über die Gräser, die sich unter ihm wegduckten, während Haarsträhnen ihre Sicht störten und fliegende Sandkörner ihr in die Fußgelenke zwickten.

Die Beine des Mädchens waren sonnengebräunt und seidenglatt, genau wie die Füße. Die Zehennägel rot, der Lack schon etwas abgeplatzt; an den kleinen Zehen war nur noch ein winziger Fleck übrig. Die Zehen gruben sich mit weichen Bewegungen in den warmen Sand, als versuchten sie ihn festzuhalten. Und obwohl der Sand viel zu fein war, um festgehalten zu werden, fuhren die Zehen geduldig mit ihren Versuchen fort. Sie hatten alle Zeit der Welt.

Almas Füße waren auch da. Sie waren älter und blasser, aber nicht alt, nicht hässlich. Nur erwachsen. Die weißen Spanne verschwanden unter den Riemen eines Sandalenpaars, und auf der anderen Seite des Leders guckten die Zehen hervor. Ihre eigenen Zehen. Zehn kleine wippende Stücke gepflegtes Perlmutt in der Sommersonne.

Sie sprachen über den Lack. Das Mädchen wünschte sich

nächstes Mal Perlmuttlack auf den Nägeln. Wie der, den Alma hatte. »Perlmutter«, sagte sie mit ihrer perlenden, hellen Stimme. Und »Mutter«.

Alma sagte zu dem Mädchen, dass sie ein schickes kleines Fräulein werden würde.

Sie wünschte, sie könnte den Kopf drehen und das Gesicht des Kindes sehen, seinen Körper. Das ganze Kind. Aber der Augenblick in den Dünen war ein Film, oder das Bruchstück eines Films, den Alma nicht steuern konnte. Er spielte sich selbst ab wie ein wiederkehrender Albtraum, aber ohne den Alb auf der Brust. Eigentlich sogar ganz ohne Brust, und, was das Schlimmste war, ohne Gesicht. Ein abgeschnittenes Glück, aufgenommen in fernen Zeiten, irgendwo zwischen Himmel und Strandhafer.

Nur mit nackten Zehen.

Es gab eine Zeile aus einem Lied, die ab und zu aus dem Nichts in Almas Gedanken auftauchte. *Der Wind hat mir mein Haar verweht.* Das hatte einmal jemand für sie gesungen, und sie hatte gelacht, weil es so albern war. Ein ganz verkehrter Text zu einer bekannten Melodie. Sie konnte sich noch an den Melodiefetzen erinnern, aber es gelang ihr nie, sich den richtigen Text ins Gedächtnis zu rufen, nur diese dumme Zeile mit dem Haar.

Sie begriff, dass es lustig war, aber nicht mehr, *warum*. Etwas fehlte, ein Körper, ein Zusammenhang. Der Ernst, aus dem der Humor gewachsen war.

Alles war aus etwas gewachsen, auch Alma. In einem Rahmen auf dem Sekretär standen sie wie zwei kleine farblose Gestalten und verblassten in ihren Sonntagskleidern. Ihre Eltern. Viel zu fein, um für Zeit und Ewigkeit auf Papier festgehalten zu werden. Je mehr der Kontrast zwischen dem Schwarz und dem Weiß seine Kraft verlor, desto mehr verschwanden sie allmählich, Hand in Hand, in einem grauen Nebel. Nein, auch ihre Eltern waren nicht unsterblich, weder im Leben noch im Tod. Aber sie lächelten bis zuletzt.

Wenn Alma sich selbst im Spiegel betrachtete, entdeckte sie manchmal alle beide. Sie hatte Lachfältchen im Überfluss. Die hatte auch die Mutter im Rahmen gehabt, bevor der Nebel und die Zeit sie geglättet hatten. Sie sahen aus, als wären sie oft benutzt worden, Almas Lachfältchen, besonders an den Augen, und allein ihr Anblick brachte sie manchmal dazu, ihrem eigenen steinalten Spiegelbild zuzulächeln. Sie erinnerten sie daran, dass sie gelacht hatte.

Lächeln bedeutet nicht immer Freude, das wusste sie wohl. Lächeln bedeutet auch Trauer, Trost. Aber es ist doch ein Lächeln, dachte sie, und in jedem Lächeln wohnt eine Wärme. Ein kleines Glück, etwas, das ist oder war oder kommen wird.

Es lag eine Sicherheit darin zu wissen, dass man gelächelt hatte.

Trotz allem.

Die Erinnerungen an das Mädchen kamen in der Regel in Form von Blitzlichtern – *mit* dem Kind, aber gleichzeitig *ohne* das Kind: ein Blitzlicht von dem großen Bauch, von einem Kinderwagen im Garten im Schatten einer Apfelrose, von einer Torte mit sechs Kerzen, einem kleinen Fahrrad. Die beiden Polizisten in der Tür und ihre traurigen, betretenen Blicke. Es tat ihnen leid.

Überfahren. Sie erinnerte sich an das Wort »zerquetscht«.

Hinuntergelassen. Der kleine Sarg.

Dann verschwanden die Bilder wieder, so wie ein Traum

verschwindet, wenn man sich im Bett bewegt. Nur ein Gefühl blieb für einen Moment hängen, ein dünner Schleier von Trauer oder Freude, vielleicht beide Gefühle gleichzeitig.

Ja, Alma hatte einmal eine Tochter gehabt. Und viele, viele Jahre hatte sie keine gehabt.

In der ersten Zeit nach dem Unglück konnte sie sich die klare Stimme des Mädchens leicht in Erinnerung rufen. Aber mit den Jahren war sie dünn geworden, fast unhörbar, als befände sie sich in einem weit entfernten Zimmer, und der Abstand zu diesem Zimmer wurde immer größer. Das Gesicht, das lebendige wie das zerquetschte, wollte sich einfach nicht mehr herbeirufen lassen, sondern versteckte sich sanft und schonend irgendwo in der Dunkelheit in ihr. Nur die Zehen ragten ins Licht und ließen sich sehen, weich und sorglos mit ihrem schönen roten Lack. Oder den Resten davon.

Es gab keine Fotos. Alma hatte gesucht und gesucht, all die Jahre hindurch an sie gedacht. Es hatte einmal ein Album gegeben, das wusste sie, aber er wollte nicht sagen, wo es war. Es war um ihretwillen, hatte er gesagt. Damit sie nicht in der Trauer hängen blieb, das sei nicht gesund. Und dann, eines Tages, erklärte er, dass die Bilder im Feuer verloren gegangen waren. Es hatte ein paar Jahre zuvor einen Brand gegeben, in ihrem alten Zuhause. Sie erinnerte sich an den Ruß und das Wasser. Meine Güte, es war so viel Wasser gewesen.

»All die schönen Dinge«, hatte er geflüstert. »All die schönen Dinge.« Er hatte geweint, wie sie ihn zuvor nur einmal hatte weinen sehen.

Das Schlimmste war, dass der Name fort war. Nicht einmal in ihren klarsten Momenten konnte sich Alma an den Namen ihrer Tochter erinnern.

Er stand auf dem Stein, natürlich. In grauer Vorzeit hatten sie den Stein gemeinsam gefunden, Hand in Hand. Jetzt wusste sie nicht einmal, wo sie den Friedhof finden sollte.

* * *

Nachdem sie die Bornholmer Uhr aufgezogen hatte, legte Alma immer eine Hand auf den Uhrenkasten und blieb eine Weile so stehen.

Ihr Handrücken war ein stiller Wirrwarr aus Knochen, Sehnen und blaugrünen Adern, die übereinanderkrochen wie freigelegte Wurzeln eines alten Baums. Die Haut nur eine durchscheinende Membran, die sich eng und müde über das Ganze legte, mit kleinen Falten, wo zu viel davon da war.

Die Uhr war von einer anderen Art Ruhe geprägt. Der Kasten war elfenbeinfarben, mit einfachen, vergoldeten Verzierungen, und auch wenn das Holz noch älter war als Almas Hand, war es von der Zeit nur durch diskrete Abblätterungen und kaum sichtbare Kratzer gezeichnet.

Es war alles in allem eine hübsche kleine Bornholmerin mit einer schlanken, sich leicht neigenden Figur. Oben saß ein runder Kopf, der von goldenen Girlanden umkränzt und mit einer Leier gekrönt war. Eine milde Majestät, hatte Alma oft von ihrer Uhr gedacht. Sie war schon immer der Meinung gewesen, dass sie einen gewissen feierlichen Ernst ausstrahlte. Und trotzdem war es, als lächelte das Ziffernblatt mit all seinen Falten aus römischen Zahlen den beiden Zeigern ein wenig zu, die mit sorgfältig getaktetem Eifer darüberkrochen.

Es war wirklich Leben in der alten Standuhr, aber das Leben ihrer Fassade speiste sich aus ihrem dunklen Inneren heraus, durch das bedächtige Schwingen des Pendels aufrechterhalten, das wiederum vom Aufziehen abhängig war. Und damit von Almas Willen.

Ohneeinander lebten sie nicht.

Die Bornholmer war eine Empire-Uhr von der Art, die man eine *Frau* nannte. Früher einmal hatten sie auch einen *Mann* gehabt, der eckiger gewesen war. Und ein *Fräulein*. Beide waren verloren gegangen.

Alma verließ die Frau nie, bevor sie ihr nicht leicht das Holz getätschelt und das Ziffernblatt angelächelt hatte.

»Dann mal gute Nacht«, pflegte sie als Letztes zu sagen.

Dann wandte sie sich vorsichtig von der Uhr ab, ließ sich von der Kommode ergreifen, und anschließend von der Stuhllehne. Der weiche Läufer trug sie das letzte Stück durchs Wohnzimmer.

Ja, es war eine feine alte Dame, und sie funktionierte noch immer.

Und endlich ging Alma zu Bett.

Ihr altes Baumwollnachthemd war mit der Zeit zu groß geworden, aber sie fand es immer noch gemütlicher als die meiste andere Kleidung. Es gab Tage, an denen sie es gar nicht auszog. Auch die Pantoffeln hielten noch. Jeden Abend stellte sie sie neben ihr Bett. Und jeden Morgen warteten sie auf sie, flauschig und hellbraun, wie zwei treue Hunde.

Wenn es eines Tages Zeit wurde, still einzuschlafen, würde Alma zu Bett gehen, ohne vorher die Bornholmer Uhr aufzuziehen.

Besichtigung

»Verdammte Axt. Die waren aber alt, die hier gewohnt haben.«

Das waren die ersten Worte des Kunden, als er in die Diele trat. Er hatte seine Arbeitskleidung an: einen schmutzigen Overall über einem verwaschenen T-Shirt und dazu kräftige Schnürschuhe, die er eigentlich hätte ausziehen sollen. Stattdessen begnügte er sich damit, die Sohlen kurz über die Matte zu streifen. Er brachte einen scheußlichen Geruch nach Achselschweiß und Schmieröl mit sich herein.

Der Händedruck war fest, reichlich fest. Dafür flackerte der Blick unruhig über den Konsoltisch, die Lampe, den Teppich, die Garderobe und die Tapete, als versuchte er alle Details auf einmal zu registrieren.

Das Einzige, was er nicht registrierte, war offenbar der Immobilienmakler.

»Guten Tag.« Der Makler nickte dem Profil des Kunden freundlich zu und zog seine Hand zurück. »Ja, das ist richtig. Hier hat zuletzt ein älteres Ehepaar gewohnt, und sie hatten das Haus seinerzeit von einem älteren Herrn übernommen. Das hat die Einrichtung natürlich in gewisser Weise geprägt.«

Er lächelte so loyal er konnte, während er das sagte. Loyal dem Haus und seinen früheren Bewohnern gegenüber, aber auch die gute Beobachtungsgabe des Kunden anerkennend.

»Das muss man sagen«, murmelte der Mann. Er ignorierte die Tür nach vorn, die der Makler für ihn geöffnet hatte, und trat nach links in die Küche.

Der Linoleumboden knarzte unter dem großen Kerl, besonders, als er am Herd stehen blieb. Es war ein ziemlich alter

Herd, sicher genauso alt wie der Kühlschrank, der danebenstand.

Der Kunde drehte sich um und schien sich zu bemühen, in einer ächzenden Bewegung den ganzen Raum in Augenschein zu nehmen: die dunkelbraunen Schubladen und Schranktüren mit verzierten Porzellangriffen, die hellgraue Laminattischplatte, das Tellerregal und die blauen Wandfliesen mit stilisiertem Blumenmuster. Nein, eine zeitgemäße Küche war es nun nicht gerade, aber sie hatte doch eine ziemlich gute Größe.

»Ja, sie hat eine ziemlich gute Größe«, sagte der Makler.

Es gab sogar zwei Küchenfenster mit Aussicht auf den Vorgarten und die bescheidene Villenstraße. Oder das Ende davon. Man konnte wohl nicht damit rechnen, dass dort draußen besonders viel passierte.

Der Makler warf einen raschen Blick über das Spülbecken hinaus auf das Auto des Kunden. Es war mit großen Aufklebern zugepflastert und hatte hinten Flügel anmontiert; so wie es dort in der Stille geparkt stand, halb verdeckt durch einen Rhododendron, sah es aus wie von einem anderen Planeten. *Alice Cooper Tour '88*, las er an der Seite. *Live in* was auch immer. Er hatte keine Ahnung, wer die Dame war.

»Mit einem solchen Raum hat man viele Möglichkeiten«, fuhr er fort und lenkte seine Aufmerksamkeit wieder ins Hausinnere. »Aber vor allem herrscht hier eine gute Atmosphäre, finde ich.«

Als Nächstes setzte er an, von dem Essplatz am anderen Fenster zu sprechen. Wer träumte nicht von so einer gemütlichen Ecke mit Sitzbank und Morgensonne? Darauf musste er den Kunden hinweisen. Dann konnten sie hinterher in die Waschküche weitergehen.

Der Makler bewegte sich in professionellem Tempo zur Essecke hinüber, doch als er sich umwandte, um sie lobend hervorzuheben, war der Kunde zwischenzeitlich durch die Tür ins Wohnzimmer verschwunden.

Er schien es eilig zu haben.

Sie hatten den Termin auch sehr spontan gemacht. Der Mann war in sein Büro gekommen und hatte das Haus sofort sehen wollen, weil es billig war. Der Makler war selbst nur ein einziges Mal dort gewesen, nachdem er den Fall vom Anwalt übernommen hatte. Um den Wert der Immobilie zu schätzen und die Putzkolonne zu instruieren, natürlich, aber vielleicht nicht zuletzt auch, um seine Neugier zu stillen. Dieses Haus war schließlich immer wieder Gesprächsthema gewesen. Oder die Leute, besser gesagt. Das Ehepaar. Man redete ja.

»Ja, und das hier ist das Wohnzimmer«, sagte er zum Rücken des Kunden, als könnte der Mann sich das nicht selbst ausrechnen. »Ein hübsches kleines Eckzimmer mit prächtiger Aussicht.«

Sogar von hinten konnte er die Missbilligung deutlich spüren, an der Art, wie der Typ den Kopf etwas zurückwarf und sich schwer machte. Er hatte die Hände in die Seiten gestemmt und sah nicht aus, als hätte er die Absicht weiterzugehen. Groß, breit und muskulös war er. Mit einer Tätowierung an einem Unterarm.

Es war in jeglicher Hinsicht ein völlig falscher Kunde.

»Das Inventar kann übernommen werden, wenn Interesse besteht?«

»Na, danke auch«, kam es prompt zurück. »Mit solchem Kram will heute garantiert keiner mehr wohnen. Allein die Gardinen … schauen Sie sich diese Arschbacken an!«

Der Immobilienmakler warf einen pflichtschuldigen Blick

auf die Wohnzimmergardinen. Es gab zwei Fenster, die zum Garten und zu den Feldern im Westen hinauswiesen, und ein kleineres im Giebel nach Süden. Alle waren mit halb transparenten Spitzengardinen versehen, die mit Schnüren gerafft waren, sodass sie in Wölbungen hingen und aussahen wie blasse Quallen. Nun ja, oder Arschbacken.

Er musste an seine Großmutter denken.

Dann dachte er an die Dame, die hier gewohnt hatte.

»Übrigens, die Einfahrt da draußen«, fuhr der Kunde fort. »Die ist auch nichts. Ich brauche eine ordentliche Garage.«

»Tja, aber für einen so niedrigen Preis kann man ja überlegen …«

Der Kunde hörte nicht zu, und nun unterbrach er den Makler.

»Aber die alte Uhr da drüben ist gar nicht so schlecht. Geht die?«

Er deutete auf die Standuhr an der hinteren Wand des Wohnzimmers neben dem südwärts gewandten Fenster. Im Gegenlicht war es schwer, das Ziffernblatt zu sehen, aber es klang, als würde sie laufen.

»Ich glaube schon. Falls Sie interessiert sind, kann ich vielleicht …«

»Nein, nein, vergessen Sie's, ich will sie nicht haben.« Der Kunde grinste. Offenbar war es ein Witz gewesen.

Der Makler kramte ein Lächeln hervor, von dem er nicht einmal wusste, dass er es besaß. Es war jedoch verschwendet, weil der Mann schon auf dem Weg in die entgegengesetzte Richtung war. Er hatte genug vom Wohnzimmer gesehen und ging nun im Flur auf die anderen Zimmer zu.

Der Immobilienmakler blieb einen Moment stehen und dachte, dass er darauf bestehen sollte, dem Kunden die Sitzgruppe in der Nische zu zeigen, es war eine ganz wunderbare Ecke. Dort lag auch die Tür zu Terrasse und Garten. Ja, und natürlich zum Geräteschuppen, den sollten sie wohl auch noch besichtigen. Aber ehrlich gesagt hatte er keine besondere Lust, dem Kerl hier mehr als das unbedingt Notwendige zu zeigen. Vermutlich wäre es für beide nur Zeitverschwendung.

Der Kunde blieb im Flur stehen, als er die Tür zur Linken erreichte. Er warf nur einen raschen Blick in den Raum, der wie ein etwas enges Arbeitszimmer eingerichtet war. Dann ging er weiter zum Schlafzimmer am Ende des Ganges.

Der Makler folgte ihm in gewissem Abstand.

»Ich kann Ihnen die Verkaufsinformationen mitgeben, dann können Sie es sich überlegen«, piepste er hinter dem Rücken des Mannes. »Ja, das Haus liegt ja ganz ungestört am Ende einer Sackgasse. Es ist wirklich eine einzigartige Lage. Und aus dem Wohnzimmer und den beiden anderen Räumen hat man eine fantastische Sicht auf die Kornfelder.«

Der Kunde sagte nichts.

Der Makler gab nicht auf.

»Und … äh … Sie haben sie vorhin nicht gesehen, aber hinter der Küche gibt es noch eine Waschküche. Von dort aus tritt man buchstäblich direkt in die Natur hinaus, denn hier hinten liegt ein kleiner Wald … oder vielleicht kein Wald … aber so ein Fleckchen Erde, das noch wild wachsen durfte.«

Keine Reaktion.

»Man sieht hier also ganz sicher das ein oder andere Reh direkt vom Fenster aus.« Der Makler biss sich auf die Lippe. Er sollte nicht alle üblichen Floskeln abspulen, doch der Kunde verunsicherte ihn mit seinem Schweigen. Und jetzt zwang es ihn, im selben Stil weiterzumachen.

»Vielleicht haben Sie gesehen, dass es drüben an der Ecke einen Lebensmittelladen gibt?«

»Ja, das hab ich«, antwortete der Kunde sofort, jedoch noch immer, ohne sich umzuwenden. »Und soweit ich es beurteilen konnte, liegt er *nur einen Steinwurf* von hier entfernt?«

Der Kerl grinste. Er hatte sich in die Tür zum Schlafzimmer gestellt und füllte sie beinahe aus. Seine großen Hände ragten über seinen Kopf und hielten sich oben am Türrahmen fest. Da stand er und betrachtete das Zimmer, während er in der Türöffnung vor und zurück schaukelte, als würde ihn jemand anschubsen.

Der Makler wünschte, der Mann würde zumindest die Arme herunternehmen. In dem engen Flur roch es auf einmal schrecklich nach Achselschweiß. Aber ihm war auch, als strömte noch immer ein schwacher Geruch nach Zigarillos aus dem Arbeitszimmer. Dabei hatten die Putzfrauen wirklich ihr Bestes getan, um ihn wegzubringen, hatten sie gesagt. Sie hatten es dort drinnen auch wirklich schön gemacht, das war sicher nicht ganz leicht gewesen.

Er nahm sich zusammen. Jetzt musste er diese Sache auf eine vernünftige Art zu Ende bringen.

»Das ist übrigens ein ausgezeichneter Lebensmittelladen dort vorne. Viele Leute machen sogar einen Umweg, um da einzukaufen. Aber ansonsten hat in Gadeby auch ein großer Supermarkt aufgemacht. Ich weiß ja nicht, wie gut Sie die Gegend kennen, aber Gadeby ist der nächste größere Ort. Da gibt es alles, was man braucht. Auch eine sehr gute Schule, falls Sie …«

Der Makler zögerte. Sie waren wohl ungefähr im gleichen Alter. Der Mann musste also mindestens dreißig sein, aber er wirkte nicht wie jemandes Vater, eigentlich auch nicht wie jemandes Ehemann.

»Ja, danke, hören Sie einfach auf«, unterbrach ihn der Kunde, während er zurück in den Flur trat. »Dann ist das Badezimmer wohl hier drüben?« Er öffnete selbst die Tür.

Hellbraune Fliesen mit dunkelbraunen Verzierungen vom Boden bis zur Decke, eingemauerte Badewanne und Duschnische, originale Toilette und muschelförmiges Waschbecken. Geblümter Duschvorhang … Seifenschale, Zahnputzbecher. Blumenmuster aller Art. Der Makler sagte lieber nichts mehr.

Der Kerl blieb in der Türöffnung stehen, stöhnte und zog den Kopf zurück. »Vergessen Sie Ihre Verkaufsinformationen einfach. Ich schaue mich nach etwas anderem um.«

Er meinte es wahrscheinlich nicht unfreundlich, das war einfach seine Art. Und jetzt wollte er weiter. Der Makler musste sich gegen einen Zierteller an der Wand lehnen, als der Kunde sich vorbeidrängte.

Ihm fiel plötzlich auf, dass sie noch keinerlei Blickkontakt gehabt hatten.

Erst als der Makler sich umwandte, um sich zu vergewissern, dass der Teller keinen Schaden genommen hatte, suchte jemand seinen Blick. Eine üppig gelockte Dame, die ihn durch einen Wirrwarr von Mustern diskret anlächelte. Unverkennbar ein Bjørn-Wiinblad-Teller. Der Makler erwiderte das Lächeln, dankbar für die schwarz-weiße Freundlichkeit.

Es wäre wohl am besten, das Haus ausräumen zu lassen, dachte er, als er wenige Minuten später die Haustür hinter sich zuzog. Er blieb kurz auf der Türschwelle stehen. In seinem Rücken trat der Kunde aufs Gas und verschwand mit quietschenden Reifen in der Mittagssonne.

Der Mann hatte ja recht. Niemand wollte an einem Ort wohnen, an dem derart die Zeit stehen geblieben war.

Das ärgerte ihn ein bisschen, denn er mochte das Haus so, wie es war. Seine liebe Großmutter hatte genauso gewohnt, mit Arschbackengardinen und Standuhr und alldem. Und mit einem Türklopfer aus dunklem Messing an der Haustür. Genau wie diesem hier.

Der Makler lächelte dem grimmigen kleinen Löwenkopf vor sich zu. Der Löwe hielt den Ring im Maul, mit dem man klopfen sollte. Plötzlich packte ihn eine unbändige Lust, den Ring zu nehmen und ein paarmal damit anzuklopfen. Der Ring leistete unerwarteten Widerstand, als würde der Löwe aus Trotz die Zähne zusammenbeißen.

Vielleicht gab es nicht so viele, die hier angeklopft hatten. Neben dem Briefkasten links von der Tür stand ein Topf mit einem ausgemergelten Buchsbaum, der jetzt endlich wieder Wasser bekommen hatte. Hoffentlich würde er sich erholen. Der Rasen konnte ebenfalls eine liebevolle Hand gebrauchen. Und dann war da noch die enorme Hecke zum Nachbargrundstück. Um all das mussten sie sich kümmern.

Bevor er sich ins Auto setzte, rückte der Makler das *Zu-verkaufen*-Schild ein wenig gerade, das er vorher an einem verwachsenen Zwergflieder angebracht hatte. Zumindest die Büsche im Vorgarten sahen aus, als ginge es ihnen gut, sie blühten sogar üppig jetzt im Juni. Er betrachtete einen beeindruckenden rosa Perlmuttstrauch, den ein Schwarm kleiner Vögel mit all seinem geschäftigen Treiben und Zwitschern eingenommen hatte. Dort herrschte ein Leben ohnegleichen.

Dann warf er einen letzten Blick auf das Haus.

»Die armen Leute«, murmelte er.

Es war schwer, nicht an sie zu denken, wenn man dort drinnen herumging. Besonders an die Frau.

Der Junge

Es war in jeglicher Hinsicht ein klarer Morgen.

Alma stand an dem großen Fenster im Wohnzimmer und konnte mit ihren Adleraugen weit über die hügeligen braunen Felder hinaussehen. Ein Schwarm Saatkrähen hatte sich ein Stück weiter in einer Baumgruppe niedergelassen. Sie stellte sich ihr Lärmen vor, auch das des Traktors, der sich über das hinterste Feld hinaufbewegte. Selbst aus dieser Entfernung erkannte sie den Bauern an der Art, wie er sich auf dem Sitz zusammenkrümmte. Wie ein verschrecktes Tier.

Mads Frederiksen.

Massey Ferguson hatten sie ihn genannt.

Ja, heute erinnerte sie sich.

Er hatte nie eine Frau gehabt. Nur seine Mutter, und die hatte er inzwischen nicht mehr. Der Hund war auch weg. Wenigstens hatte er noch den alten Traktor.

Alma stützte sich mit einer Hand auf den runden Esstisch, und als sie sich umwandte, strich sie aus alter Gewohnheit den Tischläufer glatt, auch wenn es gar nichts glatt zu streichen gab. Sie betrachtete die Blumenmotive darauf und erinnerte sich für einen Moment, dass sie selbst sie in längst vergangenen Zeiten gestickt hatte … oder eine ihrer Schwestern. Die älteste? Jetzt kam sie doch in Zweifel. Aber schön war der Läufer. Und fort waren sie alle. Die vier Stühle standen adrett um den kleinen Tisch, ganz bis zur Tischkante daruntergeschoben, abgesehen von dem, auf den sie sich immer stützte, wenn sie vorbeiwollte. Sie hatten allerdings nur zwei der Stühle benutzt, während sie hier gewohnt hatten. Es waren gar nicht so viele Jahre eines langen Lebens gewesen; trotzdem fühlte es sich manchmal an wie viele.

Alles aus Mahagoni. Auch die kleine Anrichte, die sich an die Wand zum Arbeitszimmer nebenan drängte. Sie musste daran denken, Staub zu wischen.

Das Licht war gnadenlos.

»Jaja«, sagte sie zu sich selbst, als sie die Stuhllehne losließ und sich auf die Küchentür zubewegte. »Das schaffen wir schon.«

Jetzt brauchte sie ihren Kaffee.

Der erste Kaffee des Tages war himmlisch, da waren sie sich einig gewesen, auch wenn er nicht an einen Himmel glaubte.

»Dieser Kaffeeersatz, den wir während des Krieges bekommen haben. Kannst du dich an den erinnern?«, hatte er ab und zu gefragt. »Dieser Muckefuck.«

»Uh ja, der war widerlich«, hatte sie geantwortet. »Er hat überhaupt nicht geschmeckt wie der Richtige.«

So hatten sie gemütlich miteinander über Schreckliches und Wunderbares geplaudert, während sie ihren Kaffee genossen.

Manchmal tat sie so, als wäre er noch immer da.

Der Richtige.

In den ersten Jahren im Haus tranken sie ihren Morgenkaffee nebeneinander auf der Küchenbank in der Küche, jeder mit seinem Kreuzworträtsel. Oder vielleicht saß er ihr gegenüber auf dem Stuhl. Zum Frühstücken wechselten sie dann an den Esstisch im Wohnzimmer. Dort tauschten sie die Kreuzworträtsel, sodass sie sie jeweils füreinander fertig machen konnten.

Jetzt hielt sich Alma an die Küche. Ohne Kreuzworträtsel. Das ergab keinen Sinn mehr. Es gab ebenso wenig einen Grund dafür, etwas anzufangen, wie etwas fertig zu machen.

Hin und wieder kam es vor, dass sie seinen Namen vergaß. Und ihren eigenen auch, wenn man es genau nahm. Es half ihr nicht sonderlich, dass beide Namen auf dem Messingschild neben der Eingangstür zu lesen waren: *Uhrmacher Otto Sørensen & Frau Alma Rosalinde Sørensen.*

Das Türschild hatten sie mitgenommen, als sie von Gadeby nach Solum gezogen waren. Vom Stadtleben in die Stille. Das Geschäft hatte am einen Ende der Hauptstraße gelegen, einer von Gadebys besten Adressen. Die Leute waren von nah und fern gekommen, um sich die schönen Uhren des alten Uhrmachers anzusehen oder sich eine von ihm reparieren zu lassen. Ja, er hatte wirklich einen Namen gehabt, auch wenn sie ihn nun allmählich vergaß. Otto und sie hatten gleich neben dem Geschäft gewohnt, bis der Großteil des Anwesens niederbrannte.

Das Feuer nahm ihnen den ganzen Laden und ein Stück ihrer Wohnung. Also zogen sie mit dem, was noch übrig war, nach Solum.

Das Haus war billig gewesen. Es stand auch schon seit Monaten zum Verkauf, nachdem der alte Eigentümer ins Pflegeheim gekommen war. *Das* wollten sie nicht, davon konnte keine Rede sein. Sie waren zwar schon älter, aber sie konnten sich noch wunderbar um sich selbst kümmern. Und auch um ein kleines Haus. Otto hatte es gekauft, bevor sie überhaupt darüber nachdenken konnte.

Alma erinnerte sich heute ganz deutlich an ihn. Seine markante Kieferpartie, die ihm ein beinahe viereckiges Gesicht verlieh. Die nicht zu bändigenden Locken und die ernsten graugrünen Augen, die plötzlich aufflackern konnten, wenn er eifrig wurde. Oder wütend. Seine Flanellhemden und die

Hosenträger und die bauschigen Hosen, die zu weit oben am Bauch saßen. Er war etwas zu dick gewesen. Und zum Schluss etwas zu krank. Krank in gewisser Hinsicht jedenfalls. Vielleicht auch nur krank im Kopf.

Sie wollten keine Hilfe. Die Kommune hatte sich ihnen in regelmäßigen Abständen angeboten, wahrscheinlich nur, weil sie alt waren. Aber er wollte nichts in Anspruch nehmen, also würde sie das auch nicht tun. Das letzte Mal, dass die Kommune geschrieben hatte, war um Weihnachten herum gewesen. Da hatte Alma freundlich zurückgeschrieben und für sie beide dankend abgelehnt. Normalerweise war er derjenige gewesen, der schrieb.

Die Kommune wusste nichts. Man konnte Almas Brief auch nicht ansehen, dass sie nicht mehr hören konnte. Höchstens, dass ihre Hand ein wenig zitterte. Damals war sie zum letzten Mal beim Briefkasten an der Ecke. Es war dunkel gewesen, und es hatte Schnee gelegen, und sie hatte glücklicherweise auf dem Weg niemanden getroffen. War auch nicht hingefallen, obwohl es nicht ganz einfach war, das Gleichgewicht zu halten. Wenn sie wollte, dann wollte sie. Aber sie wollte nicht noch einmal dorthin, auch wenn der Schnee schon längst weg war. Sie wollte überhaupt nicht mehr hinaus, traute sich nicht.

Also blieb Alma, wo sie war.

Ein Telefon hatten sie nie im Haus gehabt, obschon inzwischen vermutlich alle anderen eines besaßen. Damals gab es nur das im Laden. Wen sollten sie auch anrufen?, hatte er gesagt, als sie hierhergezogen waren und mit dem Laden Schluss gewesen war. Das Geld konnten sie sich genauso gut sparen. Das galt auch für die Zeitung.

All das war passiert, nachdem er begonnen hatte, sich zu verändern.

Alma schob sich auf die Küchenbank und schenkte sich Kaffee in die Porzellantasse, die auf dem Tisch bereitstand. Daneben stand eine kleine Schüssel mit Zuckerwürfeln, die sie nie anrührte. Er hatte immer Zucker genommen. Ihr Blick streifte einen der Zettel, die sie an der Wachsdecke festgeklebt hatte:

Ab und zu wirst du verwirrt. Das geht vorbei. Tu nichts, wenn du verwirrt bist und dich an nichts erinnern kannst. Warte einfach, bis es überstanden ist. Aber denk daran, die Uhr aufzuziehen, bevor du ins Bett gehst (die Standuhr im Wohnzimmer).

Der Text war mit einer zierlichen, leicht zittrigen Schreibschrift geschrieben.

Er half, dieser Zettel. Es gab zwar Tage, an denen sie dasaß und ihn anstarrte und überlegte, wer ihn geschrieben hatte – und für wen er war. Aber lesen konnte sie dann glücklicherweise noch.

Irgendwann ging es vorbei. Und dann zog sie die Standuhr auf.

Jetzt blieb Almas Blick an etwas draußen auf der Straße hängen. An dem kleinen Jungen, der sich näherte. Inzwischen ging er jeden Vormittag mit seinem Hund hier vorbei. Sie kamen die Straße herauf, liefen an ihrem Vorgarten und dem kleinen Wendeplatz vorbei und schlugen dann den Pfad ein, der um die Hausecke und dann weiter zwischen die Felder führte. Ansonsten passierte es eher selten, dass jemand diesen Pfad benutzte. Es passierte überhaupt selten, dass jemand ganz bis zum Wendeplatz kam. Sie stellte die Tasse ab und rückte etwas näher ans Fenster.

Irgendetwas war an diesem Jungen.

Er war nicht groß. So ein kleiner Steppke war man wohl mit

um die fünf Jahre, dachte sie. Sechs vielleicht. Sieben? Inzwischen war es schwierig für sie, solche Dinge zu schätzen; es gab nur kleine Kinder und große Kinder, und viele Jahre lang hatte es überhaupt keine Kinder gegeben. Jedenfalls nicht vor ihrem Fenster. Vielleicht war er ein Enkel oder Urenkel, der irgendwo zu Besuch war. Aber es war auch durchaus möglich, dass er in der Nähe wohnte, so oft, wie sie ihn sah.

Für sie war es nur völlig unvorstellbar, dass so ein munterer kleiner Knirps an einen so stillen Fleck wie Solum gehören sollte.

Ein Dorf konnte man es kaum nennen. Solum war nur eine Ansammlung von Häusern an einer kleineren Landstraße, auf der nicht sonderlich viel Verkehr herrschte, nachdem man in der Nähe eine große Straße gebaut hatte. Ja, dann waren da noch ein paar kleine Straßen, die die Häuser dahinter miteinander verbanden, darunter einige Abzweigungen, die in einer Sackgasse endeten. Und am Ende einer dieser Sackgassen saß Alma mit ihren Adleraugen und sah niemanden.

Doch, den Jungen, der nicht richtig dazugehörte.

Vielleicht war *sie* diejenige, die nicht mehr dazugehörte, dachte Alma an diesem klaren Tag. Die Jungen ersetzten die Alten, die in den Schatten ihrer selbst verschwanden, bis sie ganz fort waren. Vielleicht wurden sie vergessen, noch bevor sie fort waren. Das war der Lauf, den es nahm. In den Nebel hinein.

Aber Alma konnte nicht vergessen sein, solange eine Kiste draußen auf der Schwelle vor der Eingangstür stand. Sie war sich nicht ganz sicher, was genau vereinbart worden war. Ihr Mann hatte das seinerzeit mit dem Kaufmann arrangiert. Es gab niemanden, der je Geld einforderte. Zumindest nicht, dass sie wüsste. Na ja, sie sollte vielleicht die Briefe lesen.

Falls jemand anklopfte, konnte sie es nicht hören. Sie sah den Boten nie. Er kam früh, genau wie die Post. Alma schlief, bis sie langsam aufwachte, und dann stand sie genauso langsam auf. Es nützte nichts, den Wecker zu stellen, der dann nur für taube Ohren klingeln würde. Im Übrigen hatte sie keine Ahnung, an welchem Tag die Kiste kam. Oder besser gesagt, in welchen Wochentag sie erwachte. Alle Tage waren eins. Und ihre Gedanken waren inzwischen genauso träge wie ihre Bewegungen.

Vielleicht war es gut, dass sie den Boten nicht sah, weder den Postboten noch den des Kaufmanns, denn dann bestand auch nicht das Risiko, dass sie sie sahen. Es würde nicht gehen, wenn sie mit ihr reden wollten. Niemand sollte hier hereinkommen. Sie hatte inzwischen ein wenig Angst vor ihnen, musste sie gestehen. Angst vor anderen Menschen.

Das hatte sie früher nicht gehabt, nicht in dieser Form. Aber der letzte Winter hatte einen Unterschied gemacht, jetzt waren die Dinge verändert. Alles war wie immer, und trotzdem war nichts, wie es einmal war.

Der Hund des Jungen war ein kleiner wuscheliger, der ihm kaum bis zu den Knien reichte. Weiß und goldbraun war er, mit niedlichen kurzen Beinen und einem buschigen Schwanz, der munter über seinem Hinterteil durch die Luft flog. Wahrscheinlich eine Promenadenmischung. Er hatte ihn an einer langen Leine, aber manchmal war es schwer zu sagen, wer hier mit wem spazieren ging.

Auf jeden Fall waren sie beide außerordentlich liebenswert. Das helle Haar des Jungen hüpfte bei jedem Schritt auf seinem Kopf.

Alma lächelte bei dem Anblick.

Wenn der kleine Kerl jetzt den Kopf drehte, würde er sie im Küchenfenster sehen können, denn der Hund war stehen geblieben, um etwas zu beschnüffeln. Da tat Alma etwas, das sie noch nie zuvor getan hatte: Sie winkte.

Nur ganz vorsichtig.

Sie wagte nicht, auch noch an die Scheibe zu klopfen.

Der Junge sah sie nicht, und im nächsten Moment zog der Hund ihn weiter. Den Pfad hinter dem Haus hinauf. Und weg waren sie.

Alma blieb noch ein wenig sitzen und schaute hinaus. Dann erhob sie sich mühsam und ging zum großen Fenster im Wohnzimmer. Ihr Rücken schmerzte, sodass sie sich gegen die Anrichte lehnen musste.

Die zwei waren den Pfad zwischen den Feldern schon ein gutes Stück hinaufgekommen. Der rote Traktor war nicht mehr in Sichtweite, und bald verschwanden auch der Junge und der Hund hinter einem Hügel in der Ferne. Das Letzte, was sie sah, war sein heller Haarschopf. Sie hätten gern etwas flacher sein dürfen, diese Felder. Andererseits waren die Hügel schön, nicht zuletzt, wenn das Getreide sich im Spätsommer darüber wölbte.

Aber bis dahin war es noch lange. Noch war es erst zeitiges Frühjahr.

Alma betrachtete den Mahagoni-Esstisch. Gleich würde sie einen Staublappen holen.

Sie dachte an damals, als sie zusammensaßen, einander gegenüber, und jede Bewegung draußen auf den Feldern beobachteten. Miteinander über alles und nichts sprachen. Über den Bauern und das Getreide, über die Tiere und das Wetter. Und über ihre Kreuzworträtsel.

Einmal hatte sie sich einen Spaß erlaubt. *Wer klingelt zweimal (Roman)?*, war die Frage gewesen. Sie hatte das englische Wort *Postman* anstelle von Postmann als Antwort geschrieben und in das letzte Feld ein Herz gezeichnet. Das Herz hatte ihn wahnsinnig gemacht. Ein Herz hatte dort nichts zu suchen, hatte er gesagt. Und es machte Probleme, weil in der senkrechten Reihe *ermorden* als Lösung zu *ums Leben bringen* stehen sollte. Jetzt stand dort stattdessen *ermorde* und ein Herz.

Sie hatte gedacht, er würde lächeln. Aber im Grunde genommen gab es da nichts zu lächeln.

Dann dachte sie daran, was sie getan hatte.

Manche Tage waren fast zu klar.

Geister weinen nicht

Die vielen folgenden Vormittage vergingen alle auf dieselbe Art. Alma trank ihren Kaffee in der Küche mit Aussicht auf die Straße und das Haus mit dem flachen Dach gegenüber. Es war kein richtiges Haus wie die anderen. Früher hatte es einmal jemandem als eine Art Lager gedient. Otto hatte dem jungen Mann nie getraut, der ab und zu mit einem Lieferwagen aufgetaucht war und davor geparkt hatte. Doch es war ja wohl kaum Diebesgut, das der Kerl dort drüben versteckte, es sei denn, er stahl Putzmittel und Toilettenpapier, zumindest trug er immer derartige Dinge hinein und heraus. Sie hatte auch schon einen Mopp gesehen.

Aber das war viele Jahre her. Jetzt stand das Lager einfach leer. Otto war eines Sommers drüben gewesen, um durch die Fenster hineinzuspähen, und hinterher musste Alma Unmengen von Kletten aus seiner Kleidung entfernen. Alles wuchs dort wild, hatte er gesagt, es sah fürchterlich aus. Aber sie mussten gerade reden, ihr eigener Garten war in den letzten Jahren auch ziemlich vernachlässigt worden.

In der gelben Villa neben dem Lager, schräg gegenüber von Alma, wohnte ein Ehepaar, dem sie früher immer zugenickt und mit dem sie auch schon mehrmals Konversation betrieben hatten. Beide Apotheker. Sie waren ganz weißhaarig geworden, stellte sie fest, wenn es ihr gelang, dort drüben kurz einen Schimmer von jemandem zu erhaschen. Aber der Vorgarten war immer noch schön. Zumindest das kleine Stück davon, das sie von ihrer Küche aus sehen konnte.

Ihr einziger direkter Nachbar war wohl noch derselbe wie immer. Ein mürrischer Herr mit einer gewaltigen Hornbrille und glänzender Stirn, falls er noch so aussah wie früher. Sie konnte ihn nicht sehen, wegen der Hecke, und auch nicht, was auf der anderen Seite vor sich ging. Die Hecke war sehr hoch und breit, das war sie schon seit Jahren. Sie erstreckte sich über die ganze Länge der Grundstücksgrenze, von der Straße bis zu den Feldern hinter ihren jeweiligen Gärten.

Mit Hornbrille hatte es immer Ärger gegeben. Er konnte Otto auch wirklich wütend machen. Einmal hatten sie mit Laubrechen gefochten, die sich ineinander verhakten. Dann standen sie da, die beiden Männer, mitten auf der ruhigen Villenstraße, wie zwei schnaubende Hirsche, die ihre Geweihe nicht mehr auseinanderbrachten. Als sie es endlich schafften, landeten beide auf dem Hintern, sodass Otto viele Wochen auf einem Kissen sitzen musste.

Es hatte ihm nicht gepasst, dass Hornbrille hinten in der Ecke seines Gartens etwas in einer Öltonne verbrannte. Das waren nicht nur Gartenabfälle, hatte Otto gesagt, nein, das Ganze stank nach etwas anderem. Eines Tages war er auf das Dach des Geräteschuppens geklettert, um sehen zu können, was auf der anderen Seite der Hecke vorging. Diese Spioniererei war bei Hornbrille nicht gut angekommen, als er seinen Nachbarn dort oben erblickt hatte. Es dauerte eine Ewigkeit, bis Otto wieder vom Dach herunterkam. Er war ja ein alter Mann; das hatte er nur vergessen, als er dort hinaufgeklettert war. Alma musste ihm beim Heruntersteigen die Leiter halten, während Hornbrille Zapfen über die Hecke warf.

»Du alter Idiot!«, erschallte es von drüben. Dabei flogen ihnen beiden die Zapfen um die Ohren. Alma hielt besser den Mund, auch wenn sie dasselbe dachte wie der Nachbar.

Sie musste ja den Schein wahren. Um des Hausfriedens willen.

Das Apothekerpaar hatte sich nicht einmischen wollen, als Otto hinterher bei ihnen anklopfte, um sie um ihre Unterstützung zu bitten. Also wurde er auch wütend auf sie, und somit hörten an diesem Ende der Straße alle auf, einander zuzunicken.

Unten am anderen Ende, kurz vor dem Kaufmann an der Ecke, wohnte eine Frau, die einmal im Familien-Journal gewesen war. Irgendetwas mit einem Kuchen. Im Haus gegenüber hatte sich ein Paar scheiden lassen, weil die Frau von einem Zahnarzt verführt worden war. Ihr Mann war wohnen geblieben; er war übrigens Keksvertreter. Das hatte er Alma über die Gartentür hinweg erklärt, während er sein Gesicht mit einem Taschentuch abtupfte.

Und dann waren da der Kaffeehändler und seine Katzen. Und dieser Dicke mit der Frau, die Deutsch sprach. Und der Maler mit dem Schild vorne draußen. Und die Frau in der blauen Jacke mit der Tochter im weißen Auto. Und das pensionierte Ärztepaar, das an irgendwelchen Blutgerinnseln gestorben war, als sie gerade gelernt hatten, wie man Bridge spielt.

Vielleicht waren sie letztendlich alle schon fort.

Derartige Erinnerungen plätscherten jeden Vormittag durch Almas Kopf, während sie auf den Jungen wartete. Manchmal waren sie ganz deutlich, doch in der Regel waren sie mehr oder weniger in einem Nebel verborgen, und auf jeden Fall waren sie nicht sonderlich wichtig, auch wenn sie sich in manchen Momenten sehr wichtig anfühlen konnten, allein weil sie da waren.

Sie behielt die Straße gut im Auge und wandte nur selten den Blick von dem Stück zwischen der Einfahrt des Apothekers und der Hecke des Nachbarn, denn dort würde der Junge zum Vorschein kommen. Irgendwann tauchte schließlich der Hund auf. Dann die Leine. Und zu guter Letzt das Kind an ihrem Ende.

Alma wartete, bis der Junge an den ersten Büschen ihres Vorgartens vorbeigelaufen war. Dann winkte sie. Und lächelte. Doch sie wagte noch immer nicht, an die Scheibe zu klopfen. Jedes Mal ging er weiter, am nächsten Busch vorbei und den Pfad hinauf. Er bemerkte sie nie.

Und jedes Mal stand Alma von der Küchenbank auf und ging ins Wohnzimmer, um zu sehen, wie die beiden kleinen Gestalten in einem weiten Bogen über die Felder spazierten, bis sie hinter einem Hügel verschwanden. Sie gingen immer im Uhrzeigersinn und kamen später nie zurück. Offenbar folgten sie jeden Vormittag derselben Route. Alma wünschte, sie wüsste, wo sie begann und wo sie endete.

Es war, als fühlte sie sich etwas klarer, wenn sie den Jungen im Auge behielt. Auf jeden Fall war es schön, dass es jemanden gab, den sie im Auge behalten konnte, jemanden, an dem sie sich festhalten konnte. Und etwas, weswegen sie aufstehen konnte. Jetzt war der Junge meist das Erste, das ihr einfiel, wenn sie realisiert hatte, dass sie aufgewacht war.

* * *

Eines Nachmittags war sie in die Waschküche hinausgegangen und hatte darüber nachgedacht, ob sie die Tür öffnen sollte, die von dort nach draußen führte, wenn er das nächste Mal daran vorbeikam. Es gab kein Fenster in der Waschküche, aber sie würde ihn durch die Glasscheibe im oberen Teil der Tür sehen können.

Vor der Tür war ein breiter Streifen Fliesen, die fast vollständig unter vertrocknetem Gras und Disteln verborgen waren. Wenn der Pfad nicht gewesen wäre, hätte man kaum sagen können, wo ihr Grundstück endete und wo die Wildnis dahinter begann. Das, was einmal zwei gut gepflegte Hochbeete gewesen waren, sah jetzt eher aus wie ein paar Kisten, die sich die Natur zurückerobert hatte. Was auch immer einmal in ihnen gewachsen war, war nun in Efeu und Unkraut erstickt. Otto hatte zum Schluss nur noch das Allernotwendigste bewältigen können, auch wenn er es eigentlich nicht zugeben wollte. Alma konnte gar nichts mehr bewältigen. Dass der Pfad noch existierte, war vermutlich nur den Rehen und dem hartnäckigen Heruntertrampeln des Jungen zu verdanken. Früher einmal hatten auch Otto und sie den Pfad benutzt. Damals, als sie noch hin und wieder Abendspaziergänge gemacht hatten.

Über die Felder und in den Sonnenuntergang.

Daran dachte sie von Zeit zu Zeit. An diese Art von Dingen versuchte sie sich zu erinnern.

An jenem Nachmittag hatte Alma dagestanden und mehrere Minuten die Waschküchentür angestarrt, sogar die Hand an die Klinke gelegt, aber zu mehr konnte sie sich nicht durchringen. Diese Tür hatte schon sehr lange niemand mehr geöffnet. Es fühlte sich gewaltsam an, es zu versuchen, und sie war sich absolut nicht sicher, ob sie es konnte. Oder wagen sollte.

Es war einer dieser Tage, an denen die Gedanken sich nicht so recht ordnen wollten. Sie kämpfte mit dem Nebel. Manchmal tauchten Dinge darin auf, bei denen sie sich nicht sicher war, ob sie sie sehen wollte.

Unten an der Tür war eine Klappe.

Alma musste einen Moment überlegen, bevor sie darauf

kam, dass die Klappe für eine Katze gedacht war. Der vorherige Besitzer hatte eine Katze gehabt.

Sie hatten keine, dafür hatten sie einen Hund gehabt. Er war etwas größer gewesen als der des Jungen. Kurzhaarig und weiß, mit kleinen schwarzen Flecken. Ja, Fleck hatte er geheißen, jetzt konnte sie ihn vor sich sehen. Sofort durchströmte sie ein warmes Gefühl, aber auch Unbehagen. Überall waren Hundehaare gewesen. Kurze weiße Haare, die sich in die Sofabezüge und Teppiche setzten und ihn verrückt machten. Sie tat nichts anderes, als hinter Fleck her zu putzen.

Die kleinen Haare in seinem Sessel waren das Schlimmste gewesen.

Daran wollte sie nicht denken.

Sie blickte durch das Fenster in der Tür hinaus. Oben am Pfad tauchte ein Reh auf. Es stand still da und witterte einen Moment, als es aus dem Wald trat. Dann zupfte es an einem vertrockneten Grasbüschel. Hin und wieder hob es den Kopf und blickte zur Seite, bevor es ruhig weiterzupfte und vielleicht einen oder zwei Schritte machte. Bald darauf wandte es ihr sein Hinterteil zu.

Alma starrte den weißen Hintern an und konnte sich plötzlich nicht mehr erinnern, was sie in der Waschküche gemacht hatte.

* * *

Ein Vormittag nach dem anderen verging. Der Junge ging draußen auf der Straße vorbei, ohne Alma im Küchenfenster zu entdecken. Und dann änderte sich das eines Tages. Daran war der Hund schuld.

Alma wartete, und Alma winkte. Und sie lächelte und

lächelte. Jetzt stand sie auch auf, damit sie besser sehen konnte. Lehnte sich mit beiden Händen gegen die Scheibe. Das hatte sie vorher noch nie getan. Sie hielt dabei den Atem an.

Der Hund, der es ansonsten so eilig hatte, zum Pfad hinauf zu kommen, war stehen geblieben, um an irgendetwas am Rand des Vorgartens zu schnüffeln. Und dann hob er auf einmal den Kopf und sah sie im Fenster.

Alma blickte ihm direkt in die Augen. Sie konnte es nicht hören, aber sie fand, es sah aus, als gäbe er ein kurzes Bellen von sich.

Jetzt sah der Junge sie auch.

Und dann rannte er. So schnell ihn seine Füße trugen.

Zum Pfad hinauf.

Fort.

Alma blieb stehen. Der kleine Kerl hatte bei ihrem Anblick nicht nur erschrocken ausgesehen, sondern völlig entsetzt.

Als hätte er einen Geist gesehen.

War sie tot? Ab und zu fühlte es sich fast so an.

Sie musste weinen.

Geister weinen nicht, tröstete sie sich selbst, während sie sich mit dem Ende ihres Ärmels über die Augen wischte. Sie hatte noch immer ihr Nachthemd an.

Als sie kurz darauf im Wohnzimmer stand und über die Felder hinausblickte, konnte sie den Jungen und den Hund nicht entdecken. Da war nicht einmal ein Traktor in der Ferne, nicht einmal eine Möwe. Nur nackte Erde.

Aber in der Fensterscheibe sah Alma ihr eigenes bleiches Spiegelbild: Das weiße Nachthemd und das weiße Haar, das wie eine verwirrte kleine Wolke um ihr Gesicht stand.

Sie war sich nicht sicher, weshalb sie weinte.

Vielleicht war da gar kein kleiner Junge gewesen, dachte sie. Vielleicht halluzinierte sie inzwischen? Was nützte es, klar zu sehen, wenn das, was man sah, gar nicht existierte?

Warten

Am nächsten Morgen erwachte Alma früher als gewöhnlich. Sie wandte den Kopf auf dem Kissen und blickte zum Fenster. Einst hatte sie das Geräusch des Traktors gehört, wenn der Bauer mit seinen Hühnern aufgestanden war.

Der Mann, mit dem sie verheiratet war, stand auch früh auf, sogar als er nicht mehr arbeitete. Sie war immer mit dem Duft von Kaffee aufgewacht. Viele Jahre lang auch mit seinem Pfeifen. Wenn sie ihre Morgentoilette gemacht hatte, kam sie in ihrem Nachthemd zu ihm hinaus. Wenn es kalt war, zog sie sich auch einen Morgenrock an. Da saß er dann in seinen Hosenträgern. An den guten Tagen blickte er auf und lächelte.

Sie war sich nicht ganz sicher, ob er aufgehört hatte zu pfeifen oder ob sie es nur nicht mehr hören konnte. Auf jeden Fall war sein Pfeifen nach und nach zusammen mit den anderen Geräuschen des Morgens in Schweigen ertrunken.

Mit der Zeit war er auch aus dem Schlafzimmer aus- und ins Arbeitszimmer eingezogen. Es passierte einfach. Eines Tages wohnte er darin, schlief darin, zwischen all seinen Sachen. All dem, was vor dem Feuer gerettet worden war. All dem, was er zuerst in Sicherheit gebracht hatte.

Vor den Fotos.

Er sprach hinter der Tür mit sich selbst. Auch als Alma es nicht mehr hören konnte, wusste sie, dass er es tat. Oder vielleicht sprach er eher mit anderen, schimpfte sie aus. Wenn er allein herumlief, im Haus oder draußen im Garten, sah sie ihn ab und zu in die Luft gestikulieren oder reden. Der Mund verzog sich zu etwas, das aussah wie Hass oder Schmerz oder beides auf einmal. Er entblößte sein Gebiss. Spuckte. Manchmal fielen die Zähne mit heraus.

Ja, er war auf seine alten Tage wütend geworden. So fühlte es sich an. Jedenfalls hatte der Zorn sich nach der Sache mit dem Laden in Gadeby bei ihm eingeschlichen. Es hatte Tage gegeben, auch nachdem sie nach Solum gezogen waren, an denen er noch immer der Mann gewesen war, den sie so innig liebte. An denen sie es sich mit Morgenkaffee und kleinen Beschäftigungen den Tag über gemütlich machten, ein schönes Essen genossen und dann zusammen in der Abendsonne spazieren gingen. Aber nach und nach war es, als ob die Wut ihn völlig in Besitz nahm und den Geliebten verdrängte.

Man konnte es geradezu in seinem Gesicht sehen. Seine Augenbrauen waren groß und struppig geworden und spreizten sich zum Schluss so demonstrativ in seine Stirn, dass sie zwei wütenden Tieren ähnelten, die einander zum Kampf herausforderten. Alma durfte sie ihm nicht mehr stutzen. Früher einmal hatte er es wertgeschätzt, wenn sie ihn umhegte, und sie hatte es geliebt. Sie mussten dabei immer lachen.

Wenn er zornig wurde, verrieten die Brauen es zuerst: Die Tiere, die ihr Hinterteil erhoben, während sie ihre Vorderpartie senkten, bebend bereit für den Angriff aufeinander. Dann der Blick, in den ein Fremder eingezogen war. Die lieben Augen nahmen einen Ausdruck von etwas Entferntem und Gefährlichem an, der Alma ein Gefühl von unendlicher Einsamkeit gab. Der Fremde gehörte nicht hierher. Ihr Mann wurde gleichzeitig ein anderer und niemand. Verschwand.

An manchen Tagen kam er gar nicht aus dem Arbeitszimmer.

Er sperrte sich ein.

Und eines Tages war sie es gewesen, die das getan hatte.

Alma blieb mit dem Kopf auf dem Kissen liegen und versuchte die Bilder abzuschütteln. Es gab so vieles andere, woran sie sich an diesem Morgen lieber erinnern wollte. All die guten Dinge, denn sie hatten es doch gut gehabt, sie beide. Er war ein guter Mann gewesen.

Ihr einziger.

Als sie die Augen wieder schloss, zog der Nebel gnädig bei ihr ein und wischte die Gedanken weg. Sie schloss noch einmal für eine halbe Stunde die Augen, bevor sie in einen neuen Morgen erwachte.

Sie musste all ihre Kraft aufwenden, um sich auf die Bettkante zu schwingen. Dann saß sie ein wenig dort und sammelte neue Kräfte, um aufzustehen. Anschließend ging sie zum Fenster und öffnete es. Die Vorhänge rührte sie nie an, es war zu beschwerlich geworden, sie zuzuziehen.

Noch traf die Sonne nur die Spitzen der schiefen Bäume draußen zwischen den Feldern. Sie sahen aus wie alte Männer, die in einer Reihe standen. Alle beugten sich in dieselbe Richtung vor, als suchten sie auf dem Boden nach etwas. Vielleicht nach dem ersten Trieb.

Eine schwache, kühle Brise traf ihr Gesicht. Währenddessen brannte der Heizkörper an ihrem Bein.

»Arnold?«, sagte sie und starrte einen Moment eine einsame Möwe an, die über den Pflugfurchen des nächstgelegenen Feldes schwebte.

»Nein, Otto!«, korrigierte sie sich. Arnold war der Hund des Bauern. Er musste inzwischen tot sein.

Er hieß Otto. Ihr Mann.

Sie hatte vergessen, woran sie sich erinnert hatte, als sie zum ersten Mal aufgewacht war, aber sie spürte eine Unruhe im Körper. Vielleicht waren es die Reminiszenzen eines Albtraums, dachte sie. Ein Körper brauchte lange, bis er ein Unbehagen loswurde.

Bald fiel ihr der Junge ein, auf den sie gleich warten würde. Sie dachte darüber nach, wie er heißen mochte. Otto war es wohl kaum, im Übrigen genauso wenig wie Arnold. Kinder hießen anders. Dann bewegte sie sich vorsichtig vom Fenster weg, am Frisiertisch vorbei, zur Tür hin, in den Gang hinaus, ins Badezimmer hinein.

»Alma!«, sagte sie zu ihrem Spiegelbild und versuchte zu lächeln. Heute war es schwer, obwohl sie nicht wusste, warum.

Sie starrte ihre Augenlider an, die dem Morgen in Form von kleinen, geröteten Kissen begegneten. Spürte, wie sie schmerzten. Erst in diesem Moment erinnerte sie sich daran, dass der Junge sie im Fenster gesehen und Angst bekommen hatte. Sie hatte ihn verschreckt.

Alma machte sich ihren Kaffee und schob sich auf die Küchenbank. Die Morgensonne fiel schräg in die Küche und über ihre Schulter. Das war schön.

Otto hatte manchmal den Arm um sie gelegt, wenn sie nebeneinander auf der Bank saßen. Sie hatte es geliebt, die Wärme seiner großen Hand zu spüren, die in ihre Schulter drang. Dann hatte sie ihre Wange daraufgelegt, und die kleinen Haare auf seinem Handrücken hatten an ihrem Ohr gekitzelt. Es ging immer ein ganz spezieller Geruch von dieser Hand aus. Nach Werkzeug. Nach klitzekleinen Metallstücken, die mit Öl geschmiert worden waren. Nach Holz, das blank geworden war, weil man es ein Leben lang in derselben Handfläche gehalten hatte. Nach Glas. Nach Leder. Nach Vaseline.

In jeder kleinen Furche wohnte eine Erzählung von Behutsamkeit.

Seine Liebkosungen waren so überwältigend vorsichtig gewesen, dass Alma sich in seinen Händen manchmal wie eine kostbare Uhr gefühlt hatte, ein Schatz, den er um nichts in der Welt beschädigen oder verlieren wollte.

Es gab vor allem eine Uhr, über die er so gedacht hatte, das wusste sie genau. »Meine kleine Geliebte«, hatte er sie genannt, scherzhaft, und Alma hatte sich selbst dabei ertappt, wie sie eifersüchtig wurde.

Sie hatten darüber gelacht, als sie es zugab. Es war nur eine Uhr, wie er sagte, wobei ihm die Liebe zu der Uhr ins Gesicht geschrieben stand. Aber er wollte sie nur sehr ungern verlieren. Genau wie er natürlich Alma nur sehr ungern missen wollte.

Draußen traf das Licht eine goldene Katze, die sich ein Stück weiter unten mitten auf die Straße gelegt hatte.

Es war Vorfrühling, mit all den Kontrasten, die er mit sich brachte: Tod und Überleben, Frische im Verwelkten, unvorhersehbares Wetter, das mit dem vorhersehbaren Sprießen kämpfte. Ja, der Frühling kam immer, wenn man lange genug wartete, oder lange genug lebte, und jetzt gerade drang er mit kühler Wärme durch die Fensterscheibe zu Alma herein. Ihr Ehemann war im April geboren, erinnerte sie sich plötzlich. Aber das Datum war ihr entfallen.

Sie bemerkte die Schneeglöckchen, die drüben im Vorgarten des Apothekers hervorlugten. In der Einfahrt parkte ein dunkelblaues Auto. Auf ihrer Seite der Straße wurde der Großteil der Aussicht von der enormen immergrünen Hecke des Nachbarn versperrt, und dahinter von zwei noch höheren

Thujen. Ihre Spitzen ragten über die Hecke wie kleine Weihnachtsbäume.

Der erste April!

Aprilscherz hatte Hornbrille ihn ja einmal genannt. Obendrein in Anwesenheit des Kaufmanns. Und des Keksvertreters.

Alma musste bei der Erinnerung kichern. Ihr Mann war stinkwütend geworden, vielleicht vor allem, weil seine eigene Frau mit einer Lammkeule in den Händen dastand und über den Witz lachen musste. Über den Aprilscherz. Was für eine Demütigung, sagte er, als sie nach Hause kamen. Und dann sagte er an diesem Tag nichts mehr. Seinem Geburtstag. Nicht einmal über die Keule, mit der sie sich doch solche Mühe gegeben hatte.

Aber es *war* doch auch amüsant. Es hatte auf jeden Fall amüsant geklungen, als Hornbrille es über die Kühltruhe hinweg gesagt hatte. Alma hatte unten beim Kaufmann erzählt, dass sie nach Hause mussten, um Geburtstag zu feiern. Sie hätte wohl lieber den Mund halten sollen. Ihr Mann hatte es nie gemocht, dass sie redete, das wusste sie ja.

Wenigstens hatte sie ihn nie selbst so genannt.

Denk daran, zu essen und Wasser zu trinken, am besten eineinhalb Liter Wasser am Tag! Das stand auf einem Zettel, der neben dem Zettel mit dem anderen, woran sie denken sollte, an der Wachsdecke klebte.

Sie versuchte, ihr Knäckebrot zu essen. Das war schwierig geworden. Die Kiefer und die Zähne wollten nicht mehr richtig, aber sie saßen immerhin noch fest. Hungrig war sie nur selten. Essen war Überleben geworden.

Früher einmal hatte sie es genossen. Genossen, ihm Essen zu kochen, aufrichtig genossen, ihn mit all den Gerichten zu erfreuen, die er mochte. Bis er sie eines Tages nicht mehr mochte. Damals wusste sie nicht, ob seine Geschmacksknospen sich verändert hatten oder ob sie nicht mehr in der Lage war, dieselbe Leistung zu bringen wie bisher. Oder hatte er ihr Essen vielleicht in Wirklichkeit nie gemocht?

Der Gedanke an diese Möglichkeit hatte sie lange Zeit unglücklich gemacht. Sie versuchte sich einzureden, dass es der Fremde war, der mit seinen Geschmacksknospen und Meinungen alles zerstörte, nicht er. Aber sie war nie ganz überzeugt. Dann machte sie das Essen, das sie selbst gern mochte. Sie bildete sich ein, dass sie es genoss, aber es war nie mehr dasselbe. Sie wusste nicht mehr, was sie eigentlich gernhatte, wenn er sie nicht mehr gernhatte.

Alma blickte beim Kauen auf. Auf dem Fensterbrett stand eine Reihe kleiner, farbenprächtiger Damen aus Keramik und bezeugte ihren Kampf mit dem Knäckebrot. Keine zwei waren gleich, und doch ruhten sie alle sicher auf ihrem breiten Rocksaum und streckten die Arme in einer runden Umarmung aus. Eigentlich hatte sie jedes Frühjahr kleine Blumen in ihre Arme gestellt. Momentan ragte nur ein Zahnstocher aus einer der Figuren hervor.

Ein Zahnstocher, mehr brauchte es nicht, dachte sie.

Sie schob den Teller weg und starrte die Katze draußen auf der Straße an. Dachte darüber nach, ob sie jemandem gehörte. Oder ihr eigener Herr war. Und wie sich das bei ihr selbst verhielt. Die Katze streckte sich und legte sich auf die Seite, den Kopf von ihr weggedreht. Ab und zu hob sie den Schwanz vom Asphalt, als ob sie etwas witterte. Oder jemandem winkte.

Sie winkte ihr durchs Fenster.

Alma musste an den Boten denken, der vielleicht heute früh

da gewesen war. Als sie ihren Hals reckte, konnte sie die Ecke der Kiste erkennen, die auf der Schwelle vor der Haustür stand. Sie mochte nicht hinausgehen.

Dann sprang die Katze plötzlich auf und verschwand wie der Blitz unter dem Auto des Apothekers. Sie konnte gerade noch ihre goldbraune Schwanzspitze hinter dem Vorderreifen zucken sehen. Einen Moment später kam der Hund am Ende seiner Leine zum Vorschein, dann der Junge.

»Oh«, flüsterte Alma in die Stille hinaus.

Ihre linke Hand umklammerte eine Papierserviette auf dem Tisch. Die rechte ruhte auf der Fensterbank zwischen zwei Keramikdamen, sie umklammerte sich selbst. Jetzt zog Alma, wie es ihre Gewohnheit war, wenn sie starrte, die Oberlippe ein bisschen zur Nase hoch und entblößte den Rand ihrer schmalen Vorderzähne. Ansonsten bewegte sie sich nicht.

Der Junge verlangsamte seine Schritte, sobald er an der Hecke vorbei war. Währenddessen zog der Hund an der Leine, um weiterzukommen. Aber der Junge schaute nicht den Hund an, wie er es sonst tat, er schaute in die Richtung von Almas Haus. Und als er auf Höhe der Küche war, hielt er inne und starrte direkt in das Fenster, an dem sie saß.

Alma bewegte sich noch immer nicht. Sie versuchte nur zu lächeln. Einen Augenblick später ging der Junge weiter in Richtung Pfad. Er ging noch immer langsam, als wäre er sich nicht ganz sicher, ob er dorthin sollte. Alma drehte sich auf der Küchenbank, um ihm nachzusehen. Und kurz bevor er aus ihrem Blickfeld verschwand, wandte er den Kopf nach ihr um.

Alma wäre beinahe hingefallen, als sie in einem Tempo von der Bank aufsprang, das sie überhaupt nicht gewohnt war. Sie musste sich am Türrahmen festhalten, um das Gleichgewicht wiederzufinden, bevor sie sich ins Wohnzimmer und zum großen Fenster hinwagte.

Der Junge war auf dem Pfad schon ein Stück weit gekommen. Seine hellblaue Jacke leuchtete wie ein Edelstein vor der braunen Erde, und ab und zu tauchte die Schwanzspitze des Hundes auf wie ein flatternder Schmetterling. Und dann, auf einmal, drehte er sich um und blickte zu ihrem Haus hinauf. Es war nur ganz kurz, und doch meinte Alma, sie hätten Blickkontakt gehabt. Sie blieb am Fenster stehen, bis er in der braunen Umgebung verschwand. Und noch lange danach. Es war, als könnte sie gar nicht mehr aufhören zu lächeln.

Zum ersten Mal in diesem Jahr öffnete sie die Terrassentür. Alma vermochte den Türgriff nicht mehr so zu greifen wie früher. Man musste ihn nach oben drehen, und die Bewegung stach wie Nadeln in ihre Finger. Die Gicht war in der Regel zu Beginn des Tages am schlimmsten. Und wenn es sehr kalt war.

Der Winter hatte wehgetan.

Jetzt brachte sie den Türgriff mühsam in die richtige Position. Als Nächstes musste sie mit beiden Händen gegen die Tür drücken, damit sie sich öffnete. Sie erinnerte sich an das Geräusch, das sie von sich gab, wenn sie aufging. Ein leichtes Knirschen. Spürte es in den Händen.

Durch die Scheibe hatte sie ein paar kleine Blumen im Gras gleich neben der Terrasse gesehen. Da waren sowohl Schneeglöckchen als auch ein paar von diesen gelben und lilafarbenen, deren Namen sie vergessen hatte. Sie würden ihr Fensterbrett zum Leuchten bringen, und vielleicht würde der Junge sie beim nächsten Mal bemerken. Zumindest, wenn sie ein paar der Keramikdamen nach außen drehte.

Krokusse hießen sie!

Das Dumme war, dass sie hinausgehen musste, um sie hereinzuholen. Danach würde sie sofort wieder ins Haus eilen. An nichts anderes denken als an die Blumen. Dann würde es schon gehen.

Der Fremde

Alma saß zusammengekauert neben der Spüle. Es war Nachmittag, und sie hatte gerade einen Teller abgewaschen, als plötzlich ein Herr die Straße heraufgekommen war. Ein jüngerer Mann, den sie sich nicht erinnern konnte schon einmal gesehen zu haben, oder vielleicht doch? Sie hatte keine Ahnung, aber er kam ihr fremd vor.

Sie hatte sich so weit zurückgezogen, dass er sie nicht sehen konnte, und beobachtete, wie er langsam an der Einfahrt des Apothekers vorbeiging, während er sich nach beiden Seiten umsah, als suche er das richtige Haus.

Niemand kam bis an dieses Ende der Straße, es sei denn, er wollte mit dem Auto wenden oder hatte etwas bei einem der letzten beiden Häuser zu erledigen. Und das Lager gegenüber wurde ja nicht mehr genutzt.

Als der Mann dann plötzlich auf Almas Einfahrt zugegangen war, hatte sie sich geduckt und war neben dem Spülbecken zusammengekrochen. Sie war sich sicher, dass die Eingangstür geschlossen war. Sie fiel von selbst zu, und doch sah sie zur Sicherheit immer noch einmal nach, wenn sie sie offen gehabt hatte, was selten genug vorkam. Sie wollte kein Risiko eingehen. Die Tür zur Waschküche war auch geschlossen. Sie musste geschlossen sein, dachte Alma. Genau wie die Terrassentür. Sie war so umsichtig mit diesen Türen. Trotzdem war sie kein bisschen ruhig.

Es war nicht die Post und auch nicht der Bote vom Kaufmann; er hatte nichts dabei.

Wer war das? Was wollte er?

Es konnte nichts mit dem zu tun haben, was geschehen war. Niemand wusste etwas davon.

Almas Herz schlug so heftig, dass sie es bis in den Hals spüren konnte. Es beschlich sie das unangenehme Gefühl, dass der Mann ums Haus lief, vielleicht schaute er sogar zu den Fenstern hinein. Vielleicht würde er alles untersuchen?

Die Tür von der Küche ins Wohnzimmer stand offen, also drehte sie sich auf dem Boden vorsichtig um, um einen Blick hineinwerfen zu können. Von ihrem Versteck aus konnte sie das kleine Wohnzimmerfenster an der Schmalseite und ein Stück vom Sekretär sehen. Sie war sich nicht sicher, aber sie meinte jemanden draußen vorbeigehen zu sehen. Es war bestimmt nur der flackernde Schatten eines Vogels oder einer der hinteren Bäume, versuchte sie sich zu beruhigen. Heute war es ja recht windig. Schatten waren nur gefährlich, wenn man Angst hatte.

Lange Zeit blieb sie so sitzen, auf dem Boden zusammengekrümmt, während sie dem Lärm in ihrer Brust und der ohrenbetäubenden Stille um sie herum lauschte. Erst als es allmählich finster wurde, wagte sie aufzustehen. Auch das dauerte eine Ewigkeit.

Alma konnte in dieser Nacht nicht schlafen. Sie ging ins Bett und stand wieder auf und schlurfte ruhelos in der Dunkelheit herum, hatte Angst, das Licht einzuschalten.

Schließlich nahm sie allen Mut zusammen und machte den Fernseher an. Der große Palisanderholzschrank drängte sich in der letzten Ecke des Zimmers an die Wand, im allerhintersten Winkel. Seine Beine waren tief in den Teppich eingesunken, der Rücken wies zu den Feldern und die Front zu einem

Sessel, einem gefliesten Tisch und einem Zweisitzersofa. Der Bildschirm wölbte sich in den Raum hinaus und glotzte leer vor sich hin wie ein riesiges graugrünes Auge, das starrte, aber nichts sah. Der Staub war mit dem Glas zusammengewachsen. Sie vergaß immer, ihn abzuwischen. Rechts vom Bildschirm saßen die Knöpfe in einer Reihe und sammelten ihren eigenen Staub an.

Sie hatten nur den einen Knopf verwendet, und er war schwer zu drücken. Alma musste es mehrmals versuchen, bevor er dort blieb, wo er sollte. Er war vom Drücken ihrer Zeigefinger ganz blank geworden. Vor allem von seinem.

Ihr fiel auf, dass alles, was er angefasst hatte, mit der Zeit blank geworden war. Das Werkzeug. Der Stock. Sie.

Sie sah im Spiegel immer so blank aus.

Auf dem Bildschirm war Schnee. Hinter dem Staub. Das Fernsehen hatte nicht mehr lange funktioniert, seit er nicht mehr da war, um es zu richten.

Es half, dazusitzen und den Schnee zu betrachten.

Sie versuchte sich daran zu erinnern, was für ein Geräusch er machte.

Dann schlief sie in dem grünen Sessel ein.

Köder

Alma stand an der Eingangstür und sammelte den Mut, sie zu öffnen. Die Kiste mit neuen Lebensmitteln stand dort draußen, sie musste nur die Tür aufmachen und die Waren hereinholen. Stattdessen ging sie zurück in die Küche und blickte ein weiteres Mal zum Fenster hinaus. Vergewisserte sich.

Es war keine Menschenseele draußen, nicht einmal ein Auto beim Haus des Apothekers. Sie hatte das Ehepaar vorhin wegfahren sehen. Jetzt war der Zeitpunkt, zu dem sie es tun musste. Und schließlich kehrte sie zum Eingang zurück und legte ihre Hand auf den Türgriff.

Das Holz beklagte sich, als sie öffnete. Sie konnte es zwar nicht hören, aber sie spürte das Geräusch genau, das zu dem Vorgang gehörte. Das kurze Knarren und das leise Quietschen, wenn die schwere Tür aufgemacht wurde, der Knall, wenn sie wieder zufiel. Der Sog. Ein Sog, wie wenn etwas plötzlich dicht abschließt und alles aussperrt. Wie ein Kühlschrank. Oder ein Einmachglas.

An die alltäglichen Geräusche erinnerte sie sich am besten. Es war schön, sie in sich zu haben, um die Stille einzufärben. Vor langer Zeit, Jahrzehnte bevor sie ihr Gehör verloren hatte, hatte sie es als verwirrend empfunden, wenn Stummfilme von Klaviermusik begleitet wurden. Verstörend nahezu. Sie hätte sich lieber die Geräusche vorgestellt, die zu den Bildern gehörten. Das fiel ihr leicht.

Sie beugte sich hinunter und zog die Holzkiste etwas dichter heran, während sie die Tür festhielt, damit sie sich nicht zu weit öffnete. Dann stellte sie die Waren nacheinander aus der Kiste auf den Fußboden des Eingangsbereichs: Knäckebrot, Kekse, Plätzchen, Kaffee, Haferflocken. Dosen mit Makrelen und Sardinen. In Scheiben geschnittene Salami. Zwei Rollen Toilettenpapier. Honig mit einem Schraubdeckel, den sie nie aufkriegen würde. Es variierte von Mal zu Mal etwas. Ein Liter Vollmilch war auch dabei. Die würde sie nie öffnen. Er war derjenige, der Milch trank.

Das Ganze war mit einem Tuch bedeckt, das an den Seiten hineingestopft war, um die Waren gegen die Sonne und diebische Elstern zu schützen. Am Boden der Kiste lag der übliche gelbe Zettel: *Für Sørensen – nach Absprache* stand darauf. Und eine Telefonnummer des Kaufmanns. *Mit freundlichen Grüßen* und dann ein Schnörkel.

Alma legte das Tuch zurück in die Kiste und schob sie zur Seite, unter den Briefschlitz und das Namensschild. Der Bote würde die Kiste beim nächsten Mal mit zurücknehmen. Am Rand der Türschwelle stand ein kleiner Buchsbaum in einem Topf und schrie nach Wasser, aber sie hatte nicht den Mut, hinauszugehen und ihn zu gießen. Stattdessen zog sie die Tür zu und spürte den Sog, als sie eingeschlossen wurde.

Sie brauchte lange, um die Waren in die Küche zu tragen. Es war nicht weit bis dorthin, aber es war weit hinunter zu jedem Gegenstand auf dem Boden, auch wenn sie nicht besonders groß war. Sie musste sich mit der einen Hand an der Wand abstützen, während sie sich bückte, und benutzte die andere zum Heben. Bei jeder Bewegung riss es in ihrem Rücken. Kleine Stöße schossen aus dem Rückenmark in die Lenden und hinunter in die Beine, je mehr sie sich zusammenkrümmte. Die flache Dose mit Makrelen war am schwierigsten zu greifen. Die Tüte mit den Haferflocken wog besonders viel. Die Plätzchen waren das Ganze wert. Mit diesen Plätzchen hatte sie etwas vor.

Die Kuverts auf dem Boden unter dem Briefschlitz ließ sie liegen. Mit ihren Gichtfingern würde sie sie ohnehin unmöglich aufheben können. Es waren noch welche dazugekommen. Der oberste lag mit der Rückseite nach oben. *Solum Kaufmannsladen, Svend Hansen* stand darauf.

* * *

Die Zeit verging, und Almas Herz galoppierte.

Sie hatte nicht nur die Waren hereingeholt, sie war sogar draußen vor der Tür der Waschküche gewesen, mit einer Handvoll Vanillekringel, sie hatte sie in kleine Stücke gebrochen und einige davon in das verwelkte Gras neben dem Pfad, andere etwas näher an die Tür geworfen. Die restlichen Plätzchen standen in einer Dose auf dem Küchentisch. Auf dem Fensterbrett wandte sich jetzt jede zweite Keramikdame in Richtung Straße. Die Schneeglöckchen nickten weiß und freundlich aus ihren Armen, und die farbenprächtigen Krokusse leuchteten dazwischen. Hießen willkommen.

Aber Alma saß nicht auf der Küchenbank. Sie stand in der Türöffnung zwischen Küche und Waschküche, wo sie beide Seiten im Auge behalten konnte. Sie stützte sich mit den Händen am Türrahmen ab, es fiel ihr schwer zu stehen. Das Wetter war heute grau. Und ein kleines bisschen nass, wie es aussah, aber sie hoffte trotzdem.

Und da kamen sie.

Der Junge blickte wieder in Richtung Küche. Alma würde er kaum sehen können, wenn sie nicht am Fenster saß, aber vielleicht bemerkte er die Damen auf dem Fensterbrett. Er verschwand von der Straße, und kurz darauf konnte sie ihn durch das Fenster in der Waschküchentür auf dem Pfad hinter dem Haus beobachten. Sie sah auch, dass sein Hund mit etwas im Gras beschäftigt war. Den Vanillekringeln.

Sie ließ den Türrahmen los und bewegte sich vorsichtig durch die Waschküche, wobei sie sich erst an einem Besenschrank, dann an einer Tischkante abstützte. Als sie die Tür erreichte, war der Hund zurück zum Pfad gerannt; jetzt zog er den Jungen in Richtung der Felder. Alma entdeckte er nicht.

Sie drückte ihr Gesicht an die Scheibe und blickte ihnen nach. Der Junge rannte auf die Art, wie sich Kinder bewegen, wenn sie fröhlich sind: hüpfend, als würde eine plötzliche Freude in ihnen überschäumen und sie in alle Richtungen auf einmal schicken. Jubelnd wie verspielte Zicklein ohne Wissen um die lauernden Gefahren der Welt und die Unumgänglichkeit des Todes. Alma musste bei dem Anblick lächeln, spürte aber auch einen kleinen Stich im Herzen.

Als sie an diesem Abend die Bornholmer Uhr aufzog, erinnerte sie sich an etwas, das ihr Mann oft gesagt hatte, wenn er auf einen Kunden wartete, auf eine Lieferung, auf das Essen, auf was auch immer: Die Zeit ist lang für den, der wartet.

Er hatte recht gehabt. Die Zeit war für Alma länger geworden, seit sie auf den Jungen wartete. Jedenfalls füllte sie mehr aus. Der Morgen zog sich hin, aber er hatte ein Ziel. Und sobald der Junge und der Hund vorbeigelaufen waren, hatte sie ein Ziel für den nächsten Tag. Einen Grund, um aufzustehen, zumindest, und damit einen Grund, um die Uhr aufzuziehen.

»Ja, das war also dieser Tag«, konstatierte sie, als sie sich vergewissert hatte, dass im Inneren der Uhr alles so war, wie es sein sollte. Die Gewichte, die Zigarrenkiste, der kleine Schlüssel. »Gute Nacht, meine Alte.«

Alma tätschelte die Frau, wie sie es immer tat.

Dann stützte sie sich auf die Kommode und den Esstischstuhl und folgte dem Läufer das letzte Stück zum Flur, wo sie sich an der Wand abstützte.

Draußen im Flur hielt sie einen Moment inne und nickte dem Wandteller, der zwischen dem Eingang und der Badezimmertür hing, freundlich zu. Es war die Dame mit dem üppigen lockigen Haar und dem kleinen Mund. Er hatte ihr den Teller als Geburtstagsgeschenk gekauft.

»Sie sieht dir ähnlich«, hatte er mit leuchtenden Augen gesagt, als sie das Geschenk auspackte. »Auch wenn du hübscher bist, meine Holde.« Dann hatte er seine Hände in Almas weiße Locken gesteckt und sie sanft durchwuschelt. Er liebte es, ihr Haar zu berühren.

Das war gewesen, bevor er sich verändert hatte.

* * *

Am nächsten Vormittag saß Alma auf der Küchenbank und wartete vergebens. Es war das Wetter. Schon als sie aufwachte, regnete es in Strömen, und es sah so aus, als würde es den ganzen Tag so weitergehen. Niemand würde sich bei diesem Wetter hinauswagen, nicht einmal ein eifriger kleiner Hund.

Sie starrte die Pfützen draußen auf der Straße an. Mit der Zeit wurden sie immer größer, wurden zu Theaterbühnen mit unermüdlich tanzenden Tropfen. Sie waren ihr eigenes Drama.

Ansonsten entdeckte sie kein Leben. Keine Katze, keinen Vogel, nichts.

Stundenlang saß sie da und lauschte dem konstanten Trommeln auf dem Dach, das sie zwar nicht hören, sich aber gut daran erinnern konnte. Das dumpfe Geräusch von freundlichen, schier endlosen Gewehrsalven.

Die Zeit verging und trat auf der Stelle. Die Wachablösung blieb aus.

Alma dachte daran, Wasser zu trinken. Mehr als sie es sonst tat, auch wenn der Regen und all das Wasser sie mehrmals den langen Weg zur Toilette schickte. Den ganzen Tag saß sie dort auf der Küchenbank. Sie zog sich überhaupt nicht an.

Sie versuchte, auch ans Essen zu denken. Knäckebrot mit Butter. Sie wollte eine Dose Makrelen öffnen, aber ihre Finger wollten nicht. Auch nicht, als sie sich an den Tisch setzte und es geduldig versuchte. Sie hatte nicht die Kraft, den Dosenöffner durch das Metall zu drücken.

Irgendwann schlief sie ein, ihr Kopf sank auf ihre Brust hinunter.

Als sie aufwachte, sah sie die Makrelendose vor sich und wusste nicht, wo sie war. Ihr Nacken und ihre Lenden schmerzten.

Und ihre Finger. Es waren gar nicht ihre Finger.

So sahen sie sonst nicht aus.

Die Küche kam ihr bekannt vor, aber dann auch wieder nicht.

Dann las sie den Zettel.

Ab und zu wirst du verwirrt …

Sie blieb sitzen und blickte sich um.

Kurz darauf schlief sie wieder ein, und als sie aufwachte, stellte sie die Makrelen in den Schrank zu den anderen Dosen. Sie wusste genau, wo sie hingehörten.

Sie dachte auch daran, die Standuhr aufzuziehen.

Frühling

Der Regen hatte im Lauf der Nacht aufgehört und dem Frühling Platz gemacht, der sich jetzt von seiner schönsten Seite zeigte. Die Luft war neu und frisch, die Erde dunkel und feucht. Die Natur vor Almas Wohnzimmer war satt und zufrieden und bereit zu gebären.

Sie versuchte zu pfeifen, ohne zu wissen, ob es gelang. Die Sehnsucht, die Vögel zu hören, traf sie plötzlich und intensiv. Sie erinnerte sich an ihren Gesang, das Gefühl ihres Gesangs.

Der kleine Gelbe mit dem schwarz-weißen Kopf, ach ja, Kohlmeise hieß er, landete auf der Terrasse und hüpfte suchend über die Fliesen. Jetzt kam auch noch ein Spatz, der aber sofort wieder wegflog. Sie sollte ihnen etwas hinauswerfen, dachte sie. Die Vögel sollten einen Grund haben zu kommen. Es war schon so lange her, dass sie versucht hatte, jemanden zu sich zu locken.

Eine gefühlte Ewigkeit war es immer nur darum gegangen, alle fernzuhalten.

Almas Blick flackerte unruhig durch den Garten.

»Es kann nichts passieren, wenn der Junge kommt«, flüsterte sie vor sich hin. Dann wandte sie sich um und rückte den Tischläufer zurecht. »So ein kleiner Kerl. Er kann mich ruhig besuchen kommen.«

Sie wischte mit der Hand ein wenig Staub weg.

»Das wäre doch schön, oder?«

Einer spontanen Eingebung folgend holte sie mehrere Exemplare der alten Illustrierten, die sich im Schlafzimmer angesammelt hatten. Die Zeitschriften lagen in zwei Stapeln neben dem Frisiertisch. Die neuesten Hefte waren ein paar Jahre alt und kaum berührt, obwohl das Licht sich schwer über das alleroberste gelegt und die Farben zum Verblassen gebracht hatte. Sie nahm einige der schönsten mit in die Küche, legte sie auf den Tisch und setzte sich auf die Küchenbank.

Statt bei den jungfräulichen Kreuzworträtseln zu verweilen, blätterte sie zu *Blondie* und den anderen Comic-Strips vor. Darüber hatte sie sich früher amüsiert. Das war es, was ihr eingefallen war: dass die Illustrierten sie zum Lächeln gebracht hatten. Und dass Kinder Zeichnungen mochten. Vielleicht konnten sie sich zusammen darüber amüsieren.

Die Küche duftete nach Kaffee.

Jetzt wollte sie sitzen bleiben und alles im Auge behalten. Und gesehen werden. Es war wichtig, dass er sie sah. Sie hatte frische Blumen in die Damen gestellt und Plätzchen hinter das Haus gestreut, sodass der Hund sie finden konnte.

Sie hatte auch kurz darüber nachgedacht, etwas in den Vorgarten oder die Einfahrt zu werfen, doch die Angst, dass der Nachbar es bemerkte, hielt sie davon ab. Hinter das Haus kam niemand außer dem Jungen und dem Hund. Dort fühlte sie sich sicherer, auch wenn dieser Ort noch immer mit der unklaren Gefahr verbunden war, eine Tür zu öffnen.

Sie konnte schon von Weitem sehen, dass er pfiff.

Alma lächelte zwischen den Damen hinaus.

Als er sich der Küche näherte, klopfte sie vorsichtig mit einem gekrümmten Finger an die Scheibe, ohne eine Ahnung zu haben, wie laut es war. Es tat am Zeigefingerknöchel weh, nichtsdestotrotz klopfte sie noch einmal. Und noch einmal.

Und als er in ihre Richtung schaute, winkte sie.

Nach einem Moment des Starrens und Zögerns hob der

Junge seine eine Hand und bewegte sie hin und her, als putzte er eine unsichtbare Scheibe. Dann sprang er plötzlich weiter.

Alma sprang ebenfalls. Auf. Zumindest, soweit ihr alter Körper und der enge Abstand zwischen Tisch und Bank es zuließen. Sobald sie in die Waschküche hinausgekommen war, blickte sie zum Pfad hinüber. Er bückte sich nach etwas und ging dann fast in die Hocke. Der Hund huschte um ihn herum und schnüffelte eifrig im Gras.

Das waren die Plätzchen. Es waren viele, und sie wirkten.

Drinnen hinter der Tür zur Waschküche klopfte Alma gegen die Fensterscheibe.

Der Junge fuhr zusammen, als er sie wieder sah. Doch dann wurden seine Augen schmaler, und jetzt kamen die Zähne zum Vorschein. Es war ein Lächeln! Ein großes, befreiendes Lächeln in dem kleinen Gesicht.

Und dann rannte er.

Almas Augen wurden feucht. »Du verrücktes Weib«, flüsterte sie und legte die Stirn an die kühle Fensterscheibe, während sie dem Rücken des Jungen nachblickte. Ihr Atem brachte das Glas zum Beschlagen. Ja, er war kräftig genug. Sie lebte.

* * *

Sie war zum Wasserlassen auf der Toilette gewesen. Ansonsten versuchte sie immer einzuhalten, während sie wartete, aber diesmal hatte sie wirklich gemusst. Die Plätzchen waren verstreut, und sie hatte die Tür zur Waschküche hinter sich zugemacht, aber nicht abgesperrt. Damit wollte sie bis später warten.

Niemand war draußen auf der Straße, als sie von der Toilette zurückkam, und sie betete, dass sie nicht schon vorbeigegangen waren. Das wäre wirklich traurig. Bevor sie sich wieder hinsetzte, warf sie einen Blick in die Waschküche.

Und da ragte der Kopf des Hundes aus der Katzenklappe.

Alma trat erschrocken einen Schritt zurück.

Der Hund sah aus, als ob er bellte. Sie meinte es geradezu hören zu können, aber aus sehr viel weiterer Entfernung als die wenigen Meter, die in diesem Moment zwischen ihnen lagen.

Sie konnte seine weißen Zähne und seine hellrote Zunge sehen, den nicht zu bändigenden Bart und die lebhaften Augenbrauen, die wie kleine, weiche Springbrunnen in die Luft standen. Darunter die glänzenden Augen.

Jetzt sah sie auch zwei Pfoten, die sich hindurchzwängten, bis sie auf dem Boden ihrer Waschküche standen. Zwei weiße Pfoten auf karamellfarbenen Beinen. Nach ein paar weiteren Sekunden Zwängen stand auch der Rest des Hundes vor ihr.

Er sah freundlich aus, der kleine Kerl. Wenn es denn ein Er war. So viel konnte Alma nicht sehen, auch wenn sie sich ziemlich weit vornüberbeugte. Sein buschiges Fell und die kurzen Beine waren fast eins.

Der Hund wedelte eifrig mit dem Schwanz und versuchte, zu ihr zu laufen, wurde aber von der Leine zurückgehalten, die sich von seinem Halsband aus straff zur Klappe hinaus spannte.

»Kommst du zu mir?«, sagte Alma und hielt sich gut am Besenschrank fest, ohne den Hund aus den Augen zu lassen. »Ja, guten Tag!«

Es fühlte sich an wie ein halbes Leben, seit sie zum letzten Mal mit jemandem gesprochen hatte, der sie hören konnte. Sie war sich gar nicht mehr sicher, *wie* sie sprach. Wenn sie sich selbst von innen hörte, klang ihre Stimme, als wäre sie unter Wasser. Die Konsonanten waren am Ertrinken. Aber nicht die

Vokale. Einmal hatte sie eine Radiosendung über den Gesang der Wale gehört. So klangen ihre Vokale. Sie riefen einander über große Entfernungen hinweg. Tief unten in den Ozeanen, weit innen in ihrem Kopf.

Jetzt sprach sie mit einem Vierbeiner auf einem Linoleumboden. Er hörte alles, verstand aber nichts. Oder vielleicht war es auch umgekehrt: Er hörte nichts, was für ihn Sinn ergab, und trotzdem verstand er alles. War es bei Hunden nicht genau so?

Vielleicht war er deshalb hereingekommen.

Alma nahm zwei Vanillekringel, die auf dem Tisch lagen, und warf sie vor ihrem Gast auf den Boden. Der Hund nahm das eine Plätzchen, schmiss sich auf den Bauch und begann sorgfältig zu kauen. Sein Blick verschwand in der Ferne, während der Kopf sich gradweise immer mehr schief legte.

Jetzt sah sie, dass die Leine über dem Rücken des Hundes schlaff wurde. Dass die Türklinke sich bewegte. Und gleich hinter der Fensterscheibe ein Stück blonden Haarschopf.

Es ging langsam, sehr langsam, doch die Tür zur Waschküche öffnete sich. Nach außen. Und da stand der Junge und hielt die Klinke vorsichtig mit beiden Händen fest, während er sich halb hinter der Tür und seinen eigenen Ellbogen versteckte. Sein Kopf reichte gerade bis zum Türgriff. Alma war klein, aber hier war jemand, der noch kleiner war. Trotzdem klopfte ihr Herz, als hätte sie ein Gespenst gesehen.

Der Junge bewegte die Lippen, und sie hatte keine Ahnung, was er sagte.

»Und hier kommst du?«, rief sie in die Stille. »Tag, mein Freund.« Seine Augen waren groß und dunkelblau. Auf jeden Fall das eine, das andere war hinter seinem Ellbogen verborgen. Er sah aus, als würde er sich genieren, machte einen unsicheren Eindruck. Aber er sah nicht ängstlich aus, nicht richtig.

Alma wollte ihm am liebsten erzählen, dass sie nur eine nette alte Dame war, die ganz allein war. Und taub.

Sie tastete nach einem weiteren Vanillekringel, aber es lagen nur noch ein paar Krümel auf dem Tisch in der Waschküche. Die anderen lagen in der Dose nebenan. Ihre Hand zitterte mehr als sonst.

»Das ist aber ein schöner Wauwau.« Sie gab sich Mühe zu lächeln. Es fiel ihr nicht ganz leicht, obwohl sie einen solchen Drang dazu spürte. Sie konnte ihr Gesicht nicht richtig kontrollieren. Außerdem war es schwer, gleichzeitig zu sprechen und zu lächeln.

»Und er wollte so gern zu mir herein?«

Der Junge nickte und nahm endlich die Hände herunter, sodass sie ihn besser sehen konnte. Er war richtig niedlich mit seinen runden Wangen und seinem hellen Haar. Aber er wirkte noch immer etwas unsicher. Verunsichert, vielleicht.

»Ist das dein eigener Hund?«, fragte sie und strengte sich an, so nett wie möglich zu klingen. Sie war ja auch nett. Merkte er das denn nicht?

Er nickte wieder, und im selben Moment verschwanden seine Augen in zwei kleinen, fröhlichen Schlitzen. Alma spürte, wie etwas in ihr leichter wurde.

Jetzt sagte er etwas.

Alma lächelte und überlegte nicht so sehr, was er wohl sagte, als was er in *ihrem* Gesicht sah. Tausende von Falten vermutlich. Vielleicht verschwanden ihre Augen für ihn auch, wenn sie lächelte.

Es musste sein eigener Hund sein, nachdem er sich so freute, als sie fragte.

»Ich kann wirklich gut verstehen, dass du ihn gernhast.« Wahrscheinlich unterbrach sie ihn, ohne es zu wollen. »Ich hatte auch mal einen Hund. Einen großen Hund, er hieß Punkt … nein … Fleck! Fleck hieß er. Er hätte nie durch diese kleine Klappe gepasst.«

Inzwischen war der Hund des Jungen mit seinen Plätzchen fertig und wieder auf die Beine gekommen. Schwanzwedelnd näherte er sich Alma, während die Leine weiter und weiter durch die Katzenklappe hereingezogen wurde. Alma blieb stehen und ließ ihn an ihren Pantoffeln schnüffeln. Sein Bart kitzelte ihre nackten Fußrücken. Das machte es deutlich leichter zu lächeln.

Jetzt trat der Junge zur Tür herein und sammelte die lange Leine auf. Er blickte Alma entschuldigend an und begann den Hund zu sich zu ziehen.

»Nein, hör zu … das musst du nicht. Er darf gern schnüffeln. Sag mal, wollt ihr beide vielleicht noch mehr Vanillekringel?« Anstelle ihrer Gäste nickte Alma selbst bestätigend. »Dann sollt ihr welche kriegen.«

Der Junge biss sich leicht auf die Unterlippe und blieb stehen.

»Bist du so nett und machst die Tür hinter dir zu … Kannst du das?«

Sie sah noch, wie er die Tür zur Waschküche zuzog, bevor sie sich umwandte. »Das ist wirklich nett. Dann kommt mal mit«, sagte sie und klopfte auf den Türrahmen zur Küche. »Sie sind gleich hier drin, die Plätzchen.«

Als sie die Essecke erreicht hatten, stützte sie sich auf dem Tisch ab und drehte sich um. Der Junge war mitgekommen. Er stand hinter ihr in der Türöffnung und bewegte die Lippen. Der Hund nahm gerade Anlauf und sprang auf die Küchenbank.

Es sah aus, als sagte er immer wieder dasselbe. Sie wünschte so sehr, sie könnte ihn hören. Ihn verstehen, zumindest.

Ihm antworten.

Alma setzte sich auf den Holzstuhl an der anderen Seite des Tisches, wo sie seit Menschengedenken nicht mehr gesessen hatte. Dann zeigte sie auf die Küchenbank, damit der Junge sich daraufsetzte. Der Hund saß schon dort.

»Ich höre nicht so gut«, hörte sie sich selbst in ihrem ozeanischen Inneren sagen. »Du musst mir verzeihen, wenn ich dich nicht verstehe. Oder vielleicht etwas undeutlich spreche.« Sie sah sehr wohl, dass er sich anstrengen musste, um sie zu verstehen. Vielleicht brachte die Taubheit sie zum Nuscheln.

Sie sollte sich besser Mühe geben.

»Aber hier, nimm dir doch ein Plätzchen. Nimm auch eines für den Hund, ich hab noch mehr im Schrank.«

Der Junge zögerte. Dann schob er sich auf die Küchenbank und steckte die Hand in die Dose, die ihm gereicht wurde.

So saßen sie ein wenig da. Der Junge knabberte sehr kleine Stücke von dem Vanillekringel ab, den er in der Hand hielt.

»Schmeckt er dir?«

Er nickte.

»Willst du etwas dazu trinken ... Kaffee?«

Er schüttelte den Kopf.

»Tee? Ich kann Tee machen. Oder Wasser, ich habe auch Wasser.«

Im Inneren von Almas Kopf ertranken die Konsonanten in Wasser. Und jetzt musste sie wieder aufs Klo.

Der Junge schüttelte erneut den Kopf, ohne sie anzusehen. Stattdessen betrachtete er die Erinnerungszettel, die an der roten Wachsdecke festgeklebt waren.

»Kannst du lesen?«, fragte Alma.

Wieder ein Kopfschütteln.

»Also kannst du auch nicht schreiben?«

Und wieder. Sein Pony tanzte dabei hin und her. Er war gerade geschnitten, sodass er aussah wie ein hübscher kleiner Vorhang.

»Gehst du nicht in die Schule?«

Nein. Sie musste etwas finden, was er stattdessen bestätigen konnte.

»Ich muss pinkeln«, sagte sie. Es war nicht ihre Absicht gewesen, es laut zu sagen. Sie war es nur so gewohnt, Dinge laut vor sich hin zu sagen.

Der Junge sah sie verblüfft an und zog dann das Kinn in einer Bewegung zur Brust hinunter, die einem Kichern ähnelte.

»Tja, alte Frauen pinkeln eben auch.« Alma musste lachen. Sie war sich nicht sicher, ob man es hörte, aber sie spürte es wie ein Blubbern im Körper. Einen süßen Schmerz in den Augen.

Er lächelte sie etwas verlegen an.

»Ich gehe jetzt kurz mal raus. Inzwischen kannst du ein bisschen hier drin blättern«, sagte sie und zeigte auf die Illustrierten. »Du kannst mir glauben, es sind viele Bilder drin.«

Almas Lächeln hatte sie noch nicht verlassen, als sie im Badezimmer ihrem eigenen Spiegelbild begegnete. »So ein süßer Junge«, flüsterte sie all den Falten zu und hoffte, er würde nicht weggehen.

Als sie zurückkam, hatte er seine Jacke ausgezogen und blätterte mit der einen Hand in einer Illustrierten, während er in eine Fingerspitze der anderen biss. Er war bei dem Foto einer Dame gelandet, die Alma wohlbekannt war. Es war die,

die mit diesem Mann mit der richtig tiefen Stimme das Lied über das Schiff gesungen hatte. Birthe irgendwas. Dann kam es.

»Birthe«, sagte sie. »Birthe Wilke.«

Der Junge sah auf und warf Alma einen fragenden Blick zu.

»Nein, nein, nicht ich«, lachte Alma. »Die Dame in der Zeitschrift heißt Birthe.«

Sie setzte sich wieder ihm gegenüber und sah ihn an.

»Ich heiße Alma.«

Er versuchte wahrscheinlich, ihren Namen zu sagen, sie war sich nicht sicher.

»Und wie heißt du?« Im selben Moment bereute sie ihre Frage.

Der Mund des Jungen bewegte sich, und Alma nickte zuerst freundlich, als würde sie verstehen. Dann schüttelte sie den Kopf.

»Nein, ich kann es nicht hören. Das tut mir leid. Darf ich dich nicht vielleicht … Otto nennen?« Das war der einzige Name, der ihr einfiel. Also, außer Birthe. Vielleicht war das dumm. Aber Birthe war noch dümmer.

Der Junge blickte sie einen Augenblick verwundert an, schien jedoch einverstanden zu sein. Er nickte jedenfalls, und soweit sie sehen konnte, wiederholte er den Namen. Mehrmals sogar.

Er war ein hübscher Junge mit feinen, zarten Lippen und weichen Wangen ohne jegliche Unebenheit in der Haut. Das hellblonde Haar war völlig glatt, nur gestört durch einen kleinen, widerspenstigen Wirbel ganz oben am Hinterkopf, der bewirkte, dass es sich genau dort ein wenig hob. Alma dachte daran, dass ihr eigenes Haar einmal fast dieselbe Farbe gehabt hatte.

Jetzt bemerkte sie seine Sommersprossen, die wie ein kleiner Sattel über dem Nasenrücken verteilt waren. Sie waren kaum zu sehen, aber sie stellte sich vor, wie die Sonne sie in naher Zukunft hervorlocken würde. Unter den winzigen, undeutlichen Augenbrauen saßen zwei große, klare Augen, die versuchten, ihr etwas zu erzählen. Oder sie etwas zu fragen. Es ging vielleicht um den Namen.

Sie betrachtete seine Hände. Die eine lag immer noch auf Birthe Wilke. Der Handrücken war glatt und schön. Aber die Nägel waren ausgefranst, und dasselbe galt für die Haut um sie herum. Es fühlte sich beinahe gewaltsam an, die Zerstörung inmitten der ganzen Unberührtheit zu entdecken.

Alma nahm vorsichtig seine Hand in ihre beiden. Sie war so warm, die kleine Hand. Wenn man von den mitgenommenen Fingerspitzen absah, war die Haut weich wie Seide.

»Kaust du vielleicht Nägel, Otto?« Sie versuchte, seinen Blick einzufangen.

Der Junge nickte zögernd und presste die Lippen zusammen. Aber er sah ihr nicht in die Augen, er schaute ihre Hände an.

Und Alma sah, was er sah. Die alten, knotigen Handrücken, die deutlich gewölbten blaugrünen Adern, die dunklen Flecken, die vielen Falten und die gekrümmten, knochigen Finger. Sie mussten in seinen Augen furchtbar aussehen, vielleicht sogar geradezu angsteinflößend.

Aber ihre Fingernägel waren schön, so schön sie nun sein konnten. Alma tat ihr Bestes, feilte sie regelmäßig, sodass sie sie nicht zu schneiden brauchte. Eine Nagelschere zu verwenden war eine allzu große Herausforderung geworden. Dasselbe galt für Nagellack. Ihre Hand zitterte zu stark, um den Pinsel richtig führen zu können, wie gern sie es auch wollte.

Draußen im Badezimmerschrank bewahrte sie Perlmuttlacke für ein ganzes Jahrhundert auf. Sie waren vermutlich nicht mehr verwendbar.

»Ja, ich bin eine alte Frau. Eine sehr alte Frau.«

Otto nickte, diesmal ohne zu zögern.

»Eine taube, alte Frau«, seufzte Alma.

Dann bereute sie es. Sie wollte nicht, dass es klang, als würde sie sich selbst leidtun. »Das ist schon alles in Ordnung so«, fügte sie hinzu, ohne zu wissen, was sie damit meinte.

Der Hund saß auf der Bank dicht neben dem Jungen, der jetzt Otto hieß. Als er eine Pfote auf seinen Schoß legte, legte der Junge liebevoll einen Arm um ihn. Der Kopf des Hundes ruhte auf dem Tisch, während er Alma intensiv betrachtete. Jedes Mal, wenn sie etwas sagte, bewegten sich seine Augenbrauen ein wenig und verliehen ihm einen neuen überraschten Gesichtsausdruck.

»Wie alt ist dein Hund denn? Kannst du mir das zeigen?«

Otto zog seine Hand zu sich und streckte zwei Finger in die Luft. Triumphierend. Zählen konnte er also. Zumindest bis zwei.

»Zwei Jahre!« Alma lächelte. »Es nützt wohl nichts, dass du mir verrätst, wie er heißt, wenn ich es sowieso nicht hören kann.«

Otto zog eine Schnute, und er sagte offenbar trotzdem etwas, denn Alma konnte sehen, wie seine Zunge sich bewegte, auch wenn die Lippen es nicht taten. Sie zuckte resigniert mit den Schultern.

Es nutzte nichts.

Jetzt hörte der Junge auf, eine Schnute zu ziehen, und begann stattdessen am Halsband des Hundes herumzufingern. Kurz darauf hob er eine kleine runde Metallplatte hoch, die daran befestigt war. Er hielt das Namensschild so, dass Alma es sehen konnte.

LULU stand da. Und eine Telefonnummer.

»Lulu!«, sagte Alma, und die Augenbrauen des Hundes hoben sich höher als je zuvor.

* * *

»Sag mal, Otto, wo wohnst du denn eigentlich?«

Alma fragte, nachdem sie ein bisschen in der Illustrierten geblättert hatten. Der Junge sah sich besonders gern Bilder in Farbe an, hatte Alma bemerkt. Und Menschen. Jetzt betrachtete er eine Annonce für orthopädische Schuhe, auf der ein älteres Paar mit einer Schaukel spielte. Der Mann schob die Frau an. Das Ganze kam Alma ein wenig unglaubwürdig vor. Schuhe waren ja wohl das Letzte, was man beim Schaukeln brauchte. Sie versuchte sich zu erinnern, ob sie es einmal ausprobiert hatte.

Jedenfalls nicht mit ihrem weißhaarigen Mann.

Als Antwort auf ihre Frage zeigte Otto aus dem Küchenfenster. Nicht zum Apothekerhaus hinüber, und auch nicht zum Lager, sondern auf irgendetwas dahinter, wahrscheinlich in einer der parallelen Sackgassen. Er machte ein paar drollige Gesten und zeigte wieder, und endlich ging Alma auf, was er meinte.

»Ist das die Fahnenstange? Wohnst du in dem Haus mit der Fahnenstange?«

Otto nickte eifrig.

Die Fahnenstange stand drüben in der dritten Straße. Im Lauf der Zeit hatte Alma ab und zu gesehen, wie dort der Danebrog gehisst wurde, und gedacht, dass da wohl irgendetwas gefeiert wurde. Oder jemand. Es war immer schön zu sehen, wie eine Flagge zur Spitze hochgezogen wurde. Ein Zeichen von Leben.

»Die ist mir schon aufgefallen.« Alma lächelte und musste an das Alter des Kindes denken.

»Hör mal, kommst du nicht bald in die erste Klasse?«

Otto schlug den Blick nieder und begann an einer Ecke der Illustrierten zu reiben. Irgendwo in der Bewegung war ein unmerkliches Nicken zu sehen.

Er sah ehrlich gesagt nicht gerade froh aus bei dem Gedanken, in die Schule zu müssen, und Alma beschloss, das Thema zu wechseln, um ihn aufzumuntern.

»Das ist wirklich ein netter Hund, den du da hast.«

Jetzt pustete er seinen Pony hoch und streichelte den Hund hinter einem seiner geknickten Ohren. Sofort war wieder mehr Freude in seinen Augen. Die Augen des Hundes glänzten ebenfalls. So viel junges Leben, dachte Alma.

Sie erinnerte sich von selbst an den Namen. Lulu hieß er. Das musste sie sich merken. Otto und Lulu.

Es war eigentlich lustig, dass der kleine Kerl genauso hieß wie ihr Mann.

»Stell dir vor, mein Mann hieß genauso wie du. Er hat Uhren repariert. *Wir müssen auf die Zeit achten*, hat er immer gesagt.«

Im nächsten Moment bereute Alma, dass sie das mit der Zeit gesagt hatte, denn der Junge war ganz offensichtlich daran erinnert worden, dass es Zeit war zu gehen. Er stand auf, bewegte den Mund, nahm seine Jacke und schlängelte sich von der Bank. Der Hund lief hinter ihm her und überholte ihn.

Alma stand in der Tür zur Waschküche und sah sie verschwinden. Otto hatte sich umgewandt und ihr zugewinkt, bevor er zusammen mit seinem vierbeinigen Freund mit schnellen Schritten den Pfad hinunterlief. Er hatte gelächelt. Und Alma hatte seinem hellblauen Rücken zugerufen, dass sie unbedingt wiederkommen mussten.

Sie war sich nicht sicher, ob er es hörte.

Sie rannten schneller als sonst. Die Zeit musste aufgeholt werden, dachte sie. Vermutlich wartete zu Hause jemand auf sie.

* * *

Der Müllmann kam. Alma zuckte zusammen, als der junge Mann drüben an der Hecke auftauchte und in ihre Einfahrt lief. Der große Müllwagen fuhr nie ganz in ihre schmale Straße hinauf. Er hielt immer weiter unten, vielleicht ganz unten beim Kaufmann. Dann kam einer der Männer mit einem neuen hellbraunen Papiersack angerannt, den er sich gefaltet unter den Arm geklemmt hatte. Und bald verschwand er wieder, ihren benutzten Sack über den Rücken geschwungen.

Es ging so schnell. Sie schauten nie woandershin als direkt geradeaus, diese Typen. Früher hatte sie sich manchmal den Spaß gemacht, den Kopf hinauszustrecken und ihnen einen Keks oder vielleicht ein Bier anzubieten, wenn Otto nicht zu Hause war. Das war schon lange her. Damals, als sie noch Zeit gehabt hatten, und sie ihr Gehör.

Und ihren Mut, nicht zuletzt.

Der Ständer für den Müllsack stand an der Schmalseite des Hauses unter dem Halbdach. Oder im *Carport*, wie Otto es genannt hatte. Alma mochte das Wort nicht. Es wirkte absolut deplatziert in so einem kleinen jütländischen Kaff. Am Ende der Einfahrt und des Halbdachs war eine hohe Mauer, die die Aussicht und den Zugang zum Garten verdeckte. Wenn man dorthin wollte, musste man rechtsherum den schmalen gefliesten Weg zwischen der Einfahrt und der Hecke von Hornbrille nehmen, und das war ganz einfach unmöglich, weil die Hecke ihn ganz ausfüllte. Ihr Mann hatte sich geweigert, sie zu schneiden, weil er meinte, es sei die verdammte Pflicht des Nachbarn. Er war derjenige, der den Kirschlorbeer seinerzeit zu dicht an der Grundstücksgrenze gepflanzt hatte, und das trotz Ottos heftigen Protesten.

Otto hatte seinen Opel immer unter dem Halbdach stehen gehabt, bis er ihn verkaufte. Das geschah sehr plötzlich. Sie konnten auch den Bus nehmen, hatte er gesagt. So würden sie viel Geld sparen, und im Übrigen wollten sie ja nirgendwohin. Alma hatte das Gefühl gehabt, dass es auch mit etwas zu tun hatte, das der Arzt gesagt hatte. Otto war stinkwütend gewesen, als er von diesem Arztbesuch nach Hause gekommen war. Rasend vor Wut. Er sprach davon, sich einen neuen Arzt zu suchen.

Und dann sollte das Auto verkauft werden.

Danach hatte er das Gestell für den Müllsack unter das kleine Badezimmerfenster gerückt, sodass sie nur das Fenster zu öffnen brauchten, wenn sie den Müll loswerden wollten. Offenbar war er nicht mehr gern in seine Einfahrt hinausgegangen, nachdem das Auto weg war. Der demonstrativ leere Raum unter dem Halbdach und dazu die Hecke, die sich höhnisch nach vorne drängte, bereiteten ihm schlechte Laune. Das hatte er nicht direkt gesagt, aber das hatte Alma gedacht. Otto war schon immer unglaublich gut darin gewesen, sich provozieren zu lassen.

Das Auto war dann auch von einem jungen Mann mit einem provozierenden Vollbart abgeholt worden. Rot natürlich. Und Otto zufolge schrecklich ungepflegt. Das passte überhaupt nicht zu einem Opel. Hätte Otto von diesem Bart gewusst, er hätte sein Auto diesem Typen nicht verkauft, aber er hatte nun einmal am meisten geboten, als er auf die Annonce antwortete.

»Man will gar nicht darüber nachdenken, woher er das Geld hat«, hatte Otto hinterher zu Alma gesagt. Dennoch hatte er die zerknitterten Scheine des jungen Mannes angenommen.

Alma musste sich in der Dusche auf einen Hocker stellen, um an den Metalldeckel des Mülleimers zu kommen. Dann musste sie sich anstrengen, um den runden Deckel offen zu halten, während sie ihren Abfall in den Sack fallen ließ. Bald würde sie zu klein sein, um heranzukommen.

Alles zog in Richtung Erde, wenn man alt wurde. Das Gesicht, die Knochen, das Fleisch. Und eines Tages lag man dann darin, dachte sie ab und zu. Verbraucht. Man konnte nicht einmal auf den Wertstoffhof.

Glücklicherweise sammelte sie nicht sonderlich viel Müll an. Aber egal, wie wenig es war, die Müllmänner kamen und nahmen den Sack mit. Vermutlich mussten sie das tun.

Es gab zwei Fenster im Badezimmer, eines, das zur Vorderseite des Hauses wies, und dann das kleine an der Schmalseite über der Mülltonne. In beiden waren Milchglasscheiben, und davor hing noch eine dünne Gardine, die immer zugezogen war. Und doch war Alma nicht gern im Badezimmer, wenn die Müllmänner kamen. Der Schatten hinter dem Glas erschreckte sie manchmal zu Tode, besonders, wenn sie gerade auf der Toilette saß und nichts anderes tun konnte. Das war ja nicht immer zu steuern. Es bestand kein Risiko, dass sie sie sehen konnten, auch nicht, wenn Licht brannte. Das wusste sie sehr wohl.

Aber trotzdem. Sie konnten das Licht sehen.

Oft pinkelte sie im Dunkeln.

Der Junge und die Frau

Der Junge kam wieder. Er winkte, sobald er Alma im Küchenfenster sah. Und als sie es in die Waschküche geschafft hatte, stand er schon draußen und wartete, während er sich selbst auf die Zehen trat. Der Wind zerzauste an diesem Tag sein Haar. Sogar der Bart des Hundes wurde ganz zur Seite geweht.

Sie erinnerte sich Gott sei Dank gerade noch daran, dass er Otto hieß, bevor sie öffnete.

Diesmal spielten sie Mikado. Alma hatte das Spiel im Sekretär gefunden. In der untersten Schublade waren ein paar Spielsachen, aber ihr fiel nicht mehr ein, woher sie sie hatte. Sie konnte sich nicht daran erinnern, dass in diesem Haus einmal Kinder gewesen waren, vielleicht im alten. Sie hatte an ihre Schwestern gedacht. Es gab zwei, aber sie war sich nicht sicher, ob sie Kinder hatten. Die jüngere vielleicht. Enkel? Ja, jetzt konnte es sogar Urenkel geben.

Sie hatten nicht sonderlich viel Kontakt gehabt. Ihre Schwestern mochten ihren Mann nicht. Na ja, vielleicht früher einmal. Er hatte sie wohl auch nie gemocht. Es gab ein Davor und ein Danach, aber sie konnte sich nicht immer daran erinnern, was dazwischen gewesen war. Vielleicht war das auch ganz gut so.

Alma gab es auf, herauszufinden, woher das Spiel stammte. Es war nicht mehr so, dass Dinge immer mit Erinnerungen zusammenhingen. Dinge waren sehr oft Fragen ohne Antworten.

Otto strahlte, als er das Mikadospiel auf dem Tisch sah. Er wusste genau, worum es dabei ging, und er lachte über Almas krumme Finger, die viel zu stark zitterten, um mit den dünnen Stäbchen zurechtzukommen. Sie lachte auch. Es war nicht schwer, die Komik darin zu sehen.

Es war schön zu lachen. Und es fühlte sich so fern und gleichzeitig so wohlbekannt an, mit jemand anderem zu lachen.

Er hatte ein blubberndes, ansteckendes Lachen gehabt, ihr Mann. Und die freundlichsten Augen, die leuchteten, wenn er fröhlich war. Das war er früher einmal gewesen. Damals, als sie lange Spaziergänge miteinander gemacht hatten. Am Strand. Durch die Straßen. Über die Felder. Als sie bei Regen zusammen unter ein Dach gerannt waren oder er seine Jacke über sie hielt, sodass er selbst völlig durchnässt wurde. Als sie abends Karten spielten, sogar wenn sie gewann. Damals, als sie noch miteinander getanzt hatten. Als sie noch jung waren. Auch, als sie schon älter waren. Ja, sie hatte mit ihm zusammen gelacht. Die Erinnerung durchfuhr Alma wie ein kleines Erdbeben.

Sie lobte den Jungen. Er sei wirklich tüchtig mit diesen Stäbchen, sagte sie. Wieder und wieder. Wirklich tüchtig. Und der Junge sah sie mit strahlenden, fröhlichen Augen an.

Sie überlegte mehrmals, nach seinen Eltern zu fragen, aber irgendetwas hielt sie davon ab. Vielleicht war es am besten, am schönsten, wenn Otto einfach nur hier war. Hier und jetzt, bei ihr. Ohne irgendwo anders hinzugehören.

Eines Tages wollte sie ihm das Memory zeigen, das sie auch gefunden hatte. Dann konnten sie damit spielen. Es war gut, etwas Neues parat zu haben. Das Dumme an diesem Spiel war nur, dass sie sich nicht daran erinnern konnte, an was man sich dabei erinnern sollte. Aber das wusste Otto bestimmt. Die

Bilder waren auf jeden Fall unterhaltsam. Sie waren ja auch von diesem Cartoonisten. Storm P.

Als Otto das Mikadospiel gewonnen hatte, durfte er die Keramikdamen so umstellen, wie es seiner Vorstellung entsprach. Er platzierte sie mit großer Sorgfalt, sodass sie alle in die Küche blickten und sich eine Spur zur Küchenbank hinüberwandten.

»Das ist schön, Otto.« Alma legte ihre Hand auf seine und tätschelte sie. Dann sagte sie etwas, das sie eigentlich gar nicht laut hatte sagen wollen. »Ich bin so froh, dass du kommst und mich besuchst.«

Und da tat Otto etwas, das sie ebenfalls nicht erwartet hatte. Er legte seine freie Hand auf ihre, und dann tätschelte er sie ebenfalls. Aber es war nicht nur, dass er sie berührte. Es war die Art, wie er es tat. Seine Behutsamkeit. Vielleicht hatte er Angst, ihre alte, abgenutzte Hand unter seiner kleinen, neuen zu zerdrücken. Da saß er mit seiner ganzen jungen Kraft. Und sie mit der ganzen, die sie schon längst verbraucht hatte.

Almas Hand blieb natürlich heil, aber ihr altes, abgenutztes Herz zerbrach beinahe. *Du närrische alte Frau*, dachte sie. Wenigstens sagte sie es nicht laut.

»Willst du mir versprechen, dass du wiederkommst?«, fragte sie stattdessen und blickte Otto in die Augen.

Gleich würde er etwas sagen, das sie nicht hören konnte.

Sie hätte so gern gewusst, was er sagte, wenn er mit ihr sprach. Wie seine Stimme klang. Sie versuchte sich eine zarte helle Knabenstimme vorzustellen, aber das war schwer. Wann hatte sie überhaupt zuletzt eine solche gehört?

Otto nickte und bewegte die Lippen.

Er versprach wiederzukommen, so viel verstand sie.

»Hör mal. Können wir nicht ausmachen, dass du einfach

zur … ja, wie heißt das da draußen … Waschküchentür reinkommst? Ich höre es ja nicht, wenn du anklopfst, und ich fände es schade …«

Die vielen Sätze bereiteten Alma Schwierigkeiten, und sie musste sich anstrengen, damit die Worte nicht übereinanderstolperten.

»Ich fände es schade, wenn du nicht hereinkommst, weil ich dich nicht sehe. Ich könnte ja dafür sorgen, dass die Tür da drüben morgens immer offen ist.« Alma stutzte einen Augenblick, eine Spur verblüfft über ihren eigenen Vorschlag. Dann fuhr sie fort: »Wollen wir es so machen, Otto?«

Es war eine Absprache. Jedenfalls nickte er wieder.

Und am nächsten Vormittag öffnete er selbst die Tür und kam herein.

* * *

Alma hatte einen Liter Vollmilch im Kühlschrank gefunden und stellte sie dem Kind hin. Kinder tranken Milch, war ihr eingefallen. Diese Art von Verpackung zu öffnen war für ihre Finger jedoch eine unmögliche Aufgabe, also musste sie Otto bitten, es zu tun.

Er öffnete höflich die Packung, doch seine Wohlerzogenheit reichte nicht aus, um den augenblicklich einsetzenden Ekel zu verbergen, als er an ihrem Inhalt roch und daraufhin den Karton mit ausgestrecktem Arm von sich weghielt.

»Na, das werfen wir mal besser weg!«, sagte Alma und war genauso peinlich berührt wie der Junge, als sie ihn von dem Ungenießbaren befreite. Ab und zu vergaß sie, die Milch in den Kühlschrank zu stellen, wenn sie die Kiste ausräumte, wahrscheinlich weil sie wusste, dass sie ohnehin ungeöffnet durchs Badezimmerfenster fliegen würde. Sie war froh, dass sie eine große Tüte Pfefferkuchen im Schrank entdeckt hatte. Damit konnte sie den Jungen doch verwöhnen. Weihnachten hielt lange.

Otto war schon dabei, sich auf die Küchenbank zu schieben, als sie ihn aufhielt.

»Warte mal, du. Bevor wir uns setzen, will ich dir etwas zeigen.« Sie stand in der Tür zwischen Küche und Wohnzimmer und hielt sich mit beiden Händen am Türrahmen fest. »Heute sollst du meine Frau kennenlernen.«

Ottos verdutzter Blick brachte Alma zum Lachen.

»Nein, es ist nicht so eine Frau. Es ist eine Uhr. Komm mit, dann wirst du's sehen. Ja, Arnold kann auch mitkommen.«

Letzteres brachte Otto zum Kichern, während er von der Bank aufstand. Dann zog er eine Schnute und machte diese Sache mit der Zunge hinten innen. Schnute, Zunge, Schnute, Zunge. Er zeigte auf den Hund.

Alma hielt in der Bewegung inne. Sie konnte sich nicht erinnern, wie er hieß. Es war also nicht Arnold. Es half beträchtlich, als er das Namensschild hochhielt.

»*Lulu* war es ja! Ich bin eine vergessliche Frau. Aber jetzt wirst du etwas sehen, das ich nie vergesse. Komm, mein Freund.«

Sie reichte dem Jungen ihre Hand, und er nahm sie, ohne zu zögern.

Aus eigener Initiative zog Otto den Fußschemel des Sessels den ganzen Weg bis zur Bornholmer Uhr. Er wollte sich daraufstellen, damit er besser die goldenen Girlanden und die Lyra oben am Kopf der Frau sehen konnte. Und dann natürlich das Gesicht. Das Ziffernblatt.

Alma erklärte ihm im Detail, wie sie jeden einzelnen Abend den Glasdeckel öffnete und die Uhr mit dem Aufziehschlüssel aufzog. Sie hätte es ihn gern versuchen lassen, aber es war erst Vormittag, und die Frau sollte nun einmal am Abend aufgezogen werden, bevor sie ins Bett ging. Alma wagte es nicht, die Routine zu ändern. Es fühlte sich an, als stünde zu viel auf dem Spiel.

Hinterher sperrte sie den Uhrenkasten auf und öffnete die Tür weit, sodass Otto die Gewichte und das Pendel in der Dunkelheit arbeiten sehen konnte.

Der Junge war von dem Anblick so ergriffen, dass er sich auf den Fußschemel setzen und mehrere Minuten lang in das Märchen hineinstarren musste. Alma schielte zu den Zeigern hinauf und ließ ihn die Überraschung erleben, als die Uhr ihre stündlichen Schläge machte. Sie sah, wie er zusammenfuhr, um kurz darauf beide Hände zum Gesicht zu heben und zu lachen, dass seine Augen nur so glänzten. Sie selbst hörte nichts, weder Schlag noch Lachen, aber sie spürte es trotzdem alles in ihrer Brust.

Die Zigarrenkiste und den kleinen Schlüssel zum Vorhängeschloss hatte sie herausgenommen, bevor er kam. Sie hatte sie unter ihre Bettdecke gelegt, um sicherzugehen, dass sie sie wiederfinden würde und zurück an ihren Platz legen konnte. Es sah leer aus im Uhrenkasten, wenn sie nicht da waren.

Ab und zu entfiel ihr, was in der Zigarrenkiste war, aber nur selten, wozu der Schlüssel gehörte. Zumindest, solange sie ihn anstarrte. Der Anblick des Schlüssels erinnerte sie an etwas, das sie tun sollte. Und an etwas, das sie nie hätte tun sollen.

Es wäre wohl am angenehmsten gewesen, das Ganze zu vergessen, aber sie brachte es nicht übers Herz, den Schlüssel wegzuwerfen.

An diesem Tag ging Otto im Wohnzimmer herum und berührte alle Dinge. Die Möbel, den bestickten Wandbehang, den Korb mit dem Strickzeug, den Nippes auf den Fensterbänken, die Spitzengardinen und die Quasten an den schmalen, gewundenen Kordeln, die sie zusammenhielten. Und er legte sich bäuchlings auf den persischen Läufer und zeichnete die Muster mit den Fingern nach, während Alma die Pfefferkuchen holte.

Er krümelte auf den Teppich, aber Alma sagte, dass das nichts machte. Jetzt sollte er es nur gemütlich haben.

Dann bekam er plötzlich den etwas bekümmerten Blick, der bedeutete, dass er jetzt lieber gehen sollte.

Kurz darauf stand Alma am Wohnzimmerfenster und sah ihn mit seinem Hund über die Felder flitzen. Als er auf halbem Weg war, wandte er sich um und winkte ihr zu, wie er es versprochen hatte. Und sie stand hinter der Fensterscheibe und winkte ihm zu, wie sie es versprochen hatte.

Sie sah ihnen nach, bis sie hinter dem Hügel verschwanden. Einen Moment überlegte sie, ob sie das Ganze nur geträumt hatte.

Die Reste der Pfefferkuchen streute sie den Vögeln auf der Terrasse hin. Sie versuchte auch zu pfeifen.

* * *

Und dann wachte sie eines Morgens auf und war wieder leer.

Sie starrte an die Decke, wo eine Fliege vergebens gegen ein komplexes Spinnennetz und acht geduldige Beine kämpfte.

»Wo bin ich?«, fragte sie und hörte ihre eigene Stimme wie ein trübes Geräusch in ihrem Kopf.

Niemand antwortete.

»Hallo?«

Alma wand sich aus dem Bett, sodass sie kniend daneben auf dem Boden landete. »Hallo?«, flüsterte sie ängstlich und hielt sich an der Bettkante fest.

Da stand ein Paar Pantoffeln, in die sie ihre Hände steckte. Kurz darauf richtete sie sich mühsam auf.

»Ist hier jemand?«, fragte sie und stolperte zur Tür, die in den Flur führte. Sie ging weiter. Verwirrt. Den Flur entlang. Die Tür links stand offen. Drinnen sah sie eine Toilette. Trat auf die Fliesen hinaus, verlor die Pantoffeln. Hielt sich mit beiden Händen am Rand des Waschbeckens fest. Starrte zum Fenster in der Duschnische.

Setzte sich auf die Toilette. Erinnerte sich in letzter Sekunde daran, dass sie die Unterhose herunterziehen musste, bevor sie pinkelte.

Schlief wieder ein.

Sie erwachte mit dem Kopf auf der Brust. Noch immer auf der Toilette. Ihr tat der Nacken weh. Und das Hinterteil. Sie stöhnte. Jetzt starrte sie die hellbraunen Fliesen mit den kleinen dunkelbraunen Blumen an. Sie kannte sie. Erkannte sie wieder.

Es war ihr Badezimmer.

»Otto?« Sie erinnerte sich an ihn. Er saß draußen in der Küche und wartete auf sie. Sie kämpfte sich von der Toilette hoch. Jetzt tat ihr auch der Rücken weh, und der Schmerz fuhr ihr ins Bein hinunter. Die Hände waren steif und stachen. Sie sah sich mit leerem Blick im Spiegel über dem Waschbecken an. Frisierte sich auf der einen Seite mit einem Kamm, der auf der Ablage unter dem Spiegel lag. Es war schwer, den Kamm zu halten. Es war auch schwer, die Zahnbürste zu halten. Sie brauchte beide Hände. Vergaß die Zahnpasta. Vergaß auch den Unterkiefer. Hinterher nahm sie die Zahnpasta aus dem Zahnbecher und legte sie zurück in die Seifenschale.

Steckte die Füße in die Pantoffeln.

Sie würden gleich Kaffee trinken.

Ging zu ihm hinaus.

Es saß niemand da.

Aber ein Junge stand in der Tür.

Und ein Hund.

»Wo ist Otto?« Sie konnte sich selbst fast nicht hören, das war eigenartig. Und wer war der Junge?

Der Junge blickte sie seltsam an. Sein Hund wedelte mit dem Schwanz und kam zu ihr herüber. Er sagte nichts, öffnete nur die ganze Zeit den Mund. Sie konnte die spitzen weißen Eckzähne sehen.

»Nein, nein, ihr sollt nicht hier sein, weg mit euch!«, sagte sie und gestikulierte abwehrend. »Wo ist Otto?«

Die Augen des Jungen wurden auf einmal sehr groß. Dann drehte er sich um und zog rasch den Hund mit sich. Sie verschwanden durch die Waschküchentür nach draußen. Otto musste vergessen haben abzusperren.

Sie sperrte ab.

Sie wollten keine Fremden hier drin haben. Sie wollte es nicht.

Was war das denn für einer gewesen? Ein Dieb?

Alma setzte sich auf die Küchenbank und starrte einen Haufen dünner Stäbchen auf dem Tisch an. Die sollten auch nicht da sein. Das war alles verkehrt. Sie stieß mit dem Arm dagegen. »Weg, weg!«

Eines von ihnen fiel ihr in den Schoß, es lag dort und stach in ihr Nachthemd, bevor sie es schaffte, es zu den anderen auf den Boden hinunterzuwerfen. Der Hausschuh rutschte herunter, und sie wusste nicht, wie sie ihn wieder anziehen sollte.

Dann entdeckte sie den einen Zettel.

Denk daran, zu essen und Wasser zu trinken …

Und dann entdeckte sie den anderen.

Ab und zu wirst du verwirrt …

Sie blieb sitzen.

Was war das alles?

Dann fing sie an zu weinen.

Sie fuhr zusammen, als draußen auf der Straße ein Auto sichtbar wurde. Es rollte langsam vor, bis es genau vor der Einfahrt anhielt. Alma duckte sich und starrte zwischen den Figuren auf der Fensterbank hindurch. Es war ein kleines Auto. Jetzt kam eine Frau aus ihm heraus.

Und jetzt ging die Frau in die Einfahrt hinein. Sie hatte eine Tasche über der Schulter und eine schwarze Mappe in der Hand. Einen hellen Mantel, einen grauen Rock, einen mittelblonden Pagenkopf. Alma sah sie den Gartenweg nehmen und kurz darauf eine Türschwelle betreten. Das musste der Haupteingang hierher sein. Daraufhin verschwand sie aus Almas Blickfeld. Sie klopfte vermutlich an, aber das war nicht zu hören.

Als die Frau einen Schritt zurücktrat, konnte Alma wieder ihren Mantel sehen. Nur den Rücken, und dann noch ein bisschen von dem Pagenkopf. Bald darauf trat sie wieder einen Schritt vor und war weg, und einen Schritt zurück und kam erneut zum Vorschein. Wartete sie darauf, dass geöffnet wurde?

In Almas Kopf herrschte Totenstille.

Die fremde Frau blieb draußen stehen. Es fühlte sich an wie Stunden. Und dann, plötzlich, reckte sie den Hals und blickte zum Küchenfenster hinüber.

Almas Kopf fuhr augenblicklich in das Zierkissen auf der Küchenbank hinunter. Aber so konnte sie nicht sitzen. Stattdessen kroch sie auf den Boden, unter den Tisch, wo niemand sie von draußen sehen konnte. Ihre Knochen stießen aneinander, die Hände gegen die gestreiften Holzstäbchen. Die Knie knarzten lautlos. Alles tat weh.

Sie blieb lange unter dem Tisch sitzen. Dachte darüber nach, ob die Frau ums Haus gehen und zu den Fenstern hereinschauen würde. Vielleicht gab es noch andere Türen, an die sie klopfen konnte. Oder sie öffnen. Alma konnte sich nicht richtig erinnern. Was war das überhaupt für ein Haus? Sie wohnten doch sonst woanders. In einer Stadt. Da war doch sonst eine Straße.

In ihrer Brust donnerte es. Das war das Einzige, was sie hören konnte. Sie rang nach Atem. Es war nicht genügend Luft da, weder um sie herum noch in ihr.

Dafür Unmengen von Spinnweben.

»Geh weg, geh weg«, flüsterte sie in den Heizkörper. »Lass mich doch in Ruhe.«

Als sie endlich aufzustehen wagte, dauerte es sehr lange, bis sie vom Boden hochkam. Sie kroch unter dem Tisch vor und zurück, immer nur wenige Zentimeter auf einmal, die ganze Zeit stieß sie gegen irgendetwas. Ein Tischbein. Bekam Spinnennetze in die Haare. Fühlte sich gefangen und allmählich auch panisch, wie lebendig begraben.

Endlich schaffte sie es, sich so weit rückwärts zu bewegen, dass der Kopf von der Tischplatte frei wurde. Jetzt konnte sie sich mit der einen Hand an der Tischkante festhalten und sich mit der anderen auf der Küchenbank abstützen. Aber erst nach einigen Versuchen gelang es ihr, sich hochzuziehen. Danach musste sie sich, auf die Ellbogen gestützt, mehrere Minuten über den Tisch lehnen, bis der Rücken es ihr endlich erlaubte, aufrecht zu stehen.

Almas Herz hämmerte noch immer, als wäre es auf der Flucht.

Sie blickte vorsichtig aus dem Fenster. Draußen war keine Menschenseele, nur eine Elster, die an einem weggeflogenen Bonbonpapier herumpickte. Es blitzte jedes Mal auf, wenn sie daran zerrte.

Als sie etwas später im Eingangsbereich stand, betrachtete sie den Haufen von Kuverts auf dem Boden. Schob mit dem Fuß ein wenig daran herum. Auf einigen wenigen war außen handschriftlich etwas geschrieben, aber die meisten waren mit Fenstern. Da lag auch etwas, das aussah wie ein gefaltetes Stück Briefpapier, und irgendeine Art Broschüre.

Wo war die Zeitung? Nicht, dass sie Lust hatte, darin zu lesen. Aber früher war immer eine Zeitung da gewesen. Der Briefschlitz war auch woanders gewesen.

Sie ließ alles liegen.

Den ganzen Nachmittag saß Alma am Esstisch im Wohnzimmer und starrte aus dem Fenster.

Draußen auf der Terrasse hüpften ein paar kleine Vögel herum und pickten irgendetwas auf, das sie auf den Fliesen fanden. Sie überlegte, was das sein konnte. Eine Elster stolzierte auf dem Dach des Schuppens in der hinteren Ecke des Gartens herum. Eine andere kam dazu. Ein Pärchen vielleicht. Kurz darauf hoben beide ab und flogen zusammen davon. Alma sah sie in der Ferne zu zwei kleinen Streifen werden, die schließlich vom Himmel über dem Hügel verschluckt wurden.

Sie spähte nach irgendetwas draußen auf den Feldern, wusste aber nicht, wonach. Da war ja nichts.

Doch, da waren zwei Rehe, die schnell wegsprangen und dann ein Stück weiter draußen hinter der Reihe windgepeinigter Bäume verschwanden. Kleine Wolken, die sich über dem Horizont nach oben bewegten und zusammentrieben und sich in große, weiche Tiere verwandelten, die in Herden über den Himmel zogen.

Und da war ein einzelner Hase, der vom Feld in ihren Garten hoppelte, wo er sich hinsetzte und mümmelte. Seine Kiefer bewegten sich gleichmäßig hin und her, ab und zu hielten sie inne, als erstarrten sie in der Bewegung, aber im nächsten Moment fuhren sie wieder fort. Der Hase saß mit der Seite zu Alma und fixierte unablässig einen Punkt in der Ferne. Etwas, das sie von ihrem Platz am Fenster nicht sehen konnte. Vielleicht war da gar nichts. Vielleicht saß er nur da und hielt Ausschau wie sie.

Nach irgendetwas.

Einem anderen Hasen vielleicht.

Am Abend las sie noch einmal die Zettel in der Küche. Sie kaute sorgfältig an einer Scheibe Knäckebrot. Trank etwas Wasser.

Und schließlich zog sie die Frau auf. Als sie erst einmal vor der Uhr stand, wusste sie, was sie tun musste. Vierzehn Mal in jedem Loch. Sie zählte nicht, die Hand tat alles von selbst. Das konnte sie.

Es war wie atmen.

Ein bisschen noch.

Das Lied

Alma winkte dem Jungen, sobald er sich draußen auf dem Weg zeigte. Aber irgendetwas war mit ihm. Er winkte nicht zurück.

Erst nachdem sie insistierend an die Scheibe geklopft hatte, als er draußen direkt vor ihr stand, blickte er auf. Dann gab sie ihm ein Zeichen, dass er hereinkommen sollte.

Sie hatte das Memory bereitgelegt.

»Komm, Otto. Komm rein!«, rief sie, sodass das Küchenfenster beschlug. Sie hatte die Tür zur Waschküche nicht nur längst aufgesperrt. Sie hatte sie sogar offen stehen lassen.

Jetzt wand sie sich von der Küchenbank, damit er mit dem Hund dort sitzen konnte. Es war sein Platz. Alma hatte nichts dagegen, auf dem Stuhl gegenüber zu sitzen, auch wenn der Stuhl ziemlich hart war. Sie hatte nicht mehr so viele Polster unter der Haut, erst recht nicht in ihrem alten Hinterteil, alles nur noch Knochen.

Als sie sich setzte, kam der Hund schwanzwedelnd in die Küche gelaufen, die Hundeleine hinter sich herziehend. Er sprang resolut auf die Bank und blickte mit fröhlichen Augen zu Alma herüber. Seine hellrote Zungenspitze fuhr auf der unteren Zahnreihe vor und zurück wie ein kleines, pulsierendes Herz.

»Guten Tag, Lulu. Guten Tag, guten Tag.«

Kurz darauf erschien Otto in der Türöffnung zur Waschküche. Er drückte sich gegen den Türrahmen.

Was war mit ihm los?

»Komm rein und setz dich, Otto. Schau, Lulu sitzt schon da.«

Sie klopfte auf die Schachtel mit dem Memory. »Ich habe ein neues Spiel für uns herausgeholt.«

Doch er blieb stehen. Seine Haltung verriet Widerwillen.

Alma spürte einen unangenehmen Druck in der Brust. Ottos Blick war eigenartig. Er sah fast ein wenig ängstlich aus, auf jeden Fall bekümmert. Unsicher biss er in die Haut an der Seite seines Fingers. Jetzt öffnete er den Mund. Wieder und wieder. Es sah aus, als strengte er sich mit dem an, was er sagen wollte.

»Aber was ist denn mit dir, mein Freund? Willst du nicht mit mir spielen?«

Er blieb stehen, während sich seine Lippen weiterhin bewegten. Wenn sie doch nur aufhören würden, dachte sie.

»Aber ich kann dich doch nicht hören, Otto. Ich möchte so gerne, aber ich kann es nicht … ich *kann* es nicht.« In Almas Kopf löste sich ihre Stimme auf. »Willst du denn wirklich keinen Keks?«

Sie schüttelte die Dose.

Endlich ließ der Junge den Türrahmen los und setzte sich, allerdings nur an den äußersten Rand der Küchenbank. Dann griff er widerstrebend nach einem Keks.

So saßen sie ein wenig, einander schräg gegenüber. Otto wollte Alma nicht in die Augen sehen. Stattdessen betrachtete er das Muster in der Wachsdecke, fingerte ein wenig an dem alten Tesafilm herum, der sich von einem der Merkzettel gelöst hatte, schielte zu dem Memory hinüber. Dann zur Keksdose. Und zu den Keramikdamen hinauf. Kaute an dem Keks. Biss in einen Nagel. Blickte die Zuckerdose an.

Alma beobachtete jede seiner Bewegungen genau.

»Du darfst dir gerne einen Zuckerwürfel nehmen«, sagte sie.

Otto schüttelte den Kopf.

Jetzt schaute er wieder die Merkzettel an. Er zeigte auf den einen und blickte zu ihr auf. Offensichtlich fragend und nur ganz kurz.

»Möchtest du gern wissen, was darauf steht? Soll ich es dir vorlesen?«

Otto nickte, und Alma stand von ihrem Stuhl auf und schob sich mühsam um den Tisch.

»Du musst reinrutschen, sodass ich auch hier sitzen kann.« Sie lächelte, so sehr sie konnte, und Otto rückte gehorsam dichter zu seinem Hund und dem Fenster, ohne ihren Blick zu erwidern.

»Willst du heute deine Jacke gar nicht ausziehen?«

Sehr zögerlich streifte er seine Jacke ab und gab sie ihr. Sie hängte sie an einen Haken neben der Tür, vor eine Schürze. Dann setzte sie sich neben ihn. Er hielt unter dem Tisch seine Knie fest und starrte weiter auf die Wachsdecke.

»Ja … siehst du«, begann Alma, als sie die Zettel einen Augenblick angesehen hatte. Sie waren mit Kugelschreiber auf ein Stück liniertes Papier geschrieben. Die Tinte war schon etwas verblichen. »Du weißt ja, dass ich eine alte Frau bin, nicht wahr?«

Er nickte zur Wachsdecke hinunter.

»Es ist nicht schön, alt zu werden, Otto. Man wird vergesslich. Und verwirrt noch dazu! Ich werde manchmal so verwirrt, dass ich kaum noch weiß, wo ich bin oder wie ich selbst heiße.«

Jetzt wandte er den Kopf und sah sie ungläubig an. Seine dünnen Augenbrauen zogen sich über den Augen zusammen, trotzdem entstand kaum eine Falte zwischen ihnen.

Alma lächelte und tätschelte ihm vorsichtig den Unterarm.

»Ja, kannst du dir das vorstellen? Das ist wirklich nicht gerade angenehm.«

Sie blickte wieder auf die Zettel.

»Die Zettel sind da, um mir zu helfen. Jetzt sollst du hören, was auf diesem großen hier steht:

Ab und zu wirst du verwirrt. Das geht vorbei. Tu nichts, wenn du verwirrt bist und dich an nichts erinnern kannst. Warte einfach, bis es überstanden ist. Aber denk daran, die Uhr aufzuziehen, bevor du ins Bett gehst (die Standuhr im Wohnzimmer).

Na, die Uhr kennst du ja, Otto. Ich muss daran denken, sie jeden Abend aufzuziehen.«

Otto ließ einen Finger über die schräge Handschrift gleiten und bewegte die Lippen, wobei es nicht so aussah, als würde die Mundbewegung zum Text passen.

»Wenn ich mich also ein bisschen komisch benehme, dann liegt das daran, dass ich alt bin. Verstehst du das?«

Er nickte langsam und schob die Unterlippe über die Oberlippe nach oben, und plötzlich war es, als lächelte er ein wenig. Alma war sich nicht ganz sicher.

Als er auf den anderen Zettel zeigte, las sie auch diesen vor.

»Denk daran, zu essen und Wasser zu trinken, am besten eineinhalb Liter Wasser am Tag!«

Jetzt lächelte Otto ohne jeden Zweifel. Das musste ja auch wirklich komisch klingen für so einen kleinen Kerl, dachte sie.

»Ja wirklich, in meinem Alter kann es sogar schwierig sein, sich *daran* zu erinnern. Hör mal, was glaubst du eigentlich, wie alt ich bin, Otto?«

Nach kurzer Bedenkzeit drehte er sich zu ihr um und streckte alle zehn Finger in die Luft. Daraufhin öffnete und schloss er die Hände, bis Alma mindestens hundertsechzig war.

»Ho-ho, das sind aber viele«, lachte sie, als er die Hundert überschritt. »Ich bin doch keine Moorleiche.«

Otto begann zu grinsen. Er öffnete und schloss weiter die Hände. Oh, wie er jetzt grinste. Er hüpfte fast auf der Bank auf und ab.

»Du bist mir so ein Schelm«, gluckste Alma und fühlte sich leicht wie eine Feder. »Aber wenn du dich damit begnügst, so um die acht-, neunmal die Finger zu heben, dann liegst du nicht ganz falsch.«

Er hielt jäh inne, alle zehn Finger vor ihr in die Luft gestreckt. Alma konnte sehen, dass er nachdachte, dass es knarzte. Die Unterlippe ragte wieder nach vorn, aber das Lächeln war immer noch da. Ein kleines freches Lächeln. Dann ließ er die Hände langsam sinken, drehte sich wieder von ihr weg und steckte die Hände unter seine Oberschenkel. Er wiegte ein wenig über ihnen vor und zurück, während er auf den Tisch starrte.

Die vielen Jahre waren offenbar unüberschaubar für ihn geworden. Das waren sie auch für Alma. Sie hatte zwar keine Ahnung, wie viele es waren, aber zum Teufel, hundert war sie sicher noch nicht geworden.

Sie schob ein Glas Wasser zu ihm hinüber.

»*Du* sollst auch daran denken zu trinken, mein Freund.«

Sie beobachtete ihn, während er das Glas mit beiden Händen nahm und zu seinem Mund hob.

Sein Ohr war klein und niedlich. Nicht wie die Ohren ihres Mannes. Die waren mit der Zeit riesig geworden. Ja, so hatte es auf jeden Fall gewirkt, und das lag nicht nur daran, dass sie selbst kleiner geworden war. Wie oft hatte sie dagesessen und in eines von ihnen hineingestarrt. Er hatte es sich über die Jahre angewöhnt, in eine andere Richtung zu schauen, wenn er sie ansprach. Das war ihr auf die Nerven gegangen. Man sollte einander doch anschauen, wenn man miteinander redete. Nicht in ein Ohr hinein. Und dann noch die ganzen Haare, die darin wuchsen. Zum Schluss hatte es fürchterlich ausgesehen. Er wirkte immer mehr wie ein Wilder mit diesen Augenbrauen und diesen Ohren. Mit allen seinen aufgestellten Borsten.

Alma schüttelte den Gedanken ab und konzentrierte sich stattdessen auf ihren jungen Gast. Er trank noch immer, offenbar hatte er sich vorgenommen, das Glas zu leeren.

Sie sah sich noch einmal den Merkzettel an und strich mit dem Finger über das Stück Tesafilm, das sich davon gelöst hatte. Es war unmöglich, es zum Haften zu bringen, der Tesafilm war zu alt und zu trocken. Sie musste noch irgendwo eine Rolle haben, aber sie vergaß immer, danach zu suchen. Oder vielleicht suchte sie auch und vergaß dann, wonach.

»Ja, manchmal werde ich also furchtbar verwirrt, aber es geht schon. Solange ich es nicht werde, wenn du und Arnold hier seid!«

Sie hatte keine Ahnung, warum Otto plötzlich Wasser prustete.

»Du alberner Kerl«, lächelte sie und klopfte ihm auf den Schenkel, während er sich mit dem Ärmel den Mund abwischte.

Hauptsache, er lachte, dann war alles gut.

Auch mit dem Memory lief es bestens. Otto ging enthusiastisch darin auf, sich zu merken, wo die unterschiedlichen Motive sich versteckten, sodass er sie wiederfinden konnte. Und nachdem Almas Finger die flachen Karten nicht greifen konnten, musste sie sich diese von ihm umdrehen lassen und sich damit begnügen, darauf zu zeigen. Otto half ihr gern, und wenn es ihr ein seltenes Mal gelang, richtig zu raten, klatschte er begeistert.

Er war ein guter Junge, dachte Alma. Und er gewann natürlich, sie konnte sich ja überhaupt nichts merken.

Nach dem einen Spiel wollte er los, aber zuerst musste er auf die Toilette. Er hielt sich den Schritt und schnitt ein Gesicht, das keinen Zweifel zuließ. Ja, sie kommunizierten ganz ausgezeichnet miteinander, sie beide.

Alma wartete am Ende des Ganges, während er die Sache im Badezimmer allein erledigte. Als er wieder herauskam, blieb er einen Moment stehen und sah sich neugierig um. Er blickte verstohlen zum Arbeitszimmer und zum Schlafzimmer hinüber. Beide Türen waren geschlossen.

»Wenn du mich das nächste Mal besuchst, kann ich dir die anderen Zimmer zeigen.« Alma lächelte, während sie mit einem Zeigefinger in der Luft herumwedelte. »Aber dann musst du auch kommen.«

Otto nickte eifrig, und einen Augenblick später war er mit seinem Hund davongeflitzt.

»Auf Wiedersehen«, rief Alma von der Waschküche aus, bevor sie ins Wohnzimmer eilte, um zu winken.

* * *

Alma sang vor sich hin, als sie hinterher das Memory zusammenpackte. Sie wünschte, sie könnte das Radio benutzen. Es hören. Es stand nur da, auf der Arbeitsfläche neben dem Spülbecken, und sammelte Staub an. Ein paarmal hob sie es am Tragegriff hoch, stellte es ein wenig um, drehte an den Knöpfen. Sie vermisste es, Musik zu hören.

Mein Liebling, leb wohl und achte auf dich. Warst mehr als ein Freund und ein Bruder für mich. Und treu will ich sein. Für immer nur dein. Doch das Schiff sticht in See heute Nacht …

An dieses Lied konnte sie sich plötzlich sehr deutlich erinnern. Birthe Wilke hatte es gesungen, die Frau aus der Zeitschrift, zusammen mit diesem Mann. In Gadeby hatten Otto und sie in der Küche dazu getanzt. Dort hatten sie dasselbe Radio gehabt. Er hatte es genommen und lauter gestellt, sobald das Lied begann, und dann Alma mitten beim Kartoffelschälen um die Taille gefasst. Sie hatten getanzt, sie in ihrer Schürze, er in seiner wollenen Strickjacke. Und danach hatte er sie geküsst, lange und innig wie ein richtiger Seemann, und auch wenn sie eigentlich zu alt für so etwas waren.

Viele Jahre lang war es ihr Lied gewesen. Manchmal hatten sie die Platte auf das Grammofon im Wohnzimmer gelegt, nur um dazu zu tanzen, dazu zu singen. Sich danach zu küssen. Und sie vergaß den Uhrmacher für einen Moment, spürte stattdessen den Seemann. Das Meeresrauschen.

Er hatte eine Stimme aus Samt gehabt.

Mein Mädchen, leb wohl. Bleib munter und froh. Mein Herz, das ist schwer. Ich lieb dich doch so. Noch ein letzter Kuss. Ich will nicht, ich muss. Doch das Schiff …

Sie dachte darüber nach, wie es draußen im Raum klingen musste, wenn sie heute sang. Es klang wohl kaum so schön und unbeschwert wie damals.

Ihr Herz krampfte sich kurz zusammen, als sie sich an noch etwas anderes erinnerte.

Es war ein Versehen. Die Unaufmerksamkeit eines Augenblicks, die eine Tür öffnete, die sie geschlossen zu halten versuchte.

Sie erinnerte sich an das Geräusch, das in ihrem Kopf gewesen war, als er das Kissen auf ihren Mund gepresst hatte. Ihr Ruf war erstickt worden, in den Hals zurückgedrängt, wo er zu einem Schrei wurde, laut und stumm zur gleichen Zeit.

Sie erinnerte sich an den Anblick seiner blutgesprenkelten Augen, die über dem Rand des weißen Kissens schwebten, kurz bevor er es auf ihr Gesicht drückte und alles schwarz wurde. Die Wut in diesen Augen. Den Wahnsinn. Es war gar nicht er, und trotzdem war er es. Ihr eigener geliebter Mann.

Vielleicht wäre es besser gewesen, sie wäre tot.

Wir dachten, das Glück sei ein sicherer Hort, doch es war nur auf Landgang, jetzt schwimmt es uns fort …

Alma hatte keine Lust mehr zu singen. Sie versuchte das Lied zusammen mit den unliebsamen Erinnerungen zu verdrängen.

Und trotzdem ging sie ins Wohnzimmer, zum Fenster. Lange stand sie da und starrte in den Garten hinaus. Drüben hinter dem Geräteschuppen breitete die Hecke sich brutal auf ihren Grund aus. Eines Tages würde sie vielleicht den Schuppen verbergen und über die Eibe, die Forsythie und die anderen Büsche hinwegwachsen. Vielleicht sogar umfallen. Auf der anderen Seite sah sie sicher ganz adrett aus. Und Hornbrille vielleicht auch. Sie konnte sich kaum noch an sein Gesicht erinnern.

Sie dachte an damals, als Otto draußen alles so schön gepflegt gehalten hatte. Er hatte sich die ersten Jahre solche Mühe gegeben. Doch irgendwann begann das meiste stattdessen drinnen stattzufinden.

Ganz tief drinnen in seinem Kopf.

Hornbrille hatte nichts gehört, sonst wäre er sicher trotz allem herübergekommen. Und am Ende ihres Gartens lagen die Felder und hörten auch nichts. Es war viel Schnee gefallen in dieser Nacht. Der kältesten Winternacht seit langer Zeit, so hatte es sich angefühlt.

Die Leute hatten es sich wohl in der Wärme ihrer Häuser gemütlich gemacht. Bis tief in die Nacht hinein Weihnachtsgeschenke eingepackt, vielleicht Glühwein getrunken. In den molligen Wohnzimmern ferngesehen. Hinter geschlossenen Fenstern sicher geschlafen.

Niemand hatte etwas gehört.

Der Spiegel

Alma hatte sich eine weinrote Hemdbluse und ihren wollenen Rock angezogen. Schon morgens hatte sie darüber nachgedacht. Sie wollte gern ordentlich gekleidet sein, wenn der Junge kam, auch wenn es eine ziemliche Quälerei war, in die Sachen hineinzukommen.

Es war schön, sich für jemanden anzuziehen.

Diese Bluse war die einzige, mit der ihre Finger zusammenarbeiten wollten, dank der großen, mit Stoff bezogenen Knöpfe. Es dauerte zwar eine Weile, aber so verging wenigstens die Zeit.

Unter der Bluse hatte sie ihr altes Unterhemd an. Es saß so locker, dass sie es sich noch immer über den Kopf ziehen konnte, wenn sie sich ein paar Minuten Zeit dafür nahm, denn die Arme wollten sich nur äußerst ungern über die mageren Schultern heben, an denen sie befestigt waren.

In den letzten Jahren war Almas Körper wie eine Stadt voller innerer Absperrungen geworden. *Bis hierher und nicht weiter,* so wurde sie Mal um Mal ermahnt, wenn der Wille gegen Schranken und Stopper krachte, die früher nicht da gewesen waren. Allein die Vorstellung, dass sie einmal getanzt hatte! Jetzt musste der Wille ohne den Körper tanzen. Er musste sich damit begnügen, die Erinnerung zum Tanz aufzufordern, wenn er denn den Mut dazu hatte.

Büstenhalter verwendete sie schon seit ein paar Jahren nicht mehr. Ja, sie hatte ungefähr gleichzeitig damit aufgehört wie die jungen Frauen im Fernsehen, aber vermutlich aus anderen Gründen. Es war ganz einfach zu beschwerlich geworden, an so einem Ding herumzunesteln, vor allem, seitdem ihr Mann ihr nicht mehr dabei half.

»Soll ich zu den Häkchen kommen?«, hatte er immer gefragt, damals, als er ihr noch mehr als gern dabei assistierte. Sie hatte die Berührung seiner großen ruhigen Hände geliebt, die so daran gewöhnt waren, mit mikroskopischen Dingen zu arbeiten, viel kleiner noch als die Metallteile des BHs. Hinterher hob er dann ihr Haar zur Seite und pustete ihr in den Nacken, immer an dieselbe Stelle unter dem Haaransatz. Sein warmer Atem bescherte ihr eine Gänsehaut, bevor er sie mit einem Kuss beruhigte. Er hatte so weiche Lippen gehabt.

Heute würde es Alma vermutlich leichter fallen, auf ihrem Rücken eine Dose Makrelen zu öffnen, als die Häkchen da hinten richtig zu schließen. Im Übrigen war nie besonders viel Brust zum Halten da gewesen, und jetzt erst recht nicht mehr. Also hatte sie den BH längst weggeworfen, direkt aus dem Badezimmerfenster.

Die Hemdbluse hatte sie behalten.

Aber nicht nur auf die Kleidung legte sie an diesem Morgen ihr Augenmerk. Sie hatte auch ein kleines Döschen mit Gesichtscreme herausgeholt. Es hatte jahrelang im Schrank gestanden, roch aber noch immer so, wie es ihrer Meinung nach sollte. Es war ein angenehmer Duft, der eine schwache Erinnerung an weite Landschaften mit Heidekraut und Apfelrosen hervorrief.

Die Creme fühlte sich weich und kühl auf Almas runzeliger Haut an. Lange stand sie da und massierte sie minutiös in alle Winkel, und das waren ja immerhin einige.

Sie lächelte ihrem glänzenden Spiegelbild zu, als sie fertig und durchfeuchtet war. Schön war sie bei Gott nicht mehr, aber sie erinnerte sich, dass sie es einmal gewesen war. Ihre Schwestern hatten damals gesagt, sie würde immer alle Komplimente abkriegen, und der Herrgott hätte die guten Gaben auch etwas gerechter unter ihnen verteilen können.

Sie hatten es liebevoll gemeint, selbst ihre kleine Schwester, die ansonsten an Komplexen litt. Gott ja, ihre Nase. Die war aber auch ungewöhnlich groß gewesen, dachte Alma und brach spontan in ein kurzes Glucksen aus, das sie augenblicklich bereute. Groß, aber keinesfalls hässlich.

Jetzt konnte sie sie beide dort drinnen im Spiegel sehen.

Die ältere Schwester mit ihrem ansteckenden Lachen und ihren schiefen Brüsten, die viel schöner waren, als sie selbst glaubte. Dem Haar, das immer aussah wie etwas, das sie gerade aus der Erde gezogen hatte, das ihr aber auch eine befreiend unbefangene Ausstrahlung verlieh.

Und die kleine Schwester mit der riesigen breiten Nase und den großen, tiefsinnigen Augen, dunkelbraun wie die des Vaters, unfassbar schön. »Du erinnerst mich an ein Reh«, hatte Alma eines Tages gesagt, um ihre jüngere Schwester aufzumuntern, als sie in diesem verletzlichen Alter war, in dem nichts an ihr genauso schön war wie an anderen.

»Wohl eher an einen Elch«, hatte die Schwester lakonisch geantwortet.

Und dann hatten sie alle drei dagestanden und schallend gelacht, vor dem großen Spiegel in ihrem kleinen Elternhaus, und einander für immer gehabt.

Es war schön, sie wiederzusehen.

Agnete und Ellen.

Agnete und Elch. Ihre kleine Schwester hätte das mit dem Elch damals vor dem Spiegel nie sagen sollen, denn Alma hatte sie schrecklich verletzt, als sie hinterher in Anwesenheit anderer Scherze mit ihrem Namen machte. Danach klebte der Elch in aller Öffentlichkeit an ihrer Schwester. Und für alle Ewigkeit. Alma hatte es nicht böse gemeint, überhaupt nicht. Aber es war dumm und vor allem rücksichtslos gewesen. Herzlos. Sie hatte die schlechte Angewohnheit gehabt, sich auf Kosten anderer zu amüsieren. Mehrmals hatte es Menschen getroffen, die sie mochte. Leute, die ihr später gerne verziehen hätten, es aber einfach nicht konnten.

Das war eines der Dinge, die sie bereute.

Nein, es war nicht immer angenehm, wenn einem ein Name einfiel. Sie wünschte so sehr, ihr würde nur *Ellen* einfallen, und sie könnte den Elch auf ewig begraben. Und dennoch tauchte er auf, jedes Mal, wenn sie das Glück hatte, sich an ihre Schwester zu erinnern. Ein großes, plumpes Schuldgefühl, das zwischen ihnen über die Straße rannte. Hätte sie doch nur den Mund gehalten!

Alma betrachtete Alma im Spiegel. Es war ihr Blick, an dem sie sich selbst wiedererkannte. Alles andere konnte verfallen und sich verändern, doch solange ihr Blick lebte, war sie noch nicht ganz tot.

Und sie waren schön, diese Augen. In erster Linie waren sie schön.

Trotz allem.

Es war noch immer früh, sie schlief nicht mehr annähernd so lange. Jetzt wollte sie hinausgehen und nachsehen, ob die Kiste gekommen war, und dann wollte sie sich hinsetzen und auf den Jungen warten. Vielleicht war es gut, dass sie keine Ahnung hatte, wie er hieß.

Der Morgen war klar, mit einem weiten tiefblauen Himmel. Es kam Alma so vor, als wäre alles aufgeklart, seitdem der Junge sie besuchte. Das Wetter, die Laune, die Gedanken. Ja, denn sie fühlte sich jetzt auch klarer im Kopf. Die Dinge ordneten sich leichter in ihrem Kopf, wenn der Geist ein Ziel hatte. Und der Blick.

Wenn sie sich in der Küche aufhielt, hatte sie die ganze Zeit ein Auge auf die Fahnenstange drüben in der dritten Straße. Sie war nicht nur ein Orientierungspunkt, sie war für Alma zu einem Halt geworden, zu einer Erinnerung an Leben. Ein Leben, das nicht ihr eigenes war. Je nach Tageszeit erinnerte die Fahnenstange sie an einen Menschen, der auf dem Weg war, oder an einen, der wiederkommen würde.

An einen Menschen, den sie nicht verloren hatte.

Quarz

»Gibt es denn gar nichts, das dir schwerfällt, Otto?«

Alma fragte, nachdem sie vergeblich versucht hatte, eine Rolle Kekse zu öffnen, und die Aufgabe stattdessen dem Jungen übertrug. Es war neue Verpflegung vom Kaufmann gekommen.

Sie hatte versucht, *Kakao und Sahne* auf einen Zettel zu schreiben, den sie nach dem Auspacken in die Kiste legte. *Statt Dosen* hatte sie in Klammern hinzugefügt. Aber die Schrift war zittrig geworden, und sie war sich nicht sicher, ob man sie lesen konnte. Sie hatte den Zettel nicht ohne eine gewisse Angst in die Kiste getan, denn sie wollte noch immer nicht mit ihnen reden. Aber sie wollte gern irgendwann heißen Kakao mit Schlagsahne machen, wenn sie sich denn daran erinnerte, was man dafür tun musste. Die Milch hatte sie heute als Erstes in den Kühlschrank gestellt.

Jetzt hielt sie sich am Griff des Kühlschranks fest, während sie Otto betrachtete. Die kleinen Hände konnten das Papier ohne Anstrengung von der Keksrolle wickeln. Er hatte ihre Frage wohl nicht gehört. Wahrscheinlich hatte sie vergessen, sie laut zu sagen.

»Gibt es denn gar nichts, das dir schwerfällt?«, versuchte sie es erneut.

Erst als Otto die Kekse weggelegt hatte, wandte er sich zu ihr um. Dann zeigte er auf seinen Mund.

»Ist irgendwas mit deinem Mund?«

Er nickte einmal.

»Was ist denn damit?«

Er zeigte wieder auf den Mund. Und wieder. Es war, als dirigierte er seine Lippen, wiederholte die Bewegung.

»Ja, hast du vielleicht Hunger, dann … Nein?«

Und endlich fiel der Groschen. »Ach, sag … stotterst du, Otto? Ist es das, was du mir zeigen willst?« Alma wusste bereits, dass sie ihn verstanden hatte.

Otto nickte.

»Oh, ich verstehe.« Sie zögerte ein wenig. »Ist es sehr schlimm?«

Er nickte wieder.

»Ist das vielleicht der Grund, warum du keine Lust hast, in die Schule zu gehen?«

Das war es. Natürlich.

Aber *Schule*, dachte Alma, Kinder sollten doch in die Schule, selbst wenn irgendetwas in ihr sich wünschte, dass dieses Kind nie weggehen würde.

Ein Schlaglicht von kleinen, fröhlichen Freundinnen in Sommerkleidern durchfuhr sie wie ein Blitz. Ihre kleinen Fahrräder …

Sie verdrängte das Bild, indem sie stattdessen Otto ansah.

»Aber mein Lieber, hast du denn keine netten Spielkameraden, mit denen du dort hingehen kannst?«

Alma bereute es in derselben Sekunde, in der sie es gesagt hatte.

Otto schüttelte den Kopf und schob die Unterlippe bis unter die Nase. Aber er blickte nicht in eine andere Richtung, wie er es vorher getan hatte, wenn er sich unwohl fühlte. Er sah ihr direkt in die Augen. Seine eigenen waren dunkler als sonst. Dunkelblau und traurig. Jetzt auch feucht. Er stand einfach da, ohne Filter.

Und schaute sie an.

Alma ließ den Kühlschrank los und trat einen Schritt auf ihn zu.

»Du hast mich«, sagte sie und drückte ihn an sich. »Du hast mich, Otto.«

* * *

Später zeigte sie ihm den Rest des Hauses, wie sie es versprochen hatte. Im Schlafzimmer hatte sie das Bett mit der großen Patchworkdecke gemacht. Sie lag immer auf der einen Seite des Doppelbetts, der ihres Mannes, und sie musste nur die andere Hälfte über ihre Bettdecke klappen. Aber selbst das erforderte unglaubliche Kräfte. Der Junge sollte ruhig wissen, wie sie damit gekämpft hatte, bevor er kam.

Nichtsdestotrotz war es die ganze Mühe wert, als sie sah, wie begeistert der kleine Kerl von der Decke war. Er ging langsam um das Bett herum und strich mit beiden Händen über die vielen Muster und Farben, besonders die goldenen.

Alma hatte seinerzeit unglaublich viele Stunden damit verbracht, die Decke zu nähen. Es war schön gewesen, sich etwas vorzunehmen, als sie in das Haus in Solum gezogen waren und sie ihm nicht mehr im Laden helfen konnte.

Sie war so daran gewöhnt, die ganze Zeit beschäftigt zu sein, auch mit Dingen, die sie nicht mochte. Das Schlimmste war gewesen, die Rechnungsbücher abzugleichen. Jedes Mal, wenn ihr Blick über das blassgelbe Papier und die endlosen Kolonnen von Zahlen glitt, wurden ihre Augen so trocken, dass sie ständig blinzeln musste und den Fokus verlor.

Bei so einer Decke gab es auch eine ganze Menge zu beachten, viele Maße und viele Muster, die zusammenpassen sollten.

Man musste den Überblick behalten. Aber die Farben taten auf der Netzhaut gut, besonders die goldenen, und der Stoff war weich zwischen den Händen. Und das Resultat, ja, das konnte sie ja genießen, bis sie eines Tages nicht mehr war.

Ihr Mann hatte sie dafür gelobt. Wenn jemand Sorgfalt zu schätzen wusste, dann er. »Das hast du wirklich gut gemacht«, hatte er gesagt, als die Decke zum ersten Mal über dem Bett lag. Da standen sie, jeder auf seiner Seite des Doppelbetts, mit einer ganzen Welt von Farben und Gold zwischen sich, und hielten an etwas fest, das sie noch immer verband. »Die ist wirklich schön, Alma.«

Sie war so stolz gewesen.

Es gab nicht so viele Erinnerungen dieser Art von dem Haus, aber doch ein paar. Sie bildete sich ein, dass er die Decke auch dann noch liebte, als er aufhörte, sie zu lieben. Auch wenn er sie beide verlassen hatte.

Der Junge wandte sich zu ihr um, nachdem er die Decke ausgiebig betrachtet hatte. Er lächelte.

Alma dachte daran, dass er sich noch kurz zuvor draußen in der Küche an ihre Brust gedrückt hatte und dass sie sein Schluchzen gespürt hatte. Sie hatte ihn festgehalten und sein Haar gestreichelt. Und so standen sie da, bis sich in beiden Ruhe ausbreitete und er seine Augen mit einem Ärmel trocken wischte.

Jetzt kam er zu ihr und nahm ihre Hand.

»Soll ich dir das andere Zimmer zeigen?«, fragte Alma, und Otto nickte eifrig.

Kurz darauf öffnete sie die Tür zum Arbeitszimmer ihres Mannes. »Arbeitszimmer« war eigentlich ein irreführender Ausdruck, man musste den Raum wohl eher als Werkstatt bezeichnen. Sie beobachtete Otto, als er vorsichtig eintrat. Nur einen Schritt. Mehr wagte man nicht. Es war, als würde das Zimmer sagen: Bleib da stehen!

Die Pritsche stand an der einen Wand in die Ecke geklemmt. Um sie ging es hier augenscheinlich nicht. Sie war nur eine praktische Vorrichtung, die eigentlich entbehrlich war. Der Rest war absolut nicht entbehrlich. Nicht, wenn man von ganzem Herzen Uhrmacher war.

Auf einem massiven, hohen Arbeitstisch gegenüber der Pritsche offenbarte sich sein Werkzeug. Das meiste davon in schönen Holzkästchen, die speziell für einen bestimmten Inhalt geformt waren. Eine Drehbank stand sorgfältig platziert an einer dafür ausgerichteten Stelle, umgeben von Spannzangen. Ein anderes Ding – mit einem französischen Namen, den Alma vergessen hatte – lag eingesunken in ein Lager aus rotem Filz. Da standen eine Triebnietmaschine, eine Wälzmaschine, ein Glasschneider, ein Eingriffszirkel ... so viel sie wusste. Alma hatte diese Werkzeuge ein Menschenalter lang angesehen und ihre Namen gekannt, aber sie konnte noch immer nicht unterscheiden, was was war.

Eines bestätigte sich jedoch nochmals, als sie nun dastand und sie wieder einmal betrachtete: Sie waren trotz ihres hohen Alters wohlbehalten. Er hatte immer gut auf sein Werkzeug aufgepasst. So gut, dass er es aus der Werkstatt ganz hinten im Laden gerettet hatte, bevor das Feuer es erfassen konnte. Er hatte sogar schon am Abend zuvor einiges davon mit in ihre Privaträume genommen, zu Almas stiller Verwunderung.

Ja, er hatte ein Auge auf seine Sachen gehabt, ihr Mann. Und doch sah es in seinem Arbeitszimmer keineswegs ordentlich aus. Dinge jedweder Art lagen um die Kästchen auf dem Tisch verstreut, und nur Gott wusste, in welches Fach in welchem Kästchen sie gehörten.

Direkt vor der Wand stand ein anderer Tisch, ein schwerer Schreibtisch mit unzähligen Schubladen, eine voller als die andere. Auch hier herrschte Chaos. Kleine Schraubenzieher, Pinzetten, Riemen, Scheiben und Behälter mit klitzekleinen Metallteilen kämpften um den Platz auf der Tischplatte. Mittendrin lagen eine Taschenuhr und eine Armbanduhr, Letztere auseinandergebaut und umgeben von ihren eigenen mikroskopischen Innereien.

Ein paar Kleinteile waren auf dem Boden gelandet.

Sie hatte hierher nie mit dem Staubsauger Zutritt gehabt; er wollte immer selbst für alles sorgen. Das kleinste Dings konnte von unschätzbarer Bedeutung sein, das begriff sie. Alma hielt sich mit Freuden fern. Sie sah keinen Grund, am Weltuntergang schuld zu sein.

Ein großer runder Aschenbecher, der an ein Vogelbad erinnerte, füllte die eine Ecke des Schreibtischs aus. Schwarze Keramik mit braunen Zigarillostummeln. Nicht einmal die hatte sie entfernt.

Das hätte sie wohl besser tun sollen.

Auch wenn die Pritsche und die beiden Tische im Zimmer viel Platz einnahmen, blieb trotzdem noch genug Raum für ein großes Bücherbord und verschiedene Regale und Bücherkisten, die zusammen jeden Zentimeter der Wand bedeckten. Überall waren Bücher, Magazine, Broschüren und Artikel. Auf der Fensterbank und unter der Pritsche lagen sie in verschieden hohen Stapeln, selbst im ungemachten Bett sah sie eine Broschüre, halb versteckt unter einer zerknitterten Decke.

Zwischen den Büchern in den Regalen ragten Papiere hervor, wie ein Wirrwarr von Lesezeichen, einige davon hingen am äußersten Rand, andere hatten längst losgelassen und waren auf den Boden gefallen. Da lagen sie wie müde Herbstblätter und vergilbten im Staub zwischen unsichtbaren, unentbehrlichen Kleinteilen und zusammengeknülltem Papier.

Alles handelte von Uhren.

Schweizer Uhren, wohlgemerkt. Seiner Leidenschaft.

An ihrem Niedergang waren die Japaner schuld, hatte er gesagt. Die mit ihren verräterischen Quarzuhren. Die Erfindung der Japaner war das reinste Gift für das gute mechanische Handwerk. Nein, die Schweizer mit ihren herausragenden Einsichten und Fähigkeiten waren und blieben die Einzigen, die er bewundern konnte.

Und so passierte es irgendwann, damals in Gadeby, dass das Schmuckgeschäft am anderen Ende der Hauptstraße ohne Vorwarnung plötzlich großen Reibach mit dem Verkauf von Quarzuhren machte. Die Leute strömten wie unverständige Lemminge dorthin, wie Otto es ausdrückte. Und nach kurzer Zeit vergrößerte sich das Geschäft. Offenbar musste jeder in Gadeby plötzlich eine Quarzuhr haben – Männer, Frauen und Kinder!

Sie sollten nur nicht denken, dass Otto sie hereinlassen würde, wenn sie hinterher zu *ihm* kamen, um ihre elendigen Uhren reparieren zu lassen – auch nicht, wenn es Frauen und Kinder waren. Sein Groll wuchs und wurde innerhalb kurzer Zeit um einiges größer als seine Einnahmen. Er zerfraß ihn. Es war auch ungefähr um diese Zeit, dass er sich ernsthaft zu verändern begann. Dass er die heftigen Wutausbrüche bekam.

Und die Wut musste ein Ziel haben. Es war nicht so einfach, das Ehepaar mit dem Schmuckgeschäft zu hassen. Die beiden hatten zwei halbwüchsige Kinder durch einen Badeunfall verloren, und alle gönnten ihnen etwas Rückenwind. Also war es für Otto einfacher, die Japaner zu hassen.

Alma erinnerte sich genau, wie er reagiert hatte, die wenigen Male, die sie einen Japaner getroffen hatten; oder besser gesagt, jemanden getroffen hatten, der Otto an einen Japaner *erinnerte*. Sie war nicht sicher, ob sie jemals einem echten begegnet waren.

Er konnte so wütend werden, dass er kochte, wenn er sie sah. In der Regel begriff niemand auch nur annähernd, was vor sich ging. In aller Diskretion hatte Alma versucht zu glätten, was möglich war. Sie hatte den bestürzten Gesichtern fremder Menschen zugeflüstert, dass ihr Mann krank war. Das war er wohl auch.

Manchmal spuckte er sogar.

Einmal traf er die Schuhspitze eines netten schwarzhaarigen Mannes, der vor ihrer alten Adresse die Straße kehrte. Das war passiert, nachdem sie nach Solum gezogen waren. Sie hätten nicht am Laden und ihrem früheren Zuhause vorbeigehen sollen, alles war so verändert. Jetzt war da ein chinesisches Teegeschäft. Alma konnte Otto glücklicherweise davon abhalten, ans andere Ende der Hauptstraße zu gehen, wo die Geschäfte bei Uhren & Schmuck, wie der Laden dort inzwischen hieß, offenbar noch immer glänzend liefen.

Ein anderes Mal spuckte er ihren eigenen Fernseher an, als dort ein Herr mit asiatischem Aussehen in einer Sendung über seltene Schildkröten auftauchte. Er traf den gefliesten Sofatisch.

Da war natürlich auch etwas mit den Japanern und dem

Krieg, das Otto nicht gefiel, aber es war nicht das, was ihn so wütend machte. Nein, das waren ihre Uhren. Ekel, reinen Ekel hatte er zum Ausdruck gebracht. Trotzdem dachte sie manchmal darüber nach, ob es nicht auch etwas anderes war, das sich Bahn brach, wenn er so heftig reagierte.

Jedenfalls kam es Alma so vor, als wäre etwas in Otto zerbrochen, als die Quarzuhren nach Gadeby kamen. Etwas hatte sein Werk zerstört, es lief nicht mehr so, wie es einmal gelaufen war. Man konnte sich seiner nicht mehr sicher sein.

Und sie dachte darüber nach, ob das an dem Tag passiert war, an dem sie ihn im Laden zusammenbrechen sah.

Damals war so vieles zusammengebrochen.

* * *

»Du kannst ruhig näher hingehen«, sagte sie, und der Junge trat noch ein paar Schritte vor, bis er den Schreibtisch erreichte. Vorsichtig legte er die Hände auf die Tischkante und reckte den Hals, um alles sehen zu können.

An seinem Handgelenk war keine Uhr. Nur winzige helle Härchen.

Alma konnte sich nicht erinnern, wann sie zuletzt ein Handgelenk ohne Uhr gesehen hatte. Also, abgesehen von ihrem eigenen. Das mit dem Armband war viel zu beschwerlich geworden. Sie versuchte sich zu erinnern, wo sie lag, die kleine Armbanduhr, die Otto ihr zu irgendeinem runden Geburtstag geschenkt hatte. In der Schublade im Nachttisch vermutlich. Zusammen mit dem Schmuck, den sie auch nicht mehr verwenden konnte. Diese ganzen kleinen Verschlüsse.

Bei all dem fehlten ihr seine Hände.

Sogar sein Handgelenk. Es war schwer zu erklären. Aber

Otto hatte die Angewohnheit gehabt, sich hinzustellen und auf sein Handgelenk zu zeigen, wenn er auf sie wartete. Auf die Uhr zu zeigen, die dort selbstverständlich saß. Immer eine sorgfältig ausgewählte, natürlich. Manchmal stand er sogar vor dem Haus und signalisierte es ihr durchs Fenster.

Die meisten Frauen hätte diese Geste vermutlich irritiert, sie hätten sie als Ausdruck übertriebener Ungeduld und Versuch der Kontrolle ihrer Zeit aufgefasst. Aber für Otto lag eine ganz andere Bedeutung darin, auf ein Uhrwerk zu zeigen. Das wusste Alma.

»Ich zeige auf meine Uhr, um dir zu sagen, dass es Zeit ist«, sagte er ein wenig erschrocken, als sie vor vielen Jahren fragte, ob es denn wirklich notwendig war, so demonstrativ zu sein. »Zeit für uns, irgendetwas zusammen zu machen. So musst du das verstehen. Ich tue das ganz sicher nicht, um dich zu tyrannisieren.«

Er hatte ihr über den Arm gestrichen und sie mit einer Ernsthaftigkeit angesehen, die ihr versicherte, dass er es wirklich so meinte. Und da begriff sie, dass es eine Liebeserklärung war. Sowohl an die Uhr als auch an sie.

Ja, für andere war das schwer zu erklären.

Otto war irgendwie für andere immer schwer zu erklären gewesen. Alma hatte oft das Gefühl gehabt, die Einzige auf der Welt zu sein, die ihn so sehen konnte, wie er wirklich war. Die ihn zu schätzen wusste. Selbst in ihren jungen Jahren, lange bevor er sich ernsthaft veränderte, spürte sie, dass es Leute gab, die ihn nicht mochten – und sie somit nicht verstanden. Einige ihrer Freunde verschwanden unmerklich in der Versenkung, doch trotzdem merkte sie es. Aus vielen waren wenige geworden, und zum Schluss war nur noch sie selbst übrig.

Vielleicht verhielt es sich in unverständlichen Ehen immer so, dass der eine Ehepartner mit dem wehmütigen Gefühl lebte, mit seiner Sympathie völlig allein auf der Welt zu sein.

Bei dem anderen wusste sie es nicht.

Es war seine Art, hatte einmal eine Freundin draußen auf dem Gehweg vor ihrem Haus in Gadeby zugegeben. Sie waren vorher auf einer Feier gewesen, deshalb standen sie dort in der Dunkelheit in ihren schönen Sachen, Alma ohne Mantel. Es war spät, aber doch früher als geplant. Er sei so verdammt querköpfig und rechthaberisch geworden, hatte die Freundin Alma zugeflüstert. Oder wohl eher *gezischt*. Er verbreite schlechte Stimmung, es sei nicht auszuhalten. *Sie* könne es jedenfalls nicht aushalten, nicht mehr.

Alma war vor der Tür stehen geblieben und hatte der Freundin lange nachgesehen, als sie die Hauptstraße hinunterging. Ihr Rücken hatte in der Straßenbeleuchtung so gewaltig gewirkt, die Schritte klangen so hart auf dem Asphalt, die Luft war so kalt. Nach diesem Abend wollte sich die Freundin nur noch mit Alma allein treffen, und somit trafen sie sich nie wieder, denn diese Regelung passte Otto nicht.

In einer Sache hatten sie wohl recht gehabt, die anderen. Otto war nie einfach gewesen, besonders nicht in der Gesellschaft anderer. Aber wenn sie nur zu zweit waren, konnte er so unglaublich liebevoll sein. Nicht immer, bei Weitem nicht immer, und zuletzt überhaupt nicht mehr.

Aber früher einmal. Das war es, was sie nicht vergessen konnte.

Vielleicht war ihr Mann einfach nicht gut darin, mit anderen als Alma zusammen zu sein. Vor langer Zeit war sie zu der Erkenntnis gekommen, dass er ohne sie ganz allein auf der Welt wäre. Ja, völlig ausgesetzt. Es gab keine Alternativen, keine

Reserveteile, es gab nur Alma. Wenn sie von ihm wegginge oder zerbräche, wäre er verloren. Solange sie zusammen waren, ging es trotz allem, auch wenn sie nicht immer im gleichen Takt gingen und zum Schluss alles zum Teufel gegangen war.

Nein, niemand hatte jemals begriffen, warum er auf seine Armbanduhr zeigte. Nicht einmal ihre geduldige große Schwester.

»Oh, Alma, dass du ihn aushalten kannst«, hatte sie gesagt, als Otto sich eines Tages in die Einfahrt der Schwester gestellt und sein Signal gegeben hatte, dass sie nach Hause fahren sollten. Dass der Besuch zu Ende war.

Alma hatte es nicht zu erklären versucht.

Irgendwann hatte er aufgehört, es zu tun. Seitdem hatte sie oft gewünscht, sie würde ihn draußen stehen und auf sie warten sehen. Aber sie sah nur noch seinen Rücken, der von ihr wegging. Und jetzt sah sie gar nichts mehr.

* * *

»Du darfst anfassen, was du willst.« Alma klopfte dem Jungen auf die Schulter. Sofort streckte er die Hände weiter über den Tisch, sodass er mit einem Finger über die große Taschenuhr streichen konnte.

Als er versehentlich mit dem Ellbogen ein paar Kleinteile über die Tischkante schob und sie herunterfielen, blickte er erschrocken zu ihr auf.

»Lass sie einfach liegen«, sagte sie lächelnd.

Danach bewegte er sich vorsichtig durch den Raum und berührte alles. Es war deutlich, dass Otto sich große Mühe gab, nichts umzuwerfen, nichts zu verlieren, auf nichts zu treten.

Es gab viel, das einem dort drinnen passieren konnte. Alma wurde plötzlich bewusst, dass das Zimmer für so einen kleinen Kerl eine abenteuerliche Höhle sein musste, aber vielleicht wirkte es auch ein bisschen gefährlich.

Sie hätte aufräumen und putzen sollen, dachte sie jetzt. Vor allem, weil sie ja genau gewusst hatte, dass es besichtigt werden sollte. Zumindest hätte sie lüften und den großen Aschenbecher leeren sollen.

Sein Rauch hing immer noch in der Luft wie ein dünner Nebel.

Aber noch hatte Alma nicht den Mut gefunden, etwas in diesem Zimmer zu machen. Es war noch immer sein Bereich, sein Abdruck. Hier drinnen konnte sie ihn beinahe noch spüren.

Ihr Blick fiel auf die Uhrmacherlupe, die ihren Blick erwiderte. Einen Moment lang war es, als würde sie daliegen und sie anstarren. Als würde *er* es tun. Ihr vorwerfen, dass sie in seinen privaten Raum eingedrungen war und sogar einen Fremden mitgebracht hatte. Sie beeilte sich, stattdessen die niedlichen Kinderhände des Jungen anzusehen. Sie hielten ein kleines Ziffernblatt mit einem leblosen Zeiger.

Ja, die Zeit stand still in diesem Zimmer, und dasselbe tat der Geruch. Er war sauer, fast schon erstickend. Alma wurde bewusst, wie sehr es nach ihm roch.

Nach dem Wahnsinnigen.

Denn das war er wohl geworden. Und sie konnte den Wahnsinnigen nicht vergessen, wie sehr sie auch versuchte, sich nur an den Liebenswerten zu erinnern.

Der Anblick all seiner Dinge erinnerte sie an den Tag, an dem er im Laden umgekippt war. Es war nicht allzu lange, nachdem das Schmuckgeschäft die Quarzuhren ins Sortiment aufgenommen hatte.

Otto hatte ihr so leidgetan. Sie konnte sehen, wie die Sache ihn quälte. Er war erregt, schimpfte auf alles und jeden, aber in erster Linie litt er. Offenbar sah er schon sein Lebenswerk zerbröckeln, obwohl die Bedrohung doch wahrscheinlich nicht so ernst war. Letzteres hatte sie ihm zu sagen versucht, aber sie drang nicht zu ihm durch. Es war ja nicht nur der Laden, um den es ging; er war in seiner ganzen Persönlichkeit getroffen. Alma hatte den Eindruck gehabt, dass er sich mit seiner Leidenschaft völlig allein auf der Welt fühlte. Sie verstand ihn.

An jenem Tag hatte er gerade die Tür zugesperrt und das Schild im Fenster umgedreht, das besagte, dass geschlossen war. Und sie hatte gerade ein paar Meter weiter hinten gestanden und darüber nachgedacht, ob sie ihre Essenspläne ändern sollte. Vielleicht würde es ihn aufmuntern, wenn sie sein Leibgericht kochte, hatte sie überlegt. Er aß so gern Lamm.

Und da fiel er. Um Schlag fünf.

Eine Minute, ein Jahr, ein langes Leben stand Alma wie paralysiert mitten im Raum, im Glauben, ihr Mann wäre tot und ihr Herz wäre gebrochen. Währenddessen schlugen alle Uhren um sie herum, als nähmen sie Abschied von dem alten Uhrmacher.

Doch Alma irrte sich. Ihr Mann war nicht tot.

Otto stöhnte und bewegte sich. Dann kam er benommen auf die Knie, aber erst, als er eine Hand nach Alma ausstreckte, war sie in der Lage, sich selbst in Bewegung zu setzen. Sie half ihm auf und brachte ihn zu dem Stuhl im Hinterzimmer. Er war so schwer, als er sich auf ihre Schulter stützte, dass sie Angst hatte, unter dem Gewicht seines Arms zu zerbrechen. Allein die Hand war wie Blei.

»Ich hole den Arzt«, sagte sie und nahm ihre Tasche, die auf dem Boden stand. »Nein, ich rufe an«, sagte sie und ließ die Tasche fallen, während sie die Hand nach dem Telefon auf dem Tisch ausstreckte. »Dann kann ich bei dir bleiben.«

Alma starrte die Wählscheibe an und versuchte sich an die Nummer zu erinnern, oder wenigstens an irgendeine Nummer. Ihre Hand lag auf dem Hörer und zitterte, wie sie noch nie zuvor gezittert hatte. Unter ihr gab das Telefon ein schwaches Klingen von sich. Sie war nicht imstande, den Hörer von der Gabel zu nehmen.

Dann legte Otto seine Hand über ihre. Sie zitterte ebenfalls.

Alma erkannte die ruhigste Hand, die sie kannte, nicht wieder.

»Nein«, sagte er.

Seine Stimme klang eigenartig, gar nicht wie seine Stimme.

»Aber, Otto, ich …«

»Nein! Niemand soll kommen.«

Alma konnte nichts sagen. Sie fühlte sich schwer. Der Körper wollte nicht, die Gedanken auch nicht.

»Willst du mir ein Glas Wasser holen, Alma?«

»Aber Otto, du …«

»Alma!«

Und so holte sie ihm Wasser.

Er blieb auf dem Stuhl sitzen.

Sie blieb daneben stehen und sah ihn trinken. Er benutzte beide Hände.

»Es war nur … ein kleines Unglück«, erklärte er, als er das Glas abstellte. Seine Hand zitterte noch immer.

Sie hörte, wie der Boden des Glases auf die Tischplatte traf, es klang wie ein vorüberfahrender Zug. Schließlich wurde es still. Er hatte losgelassen.

»Es geht mir jetzt gut.«

»Aber, Otto, sollten wir nicht ...«

»Wir sollten gar nichts, Alma. Niemand muss etwas von dieser Sache wissen.«

»Aber, Otto, der Arzt sollte doch ...«

»Nein, das sollte er nicht! Wir sprechen nicht mehr darüber. Ist das klar?«

Alma nickte.

Und so sprachen sie nie mehr darüber.

Alma sprach auch nie mit dem Arzt darüber. Sie wagte es nicht. Im Übrigen mochte sie diesen Arzt auch überhaupt nicht. Er hatte sie einmal in die Seite gekniffen, und ihre erste Reaktion war Verlegenheit über das Fettpolster gewesen, das er zu fassen bekam. Dann wurde sie wütend darüber, dass er es getan hatte, und schließlich wurde sie wütend auf sich selbst, weil sie den Arzt nicht wechselte. Seine Hand hatte dort nichts zu suchen gehabt.

Man wechselte nicht einfach den Arzt, hatte Otto entschieden, als sie vorsichtig den Gedanken geäußert hatte, allerdings ohne die Hand zu erwähnen. Sie solle doch nicht auf so drollige Ideen kommen. Sie gehörten nun einmal zu diesem Arzt, und Otto mochte ihn. Mit diesem Doktor gebe es keine Scherereien, hatte er gesagt.

Bis der Arzt ihm den Führerschein wegnahm.

Alma wünschte, sie hätte einen Doktor gekannt, zu dem sie Vertrauen hatte. Einen, dem sie hätte erzählen können, dass Otto im Laden zusammengebrochen war und sich danach verändert hatte. Einen, der wiederum ihr hätte erzählen können, dass es auch nichts genutzt hätte, wenn sie an diesem Tag anders gehandelt hätte.

Dass es völlig in Ordnung war, dass sie ihm nur ein Glas Wasser gebracht und sein Leibgericht gekocht hatte.

* * *

Jetzt signalisierte der Junge, dass er gern wieder aus dem Arbeitszimmer herauswollte. Es lag wohl am Geruch, soweit sie das an seinen Gesten erkennen konnte. Die Luft im Flur fühlte sich befreiend an. Sie bemerkte, dass auch Otto einen tiefen Atemzug nahm, sobald sie aus dem Zigarillonebel herausgetreten waren und Alma die Tür hinter ihnen geschlossen hatte.

Als sie in die Küche kamen, blickte sie gewohnheitsmäßig aus dem Fenster zur Fahnenstange hinüber. Da fiel ihr auf einmal etwas ein.

»Wann hast du eigentlich Geburtstag, Otto?«

Er antwortete irgendetwas, das sie nicht hören konnte.

»Na, das verstehe ich doch nicht«, sagte sie und lächelte. »Kannst du mir zeigen, in welchem Monat es ist?«

Otto sah verständnislos aus.

»Ist es jetzt im Frühling?«

Er nickte. Sogar etwas eifrig.

»Na so was, ist das wahr?«

Er nickte wieder, und jetzt grinste er auch.

»Ist es diese Woche?«

Das war es dann doch nicht.

»Dann nächste Woche?«

Bingo! Otto nickte, dass sein Haar tanzte.

»Dann müssen wir auf jeden Fall daran denken, dich zu feiern.« Alma lächelte und strich ihm über den Kopf.

Die Augen des Jungen leuchteten vor Freude. Er wollte gern

gefeiert werden! Und als er kurze Zeit später seinen Anorak anzog, hatte sie das Gefühl, er wäre am liebsten noch etwas länger geblieben.

Erinnerung an den stillen Terror

Alma konnte sich weder an ihr Alter noch an ihren eigenen Geburtstag erinnern. Es schien ihr auch völlig bedeutungslos zu sein. Ihr Leben war zu einem Zustand geworden, einem stillen Sammelsurium von Erinnerungen, Verdrängtem und gewöhnlichem Vergessen. Von Momenten ohne Gedanken. Von Gefühlen ohne Anker. Die Zeit, die längst vergangen war, war unmöglich in Daten oder Schichten von Jahren zu zerlegen, und es ergab keinen Sinn, es zu versuchen. Es gab nichts Besonderes hervorzuheben und damit auch nichts zu markieren.

Bei Otto war es anders. Er hatte die Zeit vor sich. Jedes neue Kapitel in seinem jungen Leben war es wert, dafür die Flagge zu hissen. Jeder neue Tag war es wert, gefeiert zu werden. Für ihn galt jede Sekunde.

Seit der Junge von seinem bevorstehenden Geburtstag erzählt hatte, hatte sie darüber nachgedacht. Zumindest in ihren klaren Stunden.

Sie hatte auch darüber nachgedacht, was sie ihm schenken konnte, denn ein Geschenk sollte er doch kriegen. Sie hatte das Memory oder den Porzellanbären oder etwas von dem übrigen Nippes, der ihm gefiel, in Erwägung gezogen. Sogar die Keramikdamen. Aber all das war irgendwie nicht ganz das Richtige. Erst an diesem Morgen war ihr klar geworden, was es sein musste. Ja, er sollte wahrhaftig ein Geschenk bekommen!

Alma hatte beschlossen, Otto das Kostbarste zu schenken, das sie hatte – und doch war es nichts wert, wenn er es nicht bekam.

Sie betrachtete Lulu, die im Wohnzimmer herumstreifte und an den Paneelen schnüffelte. Ihr Schwanz drehte sich im Kreis. Es waren die Mäuse, dachte Alma. Sie erinnerte sich an das Geräusch ihrer nächtlichen Aktivitäten.

Otto stand ganz still mitten auf dem Läufer und starrte zur Standuhr empor. Alma hatte ihm beigebracht, dass die Glocke schlug, wenn der große Zeiger ganz oben war. Sie würde bald die volle Stunde schlagen.

Jetzt wartete er, gespannt wie ein Flitzebogen.

Sie selbst hatte sich auf einen der Esstischstühle gesetzt, den sie ganz herausgezogen und zu Otto und der Uhr gedreht hatte.

Der Hund kam und drängte sich an ihr Bein.

Sie waren gute Freunde geworden, Lulu und sie. Es steckte nichts Böses in dieser kleinen Dame. Genauso wenig wie in dem Hund, den sie selbst gehabt hatte. Fleck. Alma erinnerte sich immer besser an ihn, je mehr Zeit sie mit Lulu verbrachte.

* * *

Fleck hatte sich immer an sie gedrückt, wenn sie es brauchte. Er konnte das Bedürfnis spüren. Er kam nur zu ihr, nie zu ihm. Hinterher musste sie sich abbürsten.

Der Hund hatte es geliebt, in dem grünen Sessel zu schlafen, auch wenn Otto das nicht wollte. Es war sein Sessel. Er wollte diese ganzen weißen Haare nicht auf seinem Sessel, sagte er.

Diese beschissenen weißen Haare.

Er hatte Fleck nie gemocht.

»Warum zum Teufel musst du dir jetzt plötzlich einen Köter zulegen?« Diese Worte fielen, als Alma verkündete, dass sie sich jetzt also einen Hund angeschafft hatte. Ihr Mann hatte das offenbar nicht als Frage gemeint, denn er hatte die Tür bereits hinter sich zugeknallt, als Alma antwortete.

»Es war nötig.«

Die nächsten Jahre hindurch hatte er ihn nie anders als *den Köter* genannt. Und eines Tages, als Alma mit dem Bus zum Friseur nach Gadeby gefahren war, hatte Otto den Köter umgebracht und ihn im Garten vergraben.

»Ich halte es nicht aus, das ewige Gewinsel zu hören, sobald du ohne ihn weggehst«, hatte er gesagt, als sie mit ihrer neuen Frisur nach Hause kam. »Es macht mich wahnsinnig.«

Das war damals, als sie ihn gerade noch hören konnte. Sie musste ihn trotzdem bitten, es zu wiederholen, bevor sie es verstand. Währenddessen blickte sie verwirrt seine Kleidung an, die voller Erde und weißer Haare klebte. Er wirkte außer Atem.

Dann rief er ihr zu, dass er ihren Köter mit einem Kissen erstickt und draußen hinter dem Haus vergraben hatte.

Sie wünschte, sie hätte nie gefragt.

Und am allermeisten wünschte sie, sie wäre nie ohne den Hund weggegangen.

Dabei hatte Alma eine so schöne Zeit beim Friseur gehabt. Im Stuhl neben ihr hatte eine fröhliche Dame gesessen, die eine Behandlung mit Silbershampoo bekam. Sie hatten über ihre Ehemänner gesprochen. Es war so einfach, wenn man sich nicht kannte und wenn die anderen netterweise auch noch laut genug sprachen, dass sie sie verstehen konnte.

Alma hatte die Dame und die Friseurin mit Anekdoten aus dem törichten Krieg ihres Mannes mit dem Nachbarn unterhalten. Es war schön, es erzählen zu können, und schön, mit jemandem darüber zu lachen.

Danach hatte die Dame mit dem Silbershampoo erzählt, dass ihr Gerhard seit einer Hirnblutung nur noch Marzipangebäck essen wollte. Da musste Alma dann doch fragen, ob sie richtig gehört hatte.

Doch, wirklich, und Gerhard hatte seitdem elf Kilo zugenommen.

Das Ganze war so schrecklich, dass sie ganz schrecklich darüber lachen mussten. Die Friseurin musste sogar einen Moment die Schere weglegen.

Daraufhin hatte die Friseurin, die etwas jünger war als sie, ihnen anvertraut, dass sie gerade von einem Mann geschieden worden war, der in den letzten Jahren eine Geliebte, ein Alkoholproblem und beträchtliche Spielschulden gehabt hatte, ohne dass sie etwas davon ahnte. Nur vielleicht das mit dem Alkohol, weil er angefangen hatte zu »klirren«, wie sie sagte.

»Pfui Teufel, raus mit dem Windbeutel!«, rief die Silbershampoo-Dame, und da mussten sie wieder lachen.

Auf dem Heimweg im Bus hatte Alma darüber nachgedacht, dass es ihr so viel schlimmer gehen könnte und dass Otto doch nicht annähernd so schlecht war, wie sie ihn in letzter Zeit recht oft gemacht hatte. Auch wenn er sie noch am selben Morgen ausgeschimpft hatte, weil sie Geld für einen teuren Friseur verschwendete, wenn sie sich auch wunderbar selbst die Haare schneiden konnte.

Aber dann kam sie nach Hause und begriff, dass er ihren Köter umgebracht hatte.

Seit diesem Tag schnitt Alma sich die Haare selbst.

So fing es an. Denn jedes Mal, wenn sie sich im Badezimmer die Haare geschnitten hatte, sammelte sie die kurzen weißen Härchen in einer Dose und versteckte sie ganz hinten in ihrem

Schrank. Und nachts, wenn er auf der Pritsche im Arbeitszimmer schlief, streute sie ein paar davon über den grünen Sessel im Wohnzimmer, sodass er dachte, es wären die Haare des Hundes, die weiterhin dort auftauchten.

Als Otto die Haare das erste Mal entdeckte, holte er resolut den Staubsauger aus der Waschküche und beseitigte minutiös jegliche Spuren von Fleck, während er schnaubte und prustete und zweifellos den Köter an einen Ort wünschte, der noch weiter entfernt war als ihr Garten. Alma konnte an seinen Bewegungen sehen, wie gereizt er war. Jetzt glaubte er natürlich, es sei endgültig Schluss damit.

Der Hund war tot, und seine elendigen Haare waren endlich weg.

Am nächsten Tag beobachtete sie ihn, als er ins Wohnzimmer ging, um sich in seinen Sessel in der hintersten Ecke zu setzen. Das tat er inzwischen jeden Vormittag, seit sie aufgehört hatten, zusammen Kreuzworträtsel zu lösen: in seinem Lehnstuhl sitzen, zum Fernseher gewandt, die Beine auf dem Fußschemel und ihr und dem Rest des Hauses halb den Rücken zugewandt.

Er sah nicht, wie Alma von der Küchentür aus zu ihm hinüberlinste. Aber sie sah, wie er die Haare entdeckte, gerade als er sich setzen wollte. Einen Moment stand er regungslos da, dann stellte er seine Kaffeetasse auf den Sofatisch, beugte sich über den grünen Samt und kniff die Augen zusammen.

Sie hatte sich wirklich Mühe gegeben, es so aussehen zu lassen, als hätte Fleck wieder dort gelegen.

Jetzt versuchte er, die Haare mit den Händen wegzufegen.

Alma zog sich zurück, bevor er sie wahrnahm. Sie ließ sich nichts anmerken. Verschwand in den Garten hinaus und tat so, als würde sie den Staubsauger weder sehen noch hören noch sonst irgendwie mitbekommen, dass sich ihr Mann mit dem Sessel abmühte.

Seitdem untersuchte Otto den Stuhl jeden Morgen mehr oder weniger als Erstes. Er hatte keine Ahnung, dass Alma ihn beobachtete, wenn sie früh aufgewacht war, und sie wachte oft früh auf, wenn sie Haare verstreut hatte. Otto war sich ganz sicher, dass sie lange schlief. Das tat sie meist.

Er wusste immer, woran er bei ihr war. Das war eine seiner wiederkehrenden Aussagen. Das war es, was er an seiner Ehefrau am meisten schätzte, hatte sie ihn einmal zu jemand anderem sagen hören.

Die Verlässlichkeit.

Vielleicht war er deshalb so verblüfft gewesen, dass sie sich ohne Vorwarnung einen Hund zugelegt hatte. Ihren eigenen treuen Hund, über den er nicht Herr war. Er war nicht umhingekommen zu sehen, wie gern Alma Fleck von Anfang an hatte. All die bedingungslose Liebe. All die Zärtlichkeiten, die zwischen ihnen ausgetauscht wurden.

Der stille Terror war nichts, worauf Alma stolz war, aber sie konnte es nicht lassen. Sie war so wütend. Auf ihre eigene diskrete Art. Und so sorgfältig. Sie strengte sich richtig an, ihr Haar so zu schneiden, dass die abgeschnittenen weißen Härchen Flecks kurzen Hundehaaren zum Verwechseln ähnlich sahen.

Und Otto war einfach zu täuschen. Es half, dass seine Augen nicht allzu gut waren, erst recht nicht in letzter Zeit. Trotzdem weigerte er sich, eine neue Brille zu kaufen. So etwas kostete ein Vermögen, ergo waren Ottos Augen ganz hervorragend. Die Wahrheit war, dass er ohne Lupe angesichts eines Uhrwerks verloren war.

Er bemerkte offenbar nicht, dass Alma im Lauf der Monate immer kurzhaariger wurde. Früher hatte er oft über ihre Locken gesprochen. Ihr wunderbares langes Haar, das er ständig berühren wollte. Seinen Kopf hineinstecken. Daran riechen.

Jetzt war fast nichts mehr davon übrig.

Von allem, was er geliebt hatte.

Otto erwähnte nie etwas von den wiederkehrenden Hundehaaren im Sessel. Er wollte nicht so tief sinken, über das Unerklärliche zu reden, das war Alma völlig klar. Ihr Mann hatte jedweden Gedanken an ein Leben nach dem Tod immer verhöhnt. Nichtsdestoweniger konnte sie sehen, dass er jetzt verwirrt war. Unsicher.

Vielleicht *hoffte* sie geradezu, dass es ihm Angst machte, Spuren von dem Hund zu finden. Es machte ihr Angst, dass sie so dachte.

Zumindest hoffte sie, dass Fleck in seinem Himmel mit dem Schwanz wedelte.

Ja, Alma glaubte schon, dass es einen Himmel gab. Auch für Hunde. Jedenfalls irgendetwas Schönes, das einen erwartete, wenn man starb.

Sie hatte einmal kurzzeitig eine Freundin gehabt, die behauptete, dass der Geist manchmal ein wenig hängen blieb, bevor er richtig loskam. Die Freundin war sich sicher, dass ihre verstorbene Mutter ihr nach ihrem Ableben ein Zeichen gesandt hatte: Ein Sherryglas war auf den Boden gefallen, und die Mutter hatte Sherry sehr gern gemocht. Die Freundin trank selbst ziemlich viel, egal was, Alma war sich also bei der Sache mit dem Zeichen nicht ganz so sicher.

Aber an den Himmel glaubte sie.

An den Himmel und das Meer und die Dünen, die sehr weit weg waren. Und an ihre kleine Tochter, die dort sein musste. Alma konnte sich noch immer nicht an ihren Namen erinnern oder ihr Gesicht sehen.

Sie hatte nur diese Fotos gehabt.

An das Gesicht der Freundin konnte Alma sich dagegen gut erinnern, und das, obwohl sie die Frau gar nicht sonderlich gemocht hatte. Sogar die Mutter der Freundin, die sie nur ein einziges Mal getroffen hatte, konnte sie sich ins Gedächtnis rufen. Sie hatten beide gerötete Wangen und große, wässrige Augen gehabt. Flache Gesichter, das eine faltiger als das andere, und das aus den falschen Gründen. Für Alma waren es gleichgültige Gesichter, die nach Sherry rochen, selbst in der Erinnerung.

Sie konnte sich normalerweise auch daran erinnern, wie sie hießen.

Das fühlte sich unlogisch an.

* * *

Alma liebkoste Lulus wuscheliges Fell, und zum Dank leckte der Hund ihren Handrücken ab, sodass die blaugrünen Adern glänzend und lebendig aussahen.

»So fein bist du«, flüsterte sie dem Hund zu.

Dann sah sie zu Otto auf, der strahlte und begeistert klatschte. Die Uhr hatte geschlagen. Ganze zehn Mal. Er zeigte auf die Tür des Uhrenkastens, wandte den Kopf und blickte Alma fragend an. Innerlich zuckte sie ein wenig zusammen. Sie hatte vergessen, die Zigarrenkiste und den Schlüssel herauszunehmen.

Da brach es aus ihr heraus. »Wir können sie heute nicht öffnen, mein Freund. Ich hab dein Geschenk dort drinnen.«

Das hatte sie eigentlich gar nicht sagen wollen.

Ottos kleine Augen wurden groß wie Teetassen, und Alma musste lachen.

»Ja, ja, ist schon gut. Dein Geburtstagsgeschenk ist dort drinnen. Es wohnt seit einiger Zeit in der Frau, aber nun sollst du es haben, Otto. Das würde mich freuen.«

Sie blickte in das offene Gesicht des Jungen. Er sah völlig sprachlos aus. Sprachlos, aber auch sehr erfreut.

»Und du bist dir ganz sicher, dass es morgen ist, ja?«

Er nickte. Überzeugend.

»Na, dann sollst du es morgen kriegen«, sagte Alma und lächelte.

Sie hatte keine Ahnung, ob Otto seinen Eltern erzählt hatte, dass er sie besuchte. Einen Moment dachte sie darüber nach, ihn zu fragen, aber sie hatte Angst vor der Antwort; Angst zu erfahren, dass ihr Geheimnis gar kein Geheimnis war. Jemanden in einen Traum einzuladen war wie aufzuwachen, und Alma wollte nicht aufwachen.

Ihr war jedoch auch bewusst, dass der Traum zerplatzen konnte, wenn er sein Geschenk mit nach Hause nahm und jemand es sah. Würden sie dann nicht angerannt kommen?

»Du wirst das Geschenk wohl hier bei mir lassen müssen, solange ich noch da bin«, sagte sie. »Aber du sollst wissen, dass es dir gehört.«

Otto nickte wieder und sah ihr forschend in die Augen. In diesem Moment hätte Alma gern seine Gedanken gelesen. Vielleicht hatte auch Otto keine Lust, die Wirklichkeit in ihren Traum zu lassen.

Sie saß noch immer auf dem Esstischstuhl mit dem Hund zwischen den Beinen, und jetzt kam der Junge zu ihr herüber.

Alma spürte die Wärme, die von dem kleinen Körper ausging, als er sich schräg über den Stuhl beugte, um sie zu umarmen. Er blieb ein wenig so stehen, an ihre Brust gedrückt, und sie streichelte seinen Rücken und ließ ihr Kinn in seinem Haar ruhen. Es duftete neu und frisch nach Frühling. Der kleine Wirbel kitzelte sie an der Nase. Währenddessen schlug Lulus Schwanz weich gegen ihre Fußgelenke.

Alma fühlte sich seltsam schwindelig, als sie kurze Zeit später in der Waschküchentür stand und den beiden zum Abschied zuwinkte. Fast schon berauscht. Gewohnheitsmäßig eilte sie danach ins Wohnzimmer, sodass sie ihnen auch winken konnte, wenn sie schon zwischen den Feldern waren.

Es war so schön, dass jemand wusste, dass sie lebte.

Und sie lebte mehr denn je. Sie erinnerte sich nicht nur besser, hatte sie das Gefühl, auch ihr Körper tat nicht mehr annähernd so weh wie zuvor, jedenfalls nicht auf dieselbe Art. Die Finger schienen beweglicher zu sein. Ihre Augen waren immer gut gewesen, und trotzdem war es, als sähe sie noch ein wenig besser, seit der Junge sie besuchte. Es würde sie nicht einmal wundern, wenn sie eines Tages ihr Gehör zurückbekäme. Sie hatte das merkwürdige Gefühl, dass die Zeit sich auf einmal in die andere Richtung bewegte, auch wenn sie genauso lief wie immer, wenn sie jeden Abend die Uhr aufzog.

»Du bist jünger geworden, Alterchen«, sagte sie zu ihrem Spiegelbild im Wohnzimmerfenster. Dann musste sie kichern. So ein Unsinn. Gut, dass der Junge das nicht gehört hatte.

Drüben auf dem Weg hatten Otto und der Hund schon das halbe Feld hinter sich.

Er drehte sich um und winkte an der Stelle, von der sie wusste, dass er dort haltmachen würde: an dem großen Stein, der am Wegrand lag und so aussah wie eine gestrandete Meeresschildkröte. Jetzt kletterte er auf den Stein und winkte noch einmal, als wollte er sichergehen, dass sie ihn auch wirklich sah. Und Alma winkte und winkte aus ihrem Wohnzimmer.

Sie brachte die Arme weit über die Schultern hinauf.

Wenn das Getreide wuchs, würde es ihn dort draußen vielleicht verbergen, dachte sie. Aber nicht, wenn er sich auf den Stein stellte. Dann würde sie ihn auch zu der Jahreszeit noch sehen können. Sie musste daran denken, ihm das zu sagen!

Otto rannte wieder auf den Weg hinunter und lief weiter zwischen die Felder hinaus. Er schwang die Arme und sprang und tanzte zusammen mit seinem Hund, noch viel mehr als sonst. All das Leben und all die Freude ließen sie beide größer wirken, als sie waren.

Alma lachte. Sie wusste, dass er wusste, dass sie sie sah.

Bald verschwanden sie hinter dem Hügel, und Alma blieb mit all ihrer eigenen Freude zurück. Sie hatte auch Lust zu springen, aber ganz so jung war sie dann doch noch nicht geworden.

Sie blieb stehen und lächelte, Gesicht und Hände an die Scheibe gedrückt. Das Glas fühlte sich an ihrer warmen Wange kühl an.

Dann dachte sie, dass sie das Geschenk gleich einpacken wollte. Irgendwo mussten noch Geschenkpapier und Geschenkband sein, und war da nicht auch noch eine Tischflagge, die sie aufstellen konnte? Sie hatten doch eine kleine Flagge gehabt. Ja, Otto sollte einen schönen Geburtstag bekommen. Sogar mit heißem Kakao. An diesem Morgen waren sowohl Kakao als auch Schlagsahne mit in der Kiste gewesen, und weder Dosen noch Fragen.

Sie würden es sich richtig gemütlich machen.

Alma lächelte noch immer, als sie endlich das Gesicht vom Fenster nahm. Doch als ihr Blick versehentlich durch den Garten glitt und hinten auf den Schuppen fiel, war es, als würde jegliche Freude sie mit einem Ruck verlassen.

Reue

Alma hatte es hinausgezögert. Es immer wieder verschoben. Es vergessen, und dann doch wieder nicht. Auf diese Weise war der ganze Winter vergangen. Der Winter, der der kälteste in ihrem Leben gewesen war. Und wohl nicht zuletzt auch in seinem.

Jedes Mal, wenn in ihr der Gedanke daran auftauchte, was sie eigentlich tun sollte, hatte sie ihn erfolgreich verdrängt. Selbst als der Frost nachließ und den Schnee mit sich nahm, war sie ihm ausgewichen. Die ganze Zeit war es ihr gelungen, den Geräteschuppen zu umgehen, und als willkommene Hilfe waren die Tage ineinandergeflossen und hatten sich aufgelöst, bevor sie eine Entscheidung treffen konnte. Aber das taten sie jetzt nicht mehr, und morgen war der Geburtstag des Kindes. Es gab etwas, das erledigt werden musste, bevor Alma den Tag mit Frieden in der Seele feiern konnte. Das merkte sie jetzt.

Es war Zeit.

Er musste begraben werden, natürlich, doch sie hatte keine Ahnung, wie. Sie blickte zu der Weigelie hinüber, die draußen am Rand der Rasenfläche kurz vor der Grundstücksgrenze stand. Dort, vor dem Busch, hatte er Fleck begraben. Im Schatten des Busches stand eine Gruppe blauer Anemonen, sie leuchteten mit dem Himmel um die Wette. Alma war sich nicht sicher gewesen, ob sie überleben würden. Da fiel ihr das Lied von der blauen Anemone ein.

Was ist hier nur geschehen? Mein Herz wie Quarz so winterkalt … Der restliche Text fiel Alma nicht mehr ein, aber die Melodie summte weiter in ihr.

Quarz. Er hatte ihr verboten, dieses Lied zu singen. Also hatte sie es stattdessen gesummt, bis er ins Arbeitszimmer ging und die Tür hinter sich zuknallte. Das war mehrmals passiert, besonders nach der Sache mit Fleck. Sie konnte immer an seiner Reaktion ablesen, ob sie laut genug gesummt hatte.

Sie konnte es sich nicht verkneifen.

Jetzt wanderte ihr Blick zum Geräteschuppen hinten in der Ecke des Gartens. Sein letzter Aufenthaltsort. Ja, das vermutete sie jedenfalls stark. Alma wusste nicht, was schlimmer wäre: ihn dort zu finden oder ihn nicht dort zu finden.

Und wo war er, wenn er nun nicht dort war? Auferstanden? Als er selbst. Oder als der, den sie umgebracht hatte.

Nein, sie hatte niemanden umgebracht.

Sie hatte ihn nur eingesperrt.

Es hatte keinen anderen Ausweg gegeben. Alma hatte es auch nicht bereut, auch wenn es sich manchmal so anfühlen konnte. Was sie dagegen bereute, war ihr eigenes Handeln in der Zeit davor. Die sanfte Boshaftigkeit, mit der sie Otto nach dem Tod des Hundes gequält hatte. Sie hätte sich nicht erlauben dürfen, so tief zu sinken. Sich derart von ihrer eigenen Wut leiten zu lassen. Es reichte doch, dass *er* krank war.

Im tiefsten Inneren hoffte sie auf Vergebung.

Ja, für alles. Aber am allermeisten dafür, dass sie niemanden geholt hatte, damals, als Otto im Laden zusammengebrochen war. Es hätte vielleicht einen Unterschied gemacht, wenn er danach Hilfe bekommen hätte. Wenn zumindest jemand etwas gewusst hätte. Aber Alma hatte nicht den Mut gehabt, ihrem Mann zu trotzen, als es hart auf hart kam. Sie hatte es erst gewagt, als es schon zu spät gewesen war. Das bereute sie jetzt.

Es hätte zwischen ihnen nicht so enden sollen, ohne Vergebung. Sie gehörten trotz allem zusammen, sie beide.

Und jetzt blieb ihr nichts anderes übrig, als sich ihn anzusehen.

* * *

Als sie wenige Minuten später auf die Terrasse trat, umklammerte ihre Hand den kleinen Schlüssel.

Sie blickte zum Himmel auf, der hoch und klar aussah, abgesehen von dem undeutlichen Streifen eines Flugzeugs, das schon längst fort war. Kein Traktor draußen auf dem Feld, und auch kein Reh. Und Hornbrille blieb hinter seiner undurchdringlichen Hecke, da war sie sich sicher. Alma war so allein, wie man nur sein konnte.

Und doch hatte sie Angst, jemand würde an die Haustür klopfen und dann ums Haus in den Garten gehen, wenn niemand öffnete. Der Gedanke wurde immer präsenter, je weiter sie sich vom Haus entfernte. Sie fühlte sich so unsicher mit diesen ganzen Fremden, die etwas von ihr wollten. Wenn sie denn nicht eigentlich ihn suchten.

Jetzt hatte sie den schmalen gefliesten Weg erreicht, der von der Terrasse einen Bogen zum Geräteschuppen schlug. Alma ging ihn ein paar zögernde Schritte entlang, doch sobald die Tür des Schuppens hinter der Eibe sichtbar wurde, hielt sie inne und kniff die Augen zusammen. Das Vorhängeschloss hing noch immer an der Tür, das konnte sie sehen. Und es war noch immer verschlossen. Auferstanden war er also nicht.

Nach ein paar weiteren Schritten war sie gefährlich nahe daran zu stolpern und legte wieder eine Pause ein. Sie brauchte dringend etwas, auf das sie sich stützen konnte. Das welke

Gras quoll zwischen den Fliesen hervor und stellte ihren Pantoffeln Beine, sodass sie mit den Armen in der Luft rudern musste, um nicht das Gleichgewicht zu verlieren. Sie blieb kurz stehen, dann drehte sie sich vorsichtig um und wankte zurück zur Terrassentür. Der Türknauf nahm gnädig ihre Hand und brachte sie zwischen den wohlbekannten Möbeln in Sicherheit.

Sie beschloss, sich seinen Stock aus dem Flur zu holen. Darauf konnte sie sich stützen. Außerdem sollte sie ordentliche Schuhe anziehen, auch wenn es verdammt viel Anstrengung kostete. Und im Übrigen wollte sie warten, bis es dunkel geworden war. So spät klopften die Fremden nie bei ihr an.

Ja, so würde sie es machen. Noch ein bisschen warten.

Draußen in der Küche setzte Alma sich auf die Bank. Sie hatte sich eine Tasse Kaffee aufgebrüht. Eine ungewöhnlich starke Tasse.

In ihrem Kopf überschlugen sich weiterhin die Gedanken. Warum überhaupt aufsperren?, dachte sie. Sie konnte ihn liegen lassen, genauso wie man Ertrunkenen ihre Totenruhe ließ. Sie konnte sogar den Schlüssel zum Vorhängeschloss wegwerfen. Doch wenn sie das tat, würde sie niemals Gewissheit bekommen und wohl auch selbst nie Frieden finden.

Sie könnte den Schuppen auch in Brand setzen. Der Gedanke hatte etwas Reinigendes, etwas angenehm Definitives, vielleicht auch ein unangenehmes Gefühl von Gerechtigkeit.

Aber dann würden sicher Menschen herkommen. Brände zogen immer Leute an. In Gadeby waren sie damals gekommen, sobald das Gerücht zum Rathaus vorgedrungen war, wo der Großteil des Ortes sich versammelt hatte, um Gadebys Jubiläum zu feiern. Allerdings nicht Otto und Alma. Otto hatte gesagt, es sei nicht gesund, sich auf diese Art bei den Kunden anzubiedern. Er mochte derartige gesellige Anlässe ohnehin nicht. Alma wäre gern hingegangen. Sie hatte überlegt, alleine zu gehen, war aber dann doch bei ihm geblieben. Um des lieben Friedens willen.

* * *

Man hatte nie mit Sicherheit herausgefunden, wie der Brand im Laden des Uhrmachers entstanden war. Die Feuerwehr wollte Brandstiftung nicht ausschließen.

Sie hatte darüber nachgedacht, ob es Otto selbst gewesen sein konnte. Er war so unglaublich besessen von der Versicherung und der Ausbezahlung der Prämie. Und es *war* doch auch seltsam, dass sein wichtigstes Werkzeug sich ausgerechnet an diesem Samstagabend in seinen Privaträumen befand und nicht in der Werkstatt im Hinterzimmer des Ladens.

Aber er hatte auch ganz verzweifelt geweint, als sie draußen auf der Straße standen und dabei zusahen, wie das Feuer ihr ganzes Geschäft und einen Teil ihrer Wohnung verzehrte. War das dann Schauspielerei gewesen?

Es war, als konnten sie die Uhren dort drinnen verbrennen hören.

Wenn, dann musste er es getan haben, während sie das Abendessen kochte. Den Laden in Brand gesetzt, den er eröffnet, betrieben und ein Menschenalter lang geliebt hatte. Sein Lebenswerk. Das wirkte unwahrscheinlich, aber andererseits war er nach seinem Zusammenbruch so unberechenbar geworden. Und nach der Sache mit den Japanern.

Alma hatte sogar darüber nachgedacht, ob sie es selbst gewesen war.

Sie hatte an diesem Nachmittag einige Malerarbeiten erledigt, während er nach Ladenschluss ein Nickerchen in den Privaträumen machte, wie er es samstags immer tat. Die Holzverkleidung im Laden war vom Zigarrenrauch und der jahrelangen Abnutzung vergilbt und unansehnlich geworden, und sie hatte sie schon lange streichen wollen, auch wenn er immer protestierte, sobald sie es vorschlug. Farbe war teuer. Veränderung war gefährlich.

Nichtsdestoweniger musste sie sich etwas Besonderes vornehmen, um die Gedanken vom Stadtfest abzulenken, und deshalb hatte sie Farbe gekauft, ohne ihm etwas davon zu sagen. Vielleicht war damals zum ersten Mal ihr Trotz zum Leben erwacht. Wenn sie ihn vor vollendete Tatsachen stellte, konnte er nichts mehr dagegen tun, hatte sie sich gedacht.

Danach war sie in ihre Wohnung geeilt, um das Essen rechtzeitig fertig zu kriegen, so weit reichte ihr Trotz nun auch wieder nicht. Aber in der Eile hatte sie ein paar Lappen zurückgelassen, die wahrscheinlich noch voller Terpentin gewesen waren. Sie hatte nicht an die Brandgefahr gedacht.

Immer dachte man erst hinterher nach. Und bereute.

Vielleicht waren sie in Wirklichkeit beide schuld an dem Unglück. Sie würde es nie herausfinden.

Am schlimmsten war, dass das Feuer sich bis in ihre Wohnung ausgebreitet hatte. Dass es den *Mann* und das *Fräulein* in Esszimmer und Flur erfasst hatte. Alma hatte immer gespürt, dass die drei Bornholmer Uhren zusammengehörten. Die *Frau* war verschont worden, weil sie in der Küche stand, wo das Feuer nicht hinkam. Sie wirkte jetzt sehr allein.

Am allerschlimmsten war jedoch, dass das Feuer ihnen die Bilder von ihrer Tochter genommen hatte. Die Fotos, die er all die Jahre vor Alma versteckt hatte. Um sie zu schonen, wie er sagte. Damit der Anblick der Tochter ihre Trauer nicht wieder zum Leben erweckte und sie verrückt machte.

Die Fotos waren in der Dunkelheit im Inneren des *Fräuleins* verborgen gewesen. Das hatte er ihr erst anvertraut, als es zu spät war. Alma hatte nicht geahnt, dass sie dort danach hätte suchen müssen. Aber sie hatte auch nicht die Möglichkeit dazu gehabt, denn Otto war derjenige gewesen, der die Uhren jeden Abend aufzog. Der die Schlüssel hatte. Der Zugang zu ihnen hatte.

Sie waren gerade beim Abendessen gewesen, als sie das Feuer bemerkten. Kartoffelpüree mit Speck und Zwiebeln hatte sie serviert, auch *Brennende Liebe* genannt. Die eiskalte Ironie des Schicksals hatte sich offenbar berechtigt gefühlt, mit ihnen zu spielen.

Alma vermisste ihr Zuhause in Gadeby nicht, aber sie vermisste das, was sie bereits zu vermissen begonnen hatte, bevor der Brand ihr Leben veränderte. Die Zeit davor und danach hatte eine gradweise Verminderung des Guten mit sich gebracht, das früher einmal da gewesen war.

Früher hatte das Gute immer überwogen, und der Tyrann war ein harmloser Spielverderber gewesen. Wie damals, als er sie an ihrer Silberhochzeit mit einer Reise überrascht hatte. Er, der sonst immer nur knauserte und sparte. Sie hatte geglaubt, sie würden in ein Gasthaus in Hadersleben fahren, und dann landeten sie in einer Suite im Harz. Alma wünschte, er hätte sie darauf vorbereitet, sodass sie für den Harz hätte packen können. Sie wäre gern genauso hübsch gewesen wie die anderen Damen im Hotel. Sie fühlte sich die ganze Zeit daneben, und nicht zuletzt waren ihr ihre praktischen Schuhe ein wenig unangenehm in dem Restaurant mit den weißen Tischdecken.

Aber er freute sich so über seine Überraschung. So sehr, dass er strahlte. Und sie hatte ihn so geliebt, dass es wehtat.

Damals waren seine Locken noch immer kastanienbraun gewesen. Er hatte das weiche, blau karierte Hemd angehabt, das so gut zu seinem Haar passte. Das Hemd, das sie ihm geschenkt hatte und von dem er sagte, dass er es liebte. Sie glaubte ihm.

Sie glaubte ihm auch, wenn er sagte, dass er sie liebte.

Über den Käse und die weiße Tischdecke im Harz hinweg.

* * *

Alma blickte auf ihre rote Wachsdecke hinunter. Auf den starken Kaffee, den sie kaum angerührt hatte. Auf die Zettel, die daran festgeklebt waren.

Warum erinnerte sie sich jetzt an all das?

Otto stand in diesem Augenblick so quicklebendig vor ihr.

Es gab keinen Weg am Geräteschuppen vorbei, das war ihr absolut bewusst. Wenn sie Gewissheit haben wollte, musste sie dort hingehen, nachdem die Dunkelheit sich gesenkt hatte, egal, wie unangenehm ihr der Gedanke daran war.

Sie war kurz davor, den Nebel zu vermissen, der in diesem Winter so oft über sie hereingezogen war und die Zeit und die Gedanken verwischt hatte. Aber trotzdem kam die Klarheit zusammen mit dem Jungen, und ihn wollte sie gern sehen.

Das Kind lebte, und es sollte gefeiert werden.

Und jetzt wollte sie sich Ottos Geschenk ansehen, solange es noch hell war.

Die Geliebte

Das Geschenkpapier war alt, aber es war immer noch schön. Alma entdeckte es in der mittleren Schublade des Sekretärs, und in einem Schuhkarton daneben lagen sowohl Seidenbänder als auch Karten. Hier fand sie sogar den Tesafilm für die Zettel auf dem Wachstuch. Einen Tesafilm, der klebte.

In einem übermütigen Moment ertappte sie sich selbst bei dem Gedanken, dass sie die Erinnerungszettel vielleicht gar nicht mehr brauchte.

Sie legte alles zusammen mit der Schere auf dem Esstisch bereit. Danach sperrte sie die Frau auf und nahm die Zigarrenkiste heraus.

Hirschsprung stand darauf. Und da war ein Hirsch, der über den Deckel sprang. Wie oft sie doch diesen Hirschen schon gesehen hatte, auf vielen Kisten. Er hatte diese Zigarren früher geliebt, und sie hatte ihren Duft geliebt. Kurz nachdem sie nach Solum gezogen waren, ging er zu Zigarillos über, vermutlich weil er sie unten beim Kaufmann bekam und weil sie billiger waren. Aber der Geruch von Zigarillos war anders, saurer. Immer noch hing ein Hauch von Zigarrenduft über der Kiste, als sie sie auf den Esstisch stellte und öffnete.

Und da lag sie auf ihrem weichen Kissen.

Seine Schweizer Geliebte.

Die Armbanduhr hatte eine magische Anziehungskraft auf Otto ausgeübt. Sein Respekt und seine Bewunderung für diese Uhr waren so groß, dass er es kaum gewagt hatte, mit seinem Werkzeug daran herumzuschrauben. Und trotzdem konnte er stundenlang über sie gebeugt dasitzen, nur um sie mit einem begehrlichen Blick durch die Lupe zu betrachten, sie vorsichtig mit seinen sauberen Fingern zu streicheln. Sie aufzuziehen.

Er holte die Geliebte ausschließlich dann heraus, wenn er sich sicher war, dass niemand ihn überraschen konnte. In Gadeby bedeutete das: wenn er alle Türen abgesperrt hatte, sowohl im Laden als auch in den Privaträumen, samt der Tür, die beides miteinander verband. Er hatte seine Uhr so gehütet, dass nicht einmal Alma ihr Versteck gekannt hatte. In all den Jahren hatte er sie gebeten, in die Küche zu gehen, wenn er sie herausholen oder zurücklegen wollte. Erst wenn er die Küchentür öffnete, durfte sie sich in ihrem Haus wieder frei bewegen. Sie durfte die Uhr auch gerne zusammen mit ihm bewundern, aber trotzdem nicht wissen, wo sie wohnte. Alma wurde wegen der Geliebten immer eingesperrt.

Sie lag in der Zigarrenkiste im Inneren des *Mannes*, der großen, vierschrötigen Bornholmer Uhr in der Ecke des Esszimmers. Alma sah, wie er aufsperrte und die Uhr herausholte, fast im selben Moment, als die Feuerwehrleute anklopften und sie baten, das Haus zu verlassen und nur das Wichtigste mitzunehmen. Danach holte er das ganze Werkzeug, das er in den Hauswirtschaftsraum gestellt hatte. Er schleppte alles in einem großen Koffer hinaus. Es sah fast so aus, als hätte er schon gepackt. Er schaffte es auch, eine große Tüte mit Büchern und Artikeln aus dem Haus zu bringen, aber das wäre gar nicht nötig gewesen. Das Feuer erreichte die Räume nie, in denen sie standen. Es drang nur bis in den Flur und das eine Zimmer vor.

Und Otto nahm das Wichtigste mit. Ja, Alma hatte es gesehen.

Sie selbst hatte die vier Wandteller, die Keramikdamen, ihr Nachthemd und das Foto von ihren Eltern mitgenommen.

Und das Radio. Aus irgendeinem Grund griff sie sich auch das Radio.

Die Fotos von ihrer kleinen Tochter bekam er nicht mehr aus dem Haus. Er hatte keine Zeit mehr, auch noch das *Fräulein* aufzusperren, hatte er hinterher gesagt. Aber die Wahrheit war wohl, dass er gar keinen Gedanken daran verschwendet hatte. Die Tochter war für ihn ohnehin längst tot. Er hatte nur daran gedacht, diese eine unsterbliche Uhr und all sein gutes Werkzeug zu retten.

Die Armbanduhr war vermutlich mehr wert als irgendetwas anderes, das sie je besessen hatten. So hatte er sich ausgedrückt.

Er hatte es Alma zugeflüstert, in tiefster Vertraulichkeit und vermutlich als eine Art Erklärung. Sie musste schwören, es niemals irgendjemandem zu erzählen. Die Uhr war ihre Sicherheit, das musste sie verstehen. Allerdings konnte sie sich beim besten Willen nicht vorstellen, dass er sich davon trennen würde.

Er hatte sie von einem Kunden bekommen, dem er während des Krieges bei der Flucht nach Schweden geholfen hatte. Über seine Kontakte. Diese Kontakte kannte Alma nicht. Otto hatte ihr erzählt, dass die Uhr ein Geschenk der Dankbarkeit war, weil er sich geweigert hatte, für seine gute Tat eine Bezahlung anzunehmen. Der Kunde hatte sie ihm auf dem Tisch in der Werkstatt hinterlassen. Mit einem Dank aus tiefstem Herzen.

Alma hatte die Karte nie gesehen und fand es seltsam, dass Otto sie nicht zusammen mit der Uhr versteckt hatte.

Sie wollte ihm so schrecklich gerne glauben.

* * *

Jetzt saß sie an ihrem Esstisch, so viele Jahre später, und betrachtete die Armbanduhr wieder. Ottos Geschenk.

Das runde Ziffernblatt war ungewöhnlich groß, und es passierte dort auch ein wenig zu viel für Almas Geschmack. Es gab so viele Zahlen und Dinge, auf die man achten musste. Und trotzdem hatte diese Uhr etwas extrem Anziehendes, das musste sie zugeben.

Sie war kein bisschen klobig wie so viele andere Herrenuhren. Sie hatte eine Eleganz, eine Überlegenheit, die Alma gefiel. Vielleicht hatte die Faszination des Uhrmachers sie angesteckt?

Die Uhr erinnerte sie an seine Passion für das gute Handwerk, seine Gabe, sich einnehmen und begeistern zu lassen. Nicht zuletzt in diese Eigenschaft hatte sie sich zu Anbeginn der Zeiten verliebt, als sie den jungen Uhrmacherlehrling kennengelernt hatte. Seine Leidenschaft. Für Uhren, für das Leben, für sie.

Otto hatte ihren nackten Körper eine perfekte Konstruktion genannt, während seine Hände prüfend darüberglitten. Er hatte sogar gescherzt, dass er unbedingt daran denken musste, sie jeden Abend aufzuziehen.

Damit sie ging, aber nie von ihm ging.

Ja, er war definitiv auch von Alma fasziniert gewesen, hatte ihr Abend für Abend durch seine zärtlichen Liebkosungen Leben eingehaucht, sie mit Haut und vor allem Haar geliebt. Und sie wollte zusammen mit ihm bis ans Ende der Welt gehen. Dort waren sie jetzt wohl angekommen.

Das Armband der Uhr war aus goldbraunem Leder mit hellen Nähten. Es passte perfekt zu dem weißen Ziffernblatt mit den goldenen Zeigern und Ziffern. Der Name und die kleineren Zahlen waren schwarz und an manchen Stellen eine Spur verblichen. Aber nur eine Spur.

Die Geliebte war, musste Alma zugeben, ungewöhnlich wohlbehalten.

Sie fuhr vorsichtig mit einem Finger rund um ihren Körper. Es gab einen kleinen Knopf auf der Krone und noch je einen auf beiden Seiten davon. Sie erinnerte sich, dass es deren Funktion war, die die Uhr so einzigartig machte. Irgendetwas, wie dass man damit die Zeit stoppen konnte.

Der dankbare Geber war Rennfahrer gewesen, bevor er in einem Fischkutter flüchten musste. Alma wusste nicht, ob er gerettet worden war, ob er Schweden überhaupt je erreicht hatte. Sie wusste nichts anderes als das bisschen, das ihr Mann ihr erzählt hatte. Und er wusste nicht mehr, behauptete er, worauf er sich weitere Fragen zu diesem Thema verbeten hatte.

Hinter dem Kissen steckte ein Echtheitszertifikat. Das Papier war vergilbt, doch der Text war noch gut lesbar. *1942* stand darauf. Und *Rolex Antimagnetique Ref. 4113*.

Ja, Alma erinnerte sich gut an den Namen der Geliebten, sogar an ihr Alter.

Und in diesem Moment fühlte sie sich genauso verzaubert, wie ihr Mann es gewesen war. Sie konnte den Blick nicht von der Uhr abwenden.

Es gab nicht nur einen, sondern zwei Sekundenzeiger. Der eine saß genau über dem anderen, sodass man kaum sehen konnte, dass es zwei waren. Sie verschmolzen miteinander. Und jetzt fiel ihr wieder ein, was Otto ihr gezeigt hatte: Man konnte den einen Sekundenzeiger anhalten, während der andere weiterlief, bis man den beiden befahl, sich wieder zu vereinigen.

Man konnte die Zeit anhalten und sie gleichzeitig vergehen lassen.

»Ist das nicht wunderbar?!«, hatte er gefragt und gleichzeitig festgestellt. Und sie musste ihm recht geben.

Es war wunderbar. Seine Begeisterung war wunderbar.

Jetzt gerade nahmen sich die beiden Sekundenzeiger genau die Zeit, die sie brauchten, während sie sich dicht beisammen in kleinen, diskreten Schritten über das Ziffernblatt bewegten. Die Zeit schien zu stimmen.

Aber … das konnte doch nicht sein. Dass sie lief?

Ein paar Sekunden lang betrachtete Alma das unbegreifliche Leben der Uhr. Dann schüttelte sie ihre Verblüffung ab und stellte sich stattdessen vor, wie sich der kleine Otto über seine Armbanduhr freuen würde. Jetzt war sie noch viel zu gewaltig für sein schmales Handgelenk, doch eines Tages, wenn Alma selbst tot und nicht mehr hier war, würde er groß genug sein, sie wie ein Mann zu tragen.

Sie hatte nur ein einziges Mal gesehen, wie ihr eigener Mann sie trug. Da stand er im Wohnzimmer in Gadeby und war gut aussehender als je zuvor.

Er hatte sein schönes, blau kariertes Hemd an, erinnerte sie sich. Und er zeigte auf die Uhr an seinem Handgelenk, damit sie sie genießen konnte. Damit sie sie gemeinsam genießen konnten. Die Zeit zum Stillstand bringen und sie gleichzeitig vergehen lassen.

Das taten sie. Zusammen. Er ließ sie die Zeit stoppen und lachte mit ihr, als die Sekundenzeiger einander wiederfanden. Es war das einzige Mal, dass sie die Geliebte berührt hatte, in all den Jahren. Hinterher nahm er die Uhr ab und versteckte sie wieder. Er wollte nichts davon hören, damit herumzulaufen.

Nachdem sie nach Solum gezogen waren, hatte Alma es wieder vorgeschlagen: Warum die schöne Uhr nicht benutzen, wenn er sie doch so gernhatte? Sie meinte es gut, aber so wurde es nicht aufgefasst.

Was, wenn sie gestohlen würde?, hatte er gesagt. Ihm von irgendeinem Hippie vom Handgelenk gerissen, der sie dann gegen eine dieser Pfeifen eintauschte. Oder gegen eine Quarzuhr! Der Gedanke an Letzteres war beinahe am schlimmsten.

Oder wenn etwas geschähe, sodass sie an Wert verlor? Wenn sie einen Kratzer bekäme. Oder einen Sprung. Sie konnte ihm auf den Asphalt oder in den Straßengraben fallen, oder vielleicht auf den Acker, wo sie von einem Traktor überfahren würde? Nein, der Vorschlag fiel in keinster Weise auf fruchtbaren Boden.

»Wie du überhaupt auf so eine Idee kommen kannst«, knurrte er.

Letztendlich redete Arnold sich so über Almas mangelnden Respekt für die Geliebte in Rage, dass er das Wohnzimmer wutentbrannt verließ.

OTTO!

Otto hieß er, verflixt noch mal. Doch nicht Arnold!

Arnold war der alte Hund des Bauern, rief sie sich ins Gedächtnis. Längst gestorben. Und das war ein Glück, denn er konnte ab und zu ganz schön bissig sein. Das hatte ihr alter Postbote ihr anvertraut, kurz bevor er selbst starb, dem Gerücht nach an etwas Ungefährlichem.

Hoffentlich kam sie nie auf die Idee, den Jungen Arnold zu nennen. Oder den Hund.

Dann würden sie nun wirklich verwirrt sein.

* * *

Kirsten. So hatte ihr Mann sie einmal versehentlich genannt. Es wäre vielleicht leichter zu ertragen gewesen, wenn es nicht ausgerechnet passiert wäre, während sie miteinander schliefen.

Es war nicht sehr lange, nachdem sie von dem Haus am Meer in die Wohnung in Gadeby gezogen waren. Er, um den Laden aufzumachen, sie, um vor dem leeren Kinderzimmer und dem Garten mit der Apfelrose und der Schaukel zu fliehen. Sie konnte in den ganzen Erinnerungen nicht atmen. In der ganzen frischen Luft, die so hart gegen die Haut schlug.

Jetzt mussten sie sich gegenseitig wieder hochziehen, hatte er damals gesagt. Den Weg aus der Trauer finden und neu anfangen, mit den Uhren und miteinander.

Sie hatten doch immerhin einander. Und sie konnten viele Uhren bekommen.

Es war wohl kaum seine Absicht gewesen, sie in jener Nacht Kirsten zu nennen. Alma tat, als wäre nichts gewesen, aber sie hatte geweint, als Otto hinterher eingeschlafen war.

Er hatte es nur dieses eine Mal gesagt, und es war sehr lange her. Aber in dieser Sekunde hatte Alma das Gefühl gehabt, dass sie stehen blieb, während er ohne sie weitertickte. Es dauerte nur einen Moment, in einer Nacht von vielen Nächten eines langen Lebens, bis sie sich selbst wieder in Gang setzte. Und ihm nachging, ihn einholte. Kirsten zu vergessen versuchte. Sie sah ganz einfach keine andere Alternative.

Aber vielleicht hatten sie nie wieder richtig zusammengefunden. Dieser Gedanke kam ihr hin und wieder. Vielleicht tickten sie schon seit Langem nicht mehr gleich, auch wenn sie zusammengehörten.

Jedes Dasein war vermutlich voller Störungen, die selbst ein grundverlässliches Werk aus dem Takt bringen konnten.

Es gab Gefühle, die so stark waren, dass selbst die Feinmechanik des Herzens sich ihrem Einfluss nicht widersetzen konnte. Trauer, Enttäuschung, Eifersucht, Freude. Wut.

War es zwei Menschen überhaupt möglich, ihr ganzes Leben lang synchron zu laufen?, hatte sie sich gefragt. Ohne auf etwas zu stoßen, das den einen blockierte, aber nicht den anderen. Konnte man wirklich den ganzen Weg zusammen gehen, Hand in Hand, ohne einander einen Augenblick loszulassen?

Alma war sich bei der Antwort nicht sicher. Sie wusste trotz allem nur über ihre eigene Ehe Bescheid. Allerdings konnte sie sich schwer vorstellen, dass auch nur ein einziges der Ehepaare, die sie gekannt hatten, ohne Sand im Getriebe durchs Leben geglitten sein sollte. Das Apothekerpaar vielleicht. Sie schienen einander wirklich gernzuhaben, aber was wusste man schon. Alma hatte vor langer Zeit einmal gesehen, wie eine Dame mit beeindruckender Oberweite sich in der Dunkelheit vom Haus wegschlich, während die Apothekerfrau bei ihrer Schwester auf Bornholm zu Besuch gewesen war.

Als die Frau zurückkam, strahlte sie wie die Sonne über Gudhjem, und der Apotheker hatte die Dachrinnen gereinigt.

Solche Aussetzer waren vielleicht auch nicht schlimm, wenn man hinterher nur wieder in Einklang kam. Eine Zeit lang zumindest. Alma wünschte, bei Otto und ihr hätte es so geendet. Dass sie einander schließlich wiedergefunden hätten und zusammen stehen geblieben wären.

Das hätte er sich auch gewünscht.

* * *

Alma sah sich die Armbanduhr ein letztes Mal an und betrachtete erneut mit Erstaunen die beiden goldenen Sekundenzeiger, die sich zusammen bewegten wie einer, auch wenn sie längst in Unbeweglichkeit versunken hätten sein müssen.

»Na, dann mach's gut«, sagte sie zu der Uhr.

Dann schloss sie den Deckel der Zigarrenkiste und wischte mit der Hand ein bisschen Staub von dem Holz. Und schließlich begann sie das Kästchen in das weinrote Geschenkpapier einzupacken.

Es war schwierig, weil die Schere nicht so wollte wie sie und der Tesafilm so gut klebte, dass er überall hängen blieb. Besonders ihr Kinn griff er sich gern. Das Band war ein hübsches dunkelblaues Seidenband. Alma schlang es um das Päckchen, so gut sie konnte, aber es wurde nicht besonders schön. Es war lange her, dass sie einen Grund gehabt hatte, eine ordentliche Schleife zu binden.

Auch eine geeignete Karte zu finden war eine kleine Herausforderung. Von den drei Karten, die sie hatte, war nur eine eine Geburtstagskarte, und der Junge wurde ja nun nicht 75, wie darauf zu lesen war. Darüber hinaus hatte sie die Wahl zwischen *Ruhe in Frieden* und *Ein letzter Gruß*. Sie entschied sich für den letzten Gruß, weil die Karte mit einem kleinen Vogel dekoriert war, der dem Jungen gefallen würde. Der Engel auf der anderen sah für sie etwas verzagt aus.

Sie musste sich schrecklich anstrengen, um einigermaßen schön zu schreiben. Oder zumindest leserlich. Der Kugelschreiber wollte nicht richtig, und es war beinahe, als könnte ihre Hand sich nicht erinnern, wie es ging. Aber wenigstens taten die Finger nicht annähernd so weh, wie sie es befürchtet hatte.

Für meinen lieben Freund Otto (oder wie Du nun richtig heißt).
Herzlichen Glückwunsch zu Deinem Geburtstag. Dieses Geschenk ist für Dich, als Dank für unsere schönen Stunden zusammen.
Die Zeit ist kostbar. Denk immer daran, sie mit etwas zu verbringen, das Dich froh macht. Dann wirst Du bestimmt so alt werden wie ich – hundertsechzig Jahre. Mindestens!

Sie gluckste, als sie das mit den Jahren schrieb. Darüber würde er auch lachen; der Junge besaß ein kluges Köpfchen. Leider ging dem Kugelschreiber allmählich die blaue Farbe aus.

Liebe Grüße (auch an Lulu)
von Deiner uralten Freundin
Alma

Alma war fast nur ins Papier gekratzt. Es war keine Farbe mehr in ihr. Aber Otto würde es wohl trotzdem verstehen.

Erst da fiel Alma ein, dass der Junge noch nicht lesen konnte.

»Dann lese ich es ihm vor«, sagte sie vor sich hin, während sie damit kämpfte, die Karte ins Kuvert zu kriegen.

Und eines Tages würde er es lesen können! Sie war überzeugt, dass er ihren Gruß zusammen mit der Uhr verstecken würde.

Alma lächelte, als sie das Kuvert unter das Geschenkband steckte. *Für Otto von Alma* stand darauf. Mit ganz viel blauer Farbe. Das hatte sie zuerst geschrieben.

Anschließend legte sie das Geschenk zurück in die Frau. Sie sperrte den Uhrenkasten zu, ließ aber wie immer den

Schlüssel in seinem Schloss in der Tür stecken, sodass er als Haken für die Schnur mit dem Aufziehschlüssel diente. Nur der kleine Schlüssel für das Vorhängeschloss des Schuppens war nicht mehr da. Er lag in der Tasche von Almas Strickjacke.

Draußen war es immer noch hell, auch wenn die Sonne sich schon ein gutes Stück nach unten bewegt hatte. Bald würde sie hinter dem Schuppen versinken. Es war noch zu früh, um hinauszugehen, aber an der Zeit, die Dinge zusammenzusuchen, die sie dafür brauchte, damit sie bereit war.

In der Waschküche nahm sie die kleine Taschenlampe vom Tisch, die immer dort lag, falls der Strom ausfallen sollte. Draußen im Eingangsbereich fand sie den Stock. Er stand dort, wo sie ihn selbst hingestellt hatte, an die Wand der offenen Garderobe gelehnt. Sie aß in der Küche eine halbe Scheibe Roggenbrot, trank etwas Wasser, holte ihre Schnürschuhe und schaffte es mit Mühe, sie anzuziehen. Noch mehr Schleifen, die gebunden werden mussten. Dann setzte sie sich ins Wohnzimmer in den grünen Sessel. Jetzt musste sie nur noch auf die Dunkelheit warten, vielleicht ein wenig die Augen zumachen. Sie hatte das Bedürfnis. Vor allem hatte sie das Bedürfnis, die Sache mit dem Schuppen hinter sich zu bringen, damit sie den Geburtstag des Jungen genießen konnte.

Was danach passieren würde, musste die Zeit zeigen.

Vielleicht würde sie demnächst den unermesslich weiten Weg zu den Apothekern hinübergehen und um Hilfe bitten müssen. Sie würden sicher wissen, was zu tun war. Sie konnten dann auch jemanden anrufen. Ja, denn er musste wohl abgeholt werden. Und begraben.

Und alles erklärt.

Sie konnte sagen, dass sie gedacht hatte, ihr Mann wäre

von zu Hause fortgegangen. Dass sie keine Ahnung gehabt hatte, dass er dort draußen saß und fror. Aber dann hätte sie wohl irgendwann jemanden kontaktieren müssen? Es waren ja mehrere Monate vergangen. Vielleicht sollte sie so tun, als wäre sie verrückt?

Sie konnte auch einfach sagen, was passiert war. Eine so alte Frau sperrten sie doch wohl nicht ein. Ansonsten würde sie eben selbst für ihr Ableben sorgen, bevor sie sie holten.

Alma war eingeschlafen, als zwei Damen mittleren Alters zum Haus kamen und an die Eingangstür klopften. Kurz darauf warfen sie eine Zeitschrift in den Briefschlitz und verschwanden wieder. *Erwachet!* stand darauf.

Otto

Alma erwachte im Halbdunkel und wusste anfangs nicht, wo sie war. Vor ihr stand der Fernseher und glotzte sie mit seinem großen blinden Auge an. Sie umklammerte die Armlehne des Sessels mit allen ihren krummen Fingern, während sie versuchte, ihre Gedanken zu ordnen. Nach und nach erkannte sie die hinterste Ecke ihres Wohnzimmers. Sie erkannte auch den Stock, der sich an den Fußschemel lehnte, und die Taschenlampe, die auf dem gekachelten Sofatisch lag.

Und dann fiel ihr wieder ein, was sie tun wollte.

Alma erhob sich mühsam aus dem Sessel. Man saß darin sehr angenehm, aber es war furchtbar schwer, wieder herauszukommen. Sie wollte nicht so recht zugeben, dass es guttat, sich beim Aufstehen auf den Stock zu stützen. Der runde Griff schmiegte sich freundlich in die Krümmung ihrer Handfläche, sobald sie ihn umfasste.

Sie selbst hatte sich immer geweigert, einen Stock zu benutzen, auch wenn Otto ihr angeboten hatte, ihr seinen zu leihen. Wenn es darauf ankam, war sie wohl genauso stur gewesen wie er, nur auf eine andere Art. Jetzt hatte sie den schönen Stock mehrere Monate lang für sich gehabt, und er hätte ihr zweifellos im täglichen Leben helfen können, aber es war noch immer *sein* Stock. Sich den Sessel zu eigen zu machen war ihr leichter gefallen, denn es war auch der des Hundes gewesen. Jetzt war er nur noch Almas.

Als sie sich mit dem Stock zur Terrassentür hinüberbewegte, war es ein wenig, als würde sie seine Hand halten.

Sie blickte durch das Fenster in der Tür in den Garten

hinaus. Es musste schon etwas später am Abend sein, kurz nach der Essenszeit, vermutete sie. Alma versuchte ohne Erfolg, das Gesicht der Frau einzufangen. Der Winkel war falsch, und es war ihr zu anstrengend, hinzugehen, um nachzusehen. Die Dunkelheit war ein merkwürdiges Geschöpf, unsicher und sicher zur gleichen Zeit.

Alma vergewisserte sich, dass der Schlüssel zum Vorhängeschloss sich noch in ihrer Tasche befand. Dann öffnete sie die Tür, nahm den Stock in die rechte, die Taschenlampe in die linke Hand und ging über die Terrasse in Richtung Schuppen.

Am Ende des Gartens tauchte die Hecke wie eine gigantische Mauer in der Finsternis auf. Nur ein schwacher Schein über ihr zeugte davon, dass dahinter ein Licht war. Auf jeden Fall war es von der Grundstücksgrenze aus ein ganzes Stück bis zum Haus des Nachbarn, und unendlich weit von der einen Seite der Hecke zur anderen.

Alma erreichte den Schuppen, ohne zu stolpern. Diesmal gab es kein Zurück, sagte sie sich, und zusammen mit dem Stock schien der Gedanke sie zu stützen.

Als sie vor der Holztür stand, überlegte sie einen Moment, ob sie anklopfen sollte. Dann schüttelte sie den Kopf. Besser, sie konzentrierte sich auf das Schloss. Wenn es nur nicht festgerostet war. Die Wahrscheinlichkeit war zweifellos groß.

Sie schaffte es, die Taschenlampe so zwischen ihre Knie zu stecken, dass sie das Vorhängeschloss von unten beleuchtete, doch der Winkel hatte zur Folge, dass ihre Hände beschwerliche Schatten über das Vorhaben warfen. Der Schlüssel war ebenfalls beschwerlich, er wollte nicht. Ihr Handgelenk wollte überhaupt nicht.

Es war ein Kampf zwischen Rost und Gicht, zwischen Stahl und Willenskraft.

Alma rüttelte am Schlüssel. Er wollte noch immer nicht.

Aber *sie* wollte.

Sie hatte vergessen, sich etwas überzuziehen, doch sie bemerkte den kalten Wind kaum, der um sie kroch und sich unter ihre Kleidung, unter ihren Rock schlich. Wenigstens hatte sie ihre dicke Strumpfhose und eine Strickjacke über der Bluse an. Sie war dünn, die Strickjacke, doch aus Wolle. Und mindestens dreißig Jahre alt.

Endlich ergab sich das Schloss, und die beiden Enden des Bügels zogen sich zögernd aus ihrer Winterstarre. Jetzt konnte sie das schwere Vorhängeschloss aus dem Türbeschlag winden, dann den Riegel zurückschieben und schließlich an der Schuppentür ziehen.

Sie klemmte ein bisschen, wie die meisten anderen Türen in Almas Leben.

Sie öffnete sie nur eine Spur, dann nahm sie die Taschenlampe und leuchtete durch den Spalt.

Es hatte keinen Sinn, auf den Lichtschalter neben der Tür zu drücken, denn Alma erinnerte sich genau, dass sie damals den Strom zum Schuppen gekappt hatte. Sie hatte ihn im Sicherungskasten im Eingangsbereich ausgeschaltet. Und nicht den Mut gehabt, ihn wieder einzuschalten, bevor sie nun hierhergekommen war.

Mit anderen Worten hatte Otto weder Licht von der Birne an der Decke noch Wärme von dem kleinen Radiator an der Wand gehabt, genauso wenig wie er die Steckdosen verwenden konnte und damit die Bohrmaschine oder die elektrische Säge oder die anderen brachialen Werkzeuge, die ihm vielleicht einen Weg hinaus hätten verschaffen können.

Das hoch sitzende, waagerechte Fenster zu den Feldern hinaus hatte er selbst mit doppeltem Sicherheitsglas ausgestattet, damit niemand im Schutz der Nacht seine guten Gartengeräte stehlen konnte. Vor allem nicht Hornbrille. Und das, obwohl sich ohnehin niemals jemand durch das kleine Fenster hinein- oder hinausquetschen könnte. Vor allem nicht Hornbrille. Also auch nicht Otto.

Sie sah ihn im Lichtkegel der Taschenlampe.

Dann öffnete sie die Tür ein wenig mehr.

Alma hatte sich vorgestellt, er würde zusammengesunken auf dem Stuhl in der Ecke sitzen. Oder auf dem Boden. Wäre vielleicht sogar auf die Hobelbank geklettert, um von den kalten Fliesen wegzukommen. Sie hatte sich nicht vorgestellt, dass er an einem Kabel von der Decke hängen würde. Mit dem Rücken zur Tür und den Zehen gleich über dem Boden.

Der Geruch, der von ihm ausging, war grauenhaft. Sie hatte ihn bereits wahrgenommen, als sie sich dem Schuppen näherte, aber erst jetzt ließ sie den Gedanken zu, woher er stammte. Im Inneren des Schuppens war er so heftig, dass sie sich die Strickjacke vor die Nase halten musste.

Otto hatte seinen gestreiften Pyjama an, das wusste sie ja. Er war dunkel von Schmutz. Es sah auch so aus, als hätte er sich in ihn entleert, das Hinterteil war besonders dunkel. Die Hose war ein wenig heruntergerutscht.

Der Stuhl lag auf der Seite und reckte seine steifen Metallbeine in die Luft.

Neben ihm standen seine braun karierten Hausschuhe ordentlich nebeneinander auf dem Boden. Die Spitzen glotzten Alma mit ihren beiden schwarzen Löchern leer an. Dort waren sonst immer zwei alte große Zehen gewesen.

Sie wollte sein Gesicht nicht sehen. Nicht auf seine andere Seite treten, auch nicht versuchen, ihn zu sich umzudrehen, ihn gar nicht berühren. Sie konnte es nicht. Aber sie leuchtete die grau-weißen Locken im Nacken an. Sie waren zu lang, seine Haare. Er hätte schon vor Monaten einen Haarschnitt gebraucht, vielleicht vor Jahren. Sie hätte ihm die Haare schneiden sollen. So viele Locken hatten sie zusammen gehabt, sie beide. Zumindest damals, als sie auch noch welche gehabt hatte.

Ja, es waren seine Locken. Es bestand kein Zweifel daran, dass es ihr Mann war, der dort hing. Der, den sie liebte.

Alma spürte, wie sich ihr die Kehle zuschnürte.

Ein Stück weiter hinten stand eine Kiste voller Kabel auf dem Boden. Einige davon hingen über den Rand wie hellgraue Schlangen, die versuchten, aus dem Terrarium zu entkommen. Verlängerungskabel, Antennenkabel, Lampenkabel. Otto machte eine Tugend daraus, seine Sachen unter Kontrolle zu haben, sie anzusammeln. Alle Kabel lagen in der Kiste, auf der *Kabel* stand. So war er. Die Dinge hatten ihren Platz in ihren Kisten, und es ergab keinen Sinn, im Haus nach einem Kabel zu suchen, wenn es nun einmal in die Kiste im Schuppen gehörte. Im Inneren der Kiste konnten die Sachen dagegen absolut durcheinander sein. Sein Arbeitszimmer war eine merkwürdige Ausnahme von diesem System. Oder vielleicht war das Arbeitszimmer selbst eine große Kiste?

Er hasste es, wenn sie das System durchbrach. Wenn sie die Dinge an die falschen Stellen legte.

Als sie zum Fenster hinüberleuchtete, konnte sie sehen, dass er vergeblich versucht hatte, die Scheibe zu zerstören. Oder vielleicht, sie zu entfernen. Um die kleinen Nieten am Rand herum war geklopft und gekratzt worden, und auf dem Boden unter dem Fenster lag Werkzeug. Da war auch etwas Dunkles, das Blut sein konnte. Er hatte sich wohl bei dem Versuch verletzt.

Sein schöner Regenschirm lag aufgespannt auf dem Boden vor dem großen Regal mit Nägeln und Schrauben und was er sonst noch in den vielen kleinen Pappkistchen und Plastikbehältern aufbewahrte. Auf allen klebten Etiketten, aus denen hervorging, was sie enthielten. *Kleine Federn* las sie auf einem. *Kleine Schraubenzieher* auf einem anderen. Es war mit seiner ordentlichen, ruhigen Schreibschrift geschrieben. Die Etiketten leuchteten in dem dunklen Raum wie ein Wald von weißen Augen.

Der Regenschirm sah seltsam kaputt aus, als hätte er versucht, ihn auseinanderzunehmen. Die Metallstäbe ragten in die falschen Richtungen, und einzelne waren gebrochen. Auf dem Boden daneben stand eine alte viereckige Handlampe. An diese Lampe konnte sie sich überhaupt nicht erinnern. Also hatte er vielleicht doch etwas Licht gehabt. Die Batterie war allerdings sicher längst leer. Alle neuen Batterien lagen in einer kleinen Kiste in der Waschküche, auf der *Neue Batterien* stand. Im Schuppen stand nur die Kiste mit den aufgebrauchten.

Vielleicht hatte er versucht, mit der Lampe Signale aus dem Fenster zu senden, dachte sie. An die weißen Felder in der Dunkelheit.

Sie überlegte, wofür er den Regenschirm gebraucht haben könnte. Er musste einen Grund gehabt haben, ihn kaputt zu machen. Rache? Sie gab es auf, eine Antwort zu finden. Dachte stattdessen an den Morgen, an dem er ihn aus dem Geschenkpapier ausgepackt hatte: lachend, weil er sich ja denken konnte, was darin war. Er hatte sich so gefreut. »Ein Regenschirm ist eine faszinierende Konstruktion«, hatte er gesagt und die Augen zusammengekniffen, während er sein Geschenk untersuchte.

Es war ein teurer Regenschirm, noch teurer als ihm bewusst war. Er hatte ihm jahrelang gute Dienste geleistet. Hatte einen Brand überlebt. Einen Umzug überlebt. Alle möglichen Unwetter überlebt, wenn er sich furchtlos damit in den Garten gestellt hatte, um die Blitze draußen über den Feldern zu bewundern. Währenddessen hatte sie drinnen gestanden und um sein Leben gefürchtet.

Wieder sah sie ihn an. Das, was sie von seinem Nacken sehen konnte, unter dem Haar, unter dem Kabel, kam ihr fremd vor. Die Haut war dunkel und fast gestreift. Auch die Hände sahen aus, als hätten sie eigenartige Farben angenommen. Die rechte Hand war dunkler als die linke. Geronnenes Blut vielleicht. Es war nicht schön anzusehen, also beeilte sie sich, den Lichtkegel abzuwenden. Auf die Fliesen unter ihm. Da war ein großer dunkler Fleck, als wäre etwas von ihm heruntergetropft.

Direkt unter seinen Zehen lagen seine Zähne und lächelten.

Alma zog die Strickjacke noch dichter um ihre Nase und drehte sich von ihrem Mann weg. Der Geruch war unerträglich, aber sie konnte ihn noch nicht verlassen.

Ja, er hatte gekämpft. Die Axt war schräg in den Pfosten neben der Tür eingekeilt. Es sah so aus, als hätte er danebengetroffen. Sie ergriff den Schaft und versuchte, daran zu rütteln, aber die Axt saß rettungslos fest. Er hatte große Hände gehabt, ihr Mann, aber richtig stark war er nie gewesen. Nicht auf diese Art, und erst recht nicht auf seine alten Tage. Das hatte Alma das Leben gerettet, aber nicht dem Hund.

Und doch wusste sie nicht, ob er Fleck wirklich mit einem

Kissen erstickt hatte, wie er behauptete. Es war seltsam, dass er ihren Hund begraben hatte, bevor sie nach Hause gekommen war und Abschied nehmen konnte. Vielleicht hatte er versucht, sie vor dem Anblick einer noch schlimmeren Wahrheit zu verschonen.

Auf jeden Fall hatte er versucht, sie vor dem Schock zu verschonen, als der Fuchs den Hund eine Weile später ausgrub. Eines frühen Morgens sah sie Otto mit einem Spaten draußen stehen und Erde festtreten. Sie sah auch Reineke mit etwas Weißem draußen auf den Feldern. Dem Fuchs zu vergeben war nicht so schwer. Er hatte nur Hunger.

Sie bemerkte, dass sie zitterte. Erst hier, im Schuppen, war die Kälte in Alma eingedrungen. Ihr Blick fiel auf die Schneeschaufel, die weiter hinten an die Wand gelehnt stand, und sie dachte daran, welche Kälte Otto erlebt hatte. So ungemein viel kälter als jetzt war es an diesem Abend gewesen. In diesem Winter.

Jetzt war es Frühling, trotz allem. Aber die Wärme hatte sich noch immer nicht richtig durchsetzen können.

Damals hatte sie darüber nachgedacht, ob er verzweifelt genug sein würde, ein Feuer anzuzünden. Es gab hier sowohl Holzstücke als auch Chemikalien. In diesem Fall wäre er wohl an Hitze statt an Kälte gestorben. Oder zumindest an Rauchvergiftung. Aber er hatte sein Feuerzeug nicht dabeigehabt, es lag im Arbeitszimmer neben dem Aschenbecher. Nein, hier war nichts, an dem man sich wärmen konnte. Er hatte nur seinen Pyjama und die alten Hausschuhe gehabt, die er sich all die Jahre geweigert hatte wegzuwerfen.

Und seine Stimme. Alma erinnerte sich deutlich an sie. Sie hatte immer eine besondere Wärme in seiner tiefen Stimme gespürt, egal, was er sagte. Eine insistierende Weichheit, die sich zu ihr fortpflanzte. Mitunter war es ihr gelungen, seine harten Worte zu ignorieren und sich stattdessen an seiner Stimme zu wärmen. Vor ihm weich zu werden. So passierte es manchmal, dass er mitten in einem Satz plötzlich verstummte und sie verwundert ansah. Ein paarmal hatte er sie in einer Umarmung an sich gezogen, als wüsste er, dass er zu weit gegangen war. Wie eine Art unausgesprochene Entschuldigung. Dann standen sie da, schweigend. Sie mit der Wange an seinem warmen Hals, er mit dem Kinn in ihrem Haar. Sich gemeinsam sanft wiegend.

Er hatte bestimmt versucht, an jenem Abend seine Stimme zu benutzen. Um nach Hilfe zu rufen, vielleicht sogar nach Hornbrille. Alma kam der Gedanke, dass er dann vermutlich »Hornbrille« gerufen hatte, denn keiner von ihnen konnte sich an seinen richtigen Namen erinnern. Aber die Stimme war nie zu den warmen Wohnzimmern der Straße durchgedrungen. Eine Stimme, die wohl vor ihm erstorben war.

Sie war froh, dass sie sie nicht gehört hatte.

Dass er den Hund erstickt hatte, war das Letzte, von dem sie sich erinnerte, dass sie es ihn tatsächlich hatte sagen hören.

In diesem Moment war es nicht möglich gewesen, den Inhalt der Worte durch die Wärme der Stimme zu verdrängen. *Nach* diesem Moment war es, als hätte ihr Gehör aufgegeben und sich selbst verschlossen. Es wollte nichts mehr hören.

Alma blickte ihren Mann an. Dachte darüber nach, was er wohl zum Schluss gedacht hatte. Warum nicht einfach erfrieren? Warum sich die Mühe machen, sich am Deckenbalken aufzuhängen?

Er musste noch ein paar Kräfte übrig gehabt haben, als er

das getan hatte. Allein, dass er auf den Stuhl hinaufgekommen war. Wenigstens war der Haken schon vorher da gewesen. Es war ein großer, kräftiger Haken aus der Zeit des Voreigentümers. Was auch immer der daran aufgehängt hatte, Rehe vielleicht. Der Mann war wohl Jäger gewesen, bevor er dement geworden war.

Das Kabel sah nicht so aus, als hätte es bald vor, sich zu lösen. Knoten binden hatte Otto schon immer gekonnt. Sein Vater war Seemann gewesen. Auf dem Meer gestorben, als Otto noch ein Junge war.

Aber warum sich erhängen?

War es eine letzte Markierung ihres Kräfteverhältnisses? Wollte er ihr zeigen, dass er bei Gott Herr über seinen eigenen Tod war? Es konnte vielleicht auch um ihretwillen gewesen sein. Um sie zu schonen. Wenn er sich selbst das Leben nahm, brauchte sie sich ja nicht als Mörderin zu fühlen.

Tat sie das denn?

Alma fror zu sehr, um spüren zu können, was sie fühlte.

Sie versuchte sich zu erinnern, was er früher einmal über Selbstmörder gesagt hatte. Damals, als ihr Schwager sich in Thy erhängt hatte. Es war nicht schmeichelhaft gewesen. »Schwächling«?

Alma umklammerte seinen Stock mit der Hand.

Sie erinnerte sich an zu viel.

In diesem Moment wäre es schön gewesen, wenn die Erinnerung sich verschlossen hätte und stattdessen das Gehör zurückgekehrt wäre. Der Nachtgesang der Amsel, der hätte ihr jetzt gutgetan. Dem würde sie gern zusammen mit ihm lauschen.

Vielleicht sang sie dort draußen in der Dunkelheit. Für sie beide.

Sie dachte daran, dass sie ihn vermisste. Dass sie sich danach sehnte, ihn bei der Hand zu nehmen und seine Wärme zu spüren. Seine Augen strahlen zu sehen.

Und sie dachte daran, dass sie ihn schlagen könnte.

Nur ein Schlag mit dem Stock.

Dann würde er zusammenklappen und herunterfallen und am Boden in tausend Stücke zerbersten. Es war derselbe Stock, mit dem er versucht hatte, Alma zu erschlagen. An jenem Abend im Dezember.

An jenem Abend im Dezember

Otto hatte herausgefunden, dass sie es war, die ihn tyrannisierte, und kein verstorbener Dalmatiner, der ihn heimsuchte, indem er in seinen Sessel haarte. Zu diesem Zeitpunkt lief die Sache schon sehr lange, wahrscheinlich mehr als ein Jahr. Nicht jede Nacht, aber doch in regelmäßigen Abständen. Alma übte inzwischen eine fast krankhafte Kontrolle über ihre abgeschnittenen Haare aus. Es sollten immer genug in der Dose sein. Er kam nie ins Badezimmer, wenn sie sich die Haare schnitt. Er kam überhaupt nie ins Badezimmer, wenn sie dort war. Trotzdem sperrte sie nun schon seit einiger Zeit ab.

Früher waren sie oft gemeinsam im Bad gewesen.

Es gab keine Tür zwischen Flur und Wohnzimmer, also konnte sie ihn vom Schlafzimmer am anderen Ende des Flures aus beobachten, wie er morgens den Staubsauger hin und her schleppte. Er war nur für einen Moment sichtbar, und trotzdem konnte sie sehen, dass er frustriert war. Mit der Zeit war auch eine gewisse Verzweiflung dazugekommen.

Alma kannte jede einzelne Bewegung seines Körpers. Sie hatte sich über die Jahrzehnte daran gewöhnt, alles an ihrem Mann zu registrieren. Nach und nach hatte sie gelernt, Gefahrensignale zu bemerken, bevor ihm selbst klar war, dass er eine Bedrohung darstellte. Sie wehrte das Unglück so weit wie möglich ab, indem sie sich ihm gedanklich vorausbewegte. Indem sie ihn von Menschen wegdirigierte, die er nicht mochte, bevor er sie entdeckte. Weg von Situationen, die sein Missfallen erregen konnten, bevor er wahrnahm, was geschah. Und deshalb nicht geschah.

Zum Schluss war sie ihm gedanklich immer zehn Schritte voraus. Um auf ihn aufzupassen. Auf sie beide. Aber zehn Schritte sind zu weit, wenn man einander an der Hand halten will, das wusste sie im tiefsten Inneren nur allzu gut.

Almas Glück war, dass Otto früh ins Bett ging und immer tief schlief. Damit war es unwahrscheinlich, dass er es mitbekommen würde, wenn sie sich mit ihrer Dose ins Wohnzimmer schlich.

Sie merkte ihm immer an, dass er die Haare gefunden hatte. Auch wenn sie nicht früh genug aufgewacht war, um ihn mit dem Staubsauger zu erwischen.

Sie konnte es geradezu an seinen eigenen Haaren sehen, denn er hatte die Angewohnheit, unwissentlich daran zu ziehen, wenn ihm etwas querging. Dann standen sie ihm in seltsamen Zotteln vom Kopf, sodass er aussah wie ein Troll. Oder wahrscheinlich eher wie ein Verrückter. Die Zotteln blieben stehen, weil er auf seine alten Tage angefangen hatte, eine zunehmende Menge an billigem Haarwachs zu verwenden. Sein Haar damit zu kontrollieren war für ihn zu einer Angewohnheit und vielleicht auch einer Besessenheit geworden. Es lag eine besondere Komik darin, dass gerade sein Bedürfnis, es zu zähmen, dazu führte, dass es so absurd abstand, wenn er die Besinnung verlor. Sie konnte ihn nicht davon abbringen. Eine ganze Kiste mit Dosen stand in seinem Badezimmerschrank. Je mehr er kaufte, desto billiger waren sie. Er hatte eine ganze Ladung gekauft.

Die Brauen rührte er nicht an. Das hätte er besser tun sollen.

Alma mochte sein Haar lieber, wenn es feucht und sauber war. Wenn er im Bad gewesen war und sie es ihm mit einem

Handtuch trocken rubbelte. Sie liebte es, die großen, feuchten Locken zu sehen, die zum Vorschein kamen, wenn sie es kämmte. Es war so lange her, dass er sie darum gebeten hatte.

Nach dem Duschen war er immer ein paar Minuten auf eine kindische Art fröhlich gewesen, zumindest früher. Wie ein Hund, der ein Bad genommen hat und in einem unerklärlichen und unbezähmbaren Jubel im Haus herumtobt. Irgendetwas war mit Otto und dem Wasser. Eigentlich war es falsch, ihm einen Regenschirm zu schenken. Er sollte im Regen stehen und von Glück durchtränkt werden.

Als sie das kleine Haus am Meer gehabt hatten, war er glücklich gewesen.

In letzter Zeit sah sie ihn immer wieder draußen in der Brandung vor sich. Er war sehr oft zusammen mit ihrem kleinen Mädchen dort gewesen. Das Mädchen konnte Alma nicht sehen, nur einen Arm oder eine Schulter. Otto verdeckte sie auf Almas Netzhaut. Aber er gab auf das Kind acht, das wusste sie. Sie konnte sie jubeln hören. Er sah gut aus, wie er da im Wasser stand, und die Nachmittagssonne spielte mit dem feuchten Haar und seinem stolzen, breiten Oberkörper.

Sie selbst stand oben auf der Düne und lächelte. Unter ihr breitete sich der Sand aus. Sie war aus den Sandalen gestiegen, der Perlmuttlack glänzte auf den Zehennägeln, wenn sie wie eine Herde kleiner Wale aus dem Sand auftauchten. Über ihr schrien die Möwen einander an. Alma rief nach dem Mann und dem Mädchen. Sie sollten bald zurück zum Haus. Ein letztes Mal ins Wasser. Der Strandroggen pikste ihr dabei in die Beine. Vielleicht versuchte er ihr etwas zu sagen. Dass sie leben sollte. Aber sie verstand nichts anderes, als dass sie in ihrem glücklichen Leben weitersollte, nach Hause zu einem glücklichen Abend und einer glücklichen Nacht. Sie ahnte nicht, dass der Tod am nächsten Tag in einem Ford A mit defekten Bremsen wartete.

Es war eine kurze Zeit am Wasser und eine unendlich lange Zeit danach. Hätten sie bloß genau damals die Zeit zum Stillstehen gebracht, alle drei am selben Ort. Am Meer unter dem Himmel.

* * *

An jenem Tag im Dezember, an dem er abends versucht hatte, sie zu ersticken, hatte sie vormittags über sein Haar lachen müssen.

Sie wusste, dass er an diesem Morgen den Sessel gesaugt hatte. Danach hatte sie durchs Schlafzimmerfenster gesehen, wie er die Terrasse überquerte und zum Geräteschuppen hinten im Garten ging. Vom Schlafzimmer aus konnte man lediglich eine Ecke des Schuppendachs erkennen, weil eine Eibe und ein paar Büsche dazwischen standen und den Rest verdeckten. Überall lag Schnee.

Er hatte seinen dicken Mantel und einen Schal an, aber keine Handschuhe. Aus irgendeinem Grund widerstrebte es Otto, Handschuhe zu tragen. Abgesehen von Fahrhandschuhen, die benutzte er gern, aber nur im Auto. Das hatte für Alma noch nie Sinn ergeben.

Kurz darauf kam er mit der Schneeschaufel heraus, und sie sah ihn damit hantieren. Sie sah auch deutlich, dass er an seinen Haaren gezerrt hatte.

Er räumte zuerst den schmalen gefliesten Weg vom Schuppen zur Terrasse, dann einen Pfad über die Terrasse zur Gartentür und sogar einen sehr notdürftigen um das Haus herum. Danach sah sie ihn im Vorgarten, wo er einen schmalen Weg von der Mülltonne und der Eingangstür zur Straße freischaufelte. Er ließ ihn ein Stück die Straße hinunter weitergehen, aber nur bis zur Grundstücksgrenze. Der Wendeplatz oben an ihrem eigenen Ende blieb jungfräulich weiß.

Er machte es nicht besonders gründlich. Nur so, dass man dort gerade noch gehen konnte, ohne Schnee in die Schuhe zu bekommen. Dann streute er Sand darauf. Unter dem Vordach stand ein Sack, schon seit Jahren, offenbar ging er nie zu Ende. Eigentlich war Otto zu alt, um Schnee zu schippen, aber es würde niemand anders kommen und es tun.

»Ich will hier keine Fremden haben!«, hatte er gepoltert, als sie es einmal vorgeschlagen hatte. »Ich werde mich um mein Eigentum kümmern, bis ich sterbe!«

Otto war so stur, wie man nur sein konnte. Möglicherweise hatte er seine Aussage seitdem viele Male bereut, doch sein Stolz wog schwerer als der Schnee. Das wusste sie. Er würde sich nicht dazu herablassen, seine Worte zurückzunehmen, und wenn er da draußen in der Kälte tot umfiele. Es war dieselbe Sturheit, mit der er sich weigerte, die Hecke zu schneiden.

Schon zu diesem Zeitpunkt war ziemlich viel Schnee gefallen, aber soweit sie es ein paar Tage zuvor aus den Fernsehnachrichten verstanden hatte, würde noch mehr kommen. Alma konnte zwar nicht hören, was sie sagten, aber sie hatten Bilder von Schneefall und Leuten, die Straßen salzten, gezeigt. *Mehr Schnee und heftige Kälte im Anmarsch* stand da.

Das war noch in der Zeit gewesen, bevor der Bildschirm nichts anderes mehr zeigte als Schnee.

Als Otto an diesem Vormittag endlich wieder hereinkam, stand sein grau-weißes Haar in starren Zotteln nach allen Seiten ab.

Alma kam nicht umhin, sich beim Anblick seiner steif gefrorenen Frustration ein wenig zu amüsieren, als er in die Küche trat. Sie saß mit ihrem Vormittagskaffee auf der Küchenbank. An diesem Tag hatten sie sich noch gar nicht begrüßt.

»Aber Liebster, wie siehst du denn aus? Hast du ein Gespenst gesehen?« Sie lächelte bei der Frage. So breit, wie sie ihre Falten nur ziehen konnte. Es war keine Spur von Hohn in ihren Worten oder ihrem Ausdruck.

Alma konnte nicht ablesen, was er antwortete, aber sie sah seine Augen aufblitzen, und sie sah, wie er mit dem Stock auf den Küchenboden schlug. Der Stock hatte neben der Hintertür auf ihn gewartet. Wie ein Hund, der seinem Herrchen folgt.

Er war dabei, an der Sache mit den Hundehaaren zu zerbrechen, das spürte sie. Jetzt saß sie ganz ruhig da und betrachtete ihn. »Ich wollte heute Abend Suppe kochen«, sagte sie mit ihrer freundlichsten Stimme.

Sie konnte es nicht lassen.

Es war für Alma zu einer Obsession geworden. Sie verspürte ständig den Drang, das Monster in ihm zu reizen, um es ganz ans Licht herauszulocken und es zur Schau zu stellen. Es so deutlich zu machen, dass er es selbst sehen und sich seiner schämen konnte.

Sie vermochte nicht zu hören, was Otto antwortete, aber sie wusste trotzdem, was er sagte. Er hasste Suppe.

Alma lächelte, als spräche sie zu einem völlig anderen Menschen. »Ja, ein bisschen heiße Suppe in dieser Kälte, das wird schön. Das tut uns beiden gut.«

Sie klopfte auf die Dose mit Keksen, die auf dem Tisch stand.

»Hör mal, mein Lieber, willst du nicht einen Schluck Kaffee und einen Keks?«

Er schüttelte den Kopf. Und er schnaubte, wie sie bemerkte. Die beiden kleinen Pelztiere, die in seinen Nasenlöchern wohnten, lugten für einen Moment heraus und zogen sich dann gleich wieder zurück.

Jetzt ging er in den Flur, um seinen Mantel aufzuhängen und die Post zu holen. Alma fiel auf, dass seine Hände vor Kälte ganz rot waren. Kurz darauf verschwand er in seinem Arbeitszimmer.

Sie sah ihn erst mehrere Stunden später wieder, als er erneut in die Küche kam, aber nur, um gleich in den Flur weiterzugehen. Sein Haar war unter Kontrolle, und er hatte einen Stapel Kuverts in der Hand. Er grüßte sie nicht und würdigte sie auch keines Blickes, obwohl sie sich am Spülbecken nach ihm umwandte.

Wenig später stand er draußen auf der Türschwelle.

Alma beugte sich über die Spüle, um besser sehen zu können. Er hatte seinen Mantel an und jetzt tatsächlich auch ein Paar Lederhandschuhe. Die Kälte hatte also doch noch die Oberhand über ihn gewonnen. In der einen Hand hielt er den Stapel von Kuverts. In der anderen den Stock. Der durfte diesmal mitkommen.

Sie sah ihn den Weg entlanggehen, den er freigeräumt hatte. Und sie sah, wie seine Beine unter ihm zitterten. Es war glatt und kalt, und er war alt und wahnsinnig. Er verschwand die Straße hinunter. Um die Hecke, die er verabscheute. Er war so wütend. Und sie war so wütend auf ihn. Sie kam nicht davon los.

•

Wieder hing Schnee in der Luft. Große, weiche Flocken, die mit unerträglicher Langsamkeit heruntersanken und schließlich das Resultat der vormittäglichen Mühe zunichtemachten, wenn sie an ihrem Ziel landeten und liegen blieben. Sanft und unbarmherzig war der Schnee.

Als er zurückkam, ohne die Kuverts, war sein dunkler Wollmantel oben ganz weiß. Er ging noch mehr vornübergebeugt als sonst, als würde der Schnee auf seinen breiten Schultern ihn niederdrücken. Sie sah, wie er sich umdrehte und den Stock irgendetwas oder irgendjemandem weiter unten an der Straße entgegenstreckte. Er schimpfte, wie sie sehen konnte.

Jetzt wandte er sich wieder um, blickte einen Moment auf und bekam Schnee ins Gesicht. In die buschigen Augenbrauen. Diesmal hob er den Stock drohend gen Himmel. Alma überlegte, ob er dem Schnee oder der Kälte oder dem Gott drohte, an den er nicht glaubte.

* * *

Herrgott noch mal! Näher war Otto einer Anerkennung Gottes im Himmel nicht gekommen. Oder wo auch immer er war.

»Hör zu, ich werde *niemals* an irgendeinen Gott oder irgendetwas Übernatürliches glauben«, lautete seine Antwort, als Alma ihn vor langer Zeit nach seiner Überzeugung gefragt hatte. »Stattdessen glaube ich voll und ganz daran, dass ich Herr über mein eigenes Leben bin und dass alles eine rationale Erklärung hat.«

Danach hatte er seine Hände um ihr Gesicht gelegt und sie auf die Nase geküsst. »Meine süße Alma, es ist völliger Unsinn, dass es noch mehr zwischen Himmel und Erde gibt. Es gibt, was es gibt. Lass dir von den Leuten nichts anderes einreden. Alles lässt sich erklären, glaub mir.«

Das war damals, als sie miteinander über alles geredet hatten, über fast alles.

Manchmal redete er vielleicht auch etwas zu viel.

»Wenn man tot ist, ist man verdammt noch mal tot. Was in aller Welt sollte man denn sonst sein?« Das hatte er zum Beispiel einmal bei einem festlichen Abendessen gesagt, und die Worte waren unglücklicherweise an eine Dame gewandt gewesen, die gerade Witwe und sehr christlich geworden war. Alma hatte es vom anderen Ende des Tisches aus gehört und vergeblich versucht, den gen Himmel gewandten Blick ihres Mannes über die Sauciere hinweg auf sich zu ziehen. Sie waren nie wieder eingeladen worden. Was war es auch für eine Idee gewesen, ihn dorthin zu setzen.

Nein, gläubig war Otto bei Gott nicht, aber zumindest hatte er eingewilligt, dass ihre Tochter kirchlich begraben wurde. Er tat es für sie, also Alma. Die Tochter war ja tot.

Nicht, dass sie selbst immer wusste, was sie glaubte.

Alma wusste nur, dass sie schreckliche Angst davor hatte, ihren einzigen Halt im Leben zu verlieren. Ihn.

Es hatte lange gedauert, bis sie endlich mit ihrer Tochter schwanger geworden war, und danach war es ihnen nicht mehr gelungen, noch mehr Kinder zu bekommen. Über die Jahre hatten sie sich immer mehr umeinander geschlossen, und irgendwann war niemand anders mehr da. Sie hatte nur ihn. Und die Vorstellung, dass auch er ihr eines Tages entrissen werden könnte, kam Alma unerträglich vor.

»Meine geliebte Alma, ich bleibe hier, solange du mich haben willst«, hatte er gesagt, als sie ihrer Angst Ausdruck verlieh. »Du wirst mich nie verlieren.« Dann war sie an seine Brust gekrochen und hatte sich an seiner Ruhe und seiner Stimme gewärmt. An ihn geglaubt.

Später dachte sie, dass sie außer Otto gern auch noch ein paar mehr Leute behalten hätte: die Freundinnen von der

Haushaltsschule, besonders die, die sich mit Alma allein hatte treffen wollen. Das lustige Paar, mit dem sie die ersten Jahre in Gadeby Badminton gespielt hatten. Einen alten Freund aus der Volksschule. Ihre Schwestern! Doch alles verlief im Sande, wurde zu mühsam. Es erschöpfte sie, die ganze Zeit auf der Hut sein und ständig Zwietracht abwehren zu müssen. Selbst ein Badminton-Match konnte er in einen Krieg verwandeln, auch wenn er der Einzige war, der ihn führen wollte.

Es war leichter, wenn sie unter sich waren, sie beide allein. Dann herrschte Frieden. Das wollte sie damals glauben. Mit der Zeit gewöhnte sie sich daran, dass es eben war, wie es war. Jedenfalls war es zu spät, etwas dagegen zu tun.

Doch dann brachte er den Hund um. Das änderte alles.

Und dann brachte er sie um.

Beinahe.

* * *

Er aß seine Suppe. Sie saßen in der Küche. Den Esstisch im Wohnzimmer benutzten sie schon lange nicht mehr. Er saß auf dem Stuhl ihr gegenüber. Dem harten. An seinem Hinterteil war mehr Polsterung. In dieser Hinsicht war er fürsorglich. Sie dachte an damals, als sie ihre Vormittage gern nebeneinander auf der Küchenbank verbracht hatten und er gern seinen Arm um sie gelegt hatte.

Sie sah ihn essen und rief sich die Geräusche in Erinnerung. Auch wenn er Suppe nicht mochte, schlürfte er mit Vorliebe.

Sie versuchte sich wieder in ihn zu verlieben. Nein, ihn nur ein bisschen zu mögen, wie er da auf dem harten Stuhl saß.

Der Mann, der ihren Hund umgebracht hatte.

Nur ein bisschen.

Es hatte aufgehört zu schneien, doch die Kälte drang überall ein. Sie stellte sich die warmen Wohnzimmer weiter unten in der Straße vor. Sie selbst sollten Heizöl sparen. Er mochte es nicht, dass sie ständig die Heizung aufdrehte. Sie drehte sie trotzdem auf. Dann drehte er sie wieder herunter und schimpfte über viel zu hohe Temperaturen.

Die Gicht quälte sie immer mehr. Genau wie alles andere, das mit dem Alter und der Kälte kam. Sie hatte auch angefangen, Dinge zu vergessen, die sie gerade gesagt oder getan hatte. Was sie machen wollte. Vielleicht hatten sie das beide. Allerdings wusste sie, dass sie gleich für sie beide abwaschen musste. Ihre Arbeit ging bis ins Unendliche weiter, lange nachdem er pensioniert worden war. Es gab keine Möglichkeit, sich zurückzuziehen.

Sie wusste auch, dass er bald in sein Arbeitszimmer gehen würde. Später würde er ins Wohnzimmer kommen und die Frau aufziehen. Die Uhr, nicht sie. Er hatte sie seit einer Ewigkeit nicht mehr berührt, höchstens aus Versehen gestreift.

Dann würde er alle Heizkörper überprüfen und herunterdrehen, wenn es nötig war. Das würde der Fall sein. Und wenn er am Sessel vorbeiging, würde er einen verstohlenen Blick daraufwerfen, um sich zu vergewissern, dass keine Hundehaare darauf waren. Das würde nicht der Fall sein. Jetzt nicht. Anschließend würde er sich im Badezimmer einsperren, seine Zahnprothese reinigen, falls er daran dachte, und mehrmals gurgeln und Wasser neben das Becken spritzen. Und zurück ins Arbeitszimmer gehen und sich dort einsperren. In seiner Kiste.

Er würde seinen blau gestreiften Pyjama und seine braun karierten Hausschuhe anhaben, und sie würde seine großen Zehen in den Löchern und die Unzufriedenheit in seinen Bewegungen sehen.

Im Arbeitszimmer würde er im Bruchteil einer Sekunde unter der Decke einschlafen. Und dann würde er schnarchen. Das wusste sie. Auch wenn sie es nicht mehr hören konnte, wusste sie, dass Otto bis um zehn beim Schlafen schnarchte. Man konnte die Uhr nach seinen Routinen stellen.

Er sah sie beim Essen nicht einen Augenblick an. Starrte stattdessen in die Suppe hinunter, als würde er dort etwas suchen.

Erst als er mit dem Essen fertig war, blickte er auf.

Alma starrte seine Augen an. Sie suchte auch. Sie suchte darin nach Wärme, doch sie fand keine. Sie konnte die Temperatur in seinem Blick nicht aufdrehen. Vielleicht würde sie Wärme finden, wenn sie lange genug suchte, tief in der graugrünen Dunkelheit unter den buschigen Brauen. Vielleicht war noch ein klein wenig für sie übrig. Sie war sich nicht sicher. Sie war sich nicht sicher, ob noch etwas von ihm übrig war.

Er erwiderte ihr Starren einen Moment. Dann schaute er wieder in den Suppenteller hinunter. Schlug neben ihm die Faust auf den Tisch und stand in der nächsten Bewegung auf. Sie wusste, dass er sagte, dass er Suppe nicht ausstehen konnte. Erst recht nicht diesen fertig gekauften Matsch, den sie immer aus dem Gefrierschrank holte. Dass man einem erwachsenen Mann so etwas nicht anbieten konnte. Seine Augenbrauen hatten sich zusammengezogen. Nur eine tiefe Furche trennte sie noch voneinander.

Alma lächelte. »Wohl bekomm's, mein Freund.«

Sie nahm ein paar Mehlklößchen auf ihren Löffel. Sie waren verkocht, das war ihr vollkommen klar. Sie mochte sie so. Er nicht. Sie lächelte weiter. »Geh du nur rüber, mein Lieber.«

Der Stuhl fiel um, als er ihn zurückschob.

Jetzt fiel auch sein Gebiss heraus. In den tiefen Teller hinunter. Er musste etwas gesagt haben, das es nicht ertrug. Sie stellte sich das Geräusch von Zahnprothese auf englischem Porzellan und vier aufgequollenen Mehlklößchen vor.

Er holte das Gebiss heraus, ließ den Stuhl liegen und sie sitzen.

Alma hatte noch immer einen halben Teller Suppe übrig. Ihrer Hand fiel es etwas schwer, den Löffel zu halten, seit die Gicht eingesetzt hatte. Inzwischen brauchte alles seine Zeit. Es gab ohnehin nichts, was sie erreichen wollte. Alles, was sie erreichen wollte, befand sich in der Vergangenheit.

Sie blickte seinem wütenden Rücken nach, als er die Küche verließ und nach rechts den Flur hinunterging. Auf einmal konnte sie sich nicht mehr erinnern, wie er hieß. Das machte nichts, dachte sie.

Es war sowieso nicht er.

Alma beschloss, für Weihnachten zu dekorieren, es ein bisschen gemütlich zu machen. Wenigstens ein paar Kerzen aufzustellen, das gab auch ein kleines bisschen Wärme. Wie war das noch mal gewesen? Sie steckte immer kleine Eibenzweige in die Keramikdamen, suchte die Weihnachtswichtel heraus, hängte Herzen auf.

Sie war sich nicht sicher, was sie davon schaffen würde. Es war weit bis zur Eibe. Erst recht bei dieser Kälte.

Dann dachte sie daran, dass es ihr letzter gemeinsamer Winter werden könnte. Sie waren beide so uralt. So müde. Wahrscheinlich war es an der Zeit, zu sterben. Sie fühlte sich erschöpft, und sie war sich sicher, dass es ihm genauso ging.

In all den Jahren hatte sie geglaubt, sie würden Hand in Hand sterben, in einem warmen Bett in einem Meer aus weißen Locken ertrinken. Oder vielleicht auch anders, aber auf jeden Fall zusammen. Sie konnte sich gar nicht vorstellen, diese Welt zu verlassen, ohne dass sie dabei zusammen waren. Im tiefsten Inneren hoffte sie es wohl noch immer.

* * *

In dieser Nacht hatte sie eigentlich nicht vorgehabt, weiße Haare auf den Sessel zu streuen. Nicht schon wieder.

Otto war längst ins Bett gegangen, und Alma saß am Esstisch im Wohnzimmer. Vor ihr stand die flache Kiste mit Weihnachtsdekoration, die sie ganz unten in der Garderobe aufbewahrte. Sie war noch immer fast voll, aber ein bisschen hatte sie schon erledigt. Die großen roten Filzherzen hingen an den Nägeln, die seit einem knappen Jahr auf sie gewartet hatten. Das eine an der Tür draußen in der Küche, das andere im Wohnzimmer neben der Kommode. Sie hatte sogar eine Gruppe kleiner niedlicher Weihnachtswichtel auf die Kommode und einen einzelnen auf die Anrichte neben dem Esstisch gestellt. Ein paar Engel waren auch auf die Fensterbretter gekommen. Ja, sie strengte sich wirklich an.

Jetzt mühte sie sich damit ab, die letzte Kerze in einen Messingständer zu stecken. Danach wollte sie ins Bett gehen. Die Kiste konnte sie am nächsten Tag zurückstellen, sie schaffte es nicht, noch einmal auf dem Boden herumzukriechen. Am nächsten Tag würde sie auch die Kerzen anzünden.

Sie hatten schon lange aufgehört, sich gegenseitig etwas zu schenken. Jetzt wünschte sie, es gäbe etwas, das sie einpacken könnte. Oder auspacken. Sie hatte irgendwo Geschenkpapier und Band, aber es gab keinen Grund, danach zu suchen. Sie hatte nicht einmal etwas, das sie sich selbst schenken konnte.

Als Alma das Wohnzimmer verlassen und das Licht ausmachen wollte, wandte sie sich um. Sein Regenschirm lehnte an der Wand neben der Tür zur Küche. Manchmal benutzte er ihn als Stock, wenn er den richtigen Stock gerade nicht zur Hand hatte. Der Regenschirm war ein schönes Geschenk gewesen. Den Stock hatte sie ihm auch geschenkt. Zu dem Weihnachtsfest, als er ihr die Keramikdamen geschenkt hatte, wie ihr jetzt einfiel.

Sie blickte zur Frau hinüber. Er hatte die Uhr aufgezogen.

Natürlich hatte er das.

Er zog die Frau immer auf, bevor er ins Bett ging.

Alma wusste nicht, wo der Schlüssel zur Uhr war. Weder der Schlüssel zum Uhrenkasten noch der Aufziehschlüssel, die nahm er mit in sein Arbeitszimmer. Falls er vor ihr starb, würde sie nach den Schlüsseln suchen müssen, wenn die Frau überleben sollte. Ja, wenn Otto und sie nun nicht zusammen starben. Oder sie vor ihm.

In diesem Fall war es wohl gleichgültig.

Alma blieb einen Augenblick stehen.

Dann spürte sie es kommen.

Es war nicht gleichgültig. Es war nicht gleichgültig, dass er diese Schlüssel vor ihr versteckte.

Es bedeutete etwas!

Die Wut strömte in ihre kalten Finger. Das passierte immer wieder einmal. Sie kam irgendwo von innen, als wäre tief in ihr ein Geysir, der in regelmäßigen Abständen ausbrechen musste. Es kam so plötzlich. Das war auch eine Art, sich warm zu halten, dachte sie. Wütend zu sein. Vielleicht drehte er deshalb die ganze Zeit die Heizung herunter.

Alma ließ das Licht im Wohnzimmer brennen und ging durch den halbdunklen Flur an seiner geschlossenen Tür vorbei ins

Schlafzimmer. Dort suchte sie ganz unten im Schrank die Dose mit ihren weißen abgeschnittenen Haaren heraus.

Die Finger kämpften ein wenig mit dem Deckel. Allmählich war auch das Haareschneiden schwierig geworden, obwohl sie die Schere so gut kannte. Es waren noch genug Haare für ein einziges Mal, stellte sie fest. Dann musste sie sich die Haare wieder schneiden, oder vielleicht sollte sie es einfach bleiben lassen?

Daran dachte sie jedes Mal: aufzuhören.

Doch in diesem Moment war der Drang zu stark.

Es war zu einer Sucht geworden. Es war, wie an einer verkrusteten Wunde zu kratzen, die man eigentlich in Ruhe lassen sollte, damit sie in Frieden heilen konnte. Niemand hatte etwas davon, dass sie sich ihrer Manie hingab. Ihre Manieren vergaß. Und trotzdem fühlte es sich gut an. Alma blickte zu ihrem Wecker auf dem Nachttisch hinüber. Es war kurz vor Mitternacht.

Jetzt würde sie es zum allerletzten Mal tun. Die Dose leeren.

Vorsichtig ging sie durch den Flur zurück, die Dose in der einen Hand. Mit der anderen stützte sie sich an der Wand ab.

Die Zierteller leuchteten blass in dem schwachen Lichtschein, der aus dem Wohnzimmer drang.

Drei von ihnen hingen an der Wand neben dem Arbeitszimmer und stellten ein Liebespaar in unterschiedlichen Situationen dar: Auf dem ersten Teller tanzten sie, auf dem zweiten machte er ihr einen Heiratsantrag, auf dem dritten saßen sie mit einem kleinen Kind da. Gegenüber hing die Dame mit den Locken ganz für sich. Ihr Mund war klitzeklein und lächelte leise, doch die Augen waren groß und offen. Fröhlich oder wehmütig, je nachdem, wen sie ansahen. Unschuldig oder geheimnisvoll.

Alma trat ins Wohnzimmer, ging rechts an der Anrichte und dem Esstisch vorbei und links an der Küchentür und der Kommode, folgte dem Läufer ein Stück auf die Standuhr und den Sekretär an der Schmalseite zu und bog nach rechts in die Ecke mit dem Fernseher, dem Regal und der Sitzgruppe ab.

Dann streute sie die weißen Haare auf den Sessel.

Alle, die noch in der Dose waren.

Währenddessen dachte sie an ihren weißen Hund und versuchte sich an seinen Namen zu erinnern. Es war ein kurzer Name, da war sie sich sicher; sie hatte ihn fast, aber nur fast.

Es war viele, viele Monate her, dass ihr Hund auf dem grünen Samt gelegen hatte. Jetzt sah es aus, als hätte er gerade erst dort gelegen. Sie wünschte, es wäre wirklich so; sie wünschte, es wären wirklich seine Haare, und er wäre jetzt bei ihr. Sie erinnerte sich an die Wärme in seinem Blick. Wie auch immer er geheißen hatte, sie vermisste ihn schrecklich.

Als sie sich umwandte, sah sie ihren Mann.

Er stand drüben an der Kommode und starrte sie an.

Sie blieben jeder an seinem Ende des Wohnzimmers stehen. Er mit der einen Hand auf der Kommode. Sie mit der einen Hand auf der Lehne des Sessels.

In der anderen hielt sie die Dose. Leer war sie, völlig leer. Zum Schluss hatte sie sie ganz umgedreht. Und auf den Boden geklopft. Vielleicht hatte er das gehört, Knöchel auf Metall. Daran hatte sie nicht gedacht. Sie hatte auf die Dose geklopft, um all die kleinen Haare aus den Ecken herauszubekommen. Dort waren schmale Rillen im Metall, in denen sie sich festsetzen konnten.

Sie hatte wahrscheinlich sehr fest geklopft. War wütend gewesen.

Er stand vielleicht schon lange dort.

Das gedämpfte Licht der Lampe über dem Sofatisch erschien greller, als es war. Alma fühlte sich darin gebadet. Warm. Bis zu ihm reichte es nicht, aber der Kronleuchter drüben am Esstisch warf sowohl Licht als auch Schatten über sein Gesicht. Es sah gefährlich aus.

Sie sah viele Dinge gleichzeitig passieren. Sie sah, dass er schrie. Sie sah, dass er mit der Faust gegen die Wand hinter sich schlug. Vielleicht traf er das große rote Filzherz, das dort hing. Vielleicht bemerkte er es gar nicht. Wenn er nur nicht den Nagel mit seiner Hand traf.

Er schlug und schlug. Die alten Knochen, dachte sie. Älter als die Wand, wahrscheinlich auch älter als die Kommode. Sie war sich nicht sicher. Es war eine sehr alte Kommode. Sie hatte das Feuer überlebt. Fast alle Möbel hatten das Feuer überlebt. Er hatte das Feuer überlebt. Sie auch.

Er würde sie nicht schlagen.

Er hatte noch nie jemanden geschlagen, nicht einmal den Hund. So viel sie wusste. Er hatte ihn nur umgebracht.

Fleck hieß er.

»Fleck«, sagte sie. »Der Hund hieß Fleck.«

Er öffnete und schloss den Mund. In seinem Mundwinkel hing Speichel, das konnte sie selbst aus dieser Entfernung sehen. Er glänzte.

Er raufte sich die Haare. Jetzt schlug er mit der linken Hand auf die Kommode. Vielleicht tat ihm das weh. Die Kommode nahm sicher keinen Schaden, auch davon nicht. Er schlug erneut. Ein Weihnachtswichtel stürzte ab. Sie blieb stehen. Sie musste sich an der Lehne des Sessels festhalten, sonst würde sie umkippen.

Wenn er sich nur nicht verletzt, dachte sie.

Sie hatte keine Angst.

Sie wünschte, sie hätte die Kerzen angezündet. Das wäre gemütlicher gewesen.

Dann wandte er sich plötzlich um und verschwand aus Almas Blickfeld. Sie trat vom Sessel weg in Richtung Kommode und sah ihn den Flur hinuntergehen. Er stützte sich mit beiden Händen an den Wänden ab, schwankte von einer Seite zur anderen. Stieß gegen einen Zierteller, der zu Boden fiel.

Sie konnte nicht hören, ob er zerbrach. Vielleicht rettete ihn der Flurteppich, vielleicht nicht.

Sie waren alle zerbrechlich, wenn es hart auf hart kam.

Auch er.

Sie ging ihm nach.

Jetzt verschwand er im Arbeitszimmer.

Sie drückte die Türklinke hinunter.

Abgeschlossen, natürlich.

Sie hängte den Zierteller mit den Tanzenden zurück an seinen Nagel an der Wand. Der Teppich hatte ihn gerettet. Es war auch ein schöner, weicher Teppich. Er hatte das Feuer überlebt.

Alma schlief auf der Bettdecke ein, komplett angezogen. Sogar mit Schuhen. Sie sah gerade noch, dass es kurz vor Mitternacht war. Vielleicht war die Zeit stehen geblieben, vielleicht stand die Uhr seit Tagen auf kurz vor Mitternacht, seit Nächten, ohne dass sie es bemerkt hatte.

Seit Jahren?

Das war das Letzte, was sie dachte, bevor sie einschlief.

Sie wachte davon auf, dass er versuchte, sie mit seinem Kopfkissen zu ersticken. Sie roch, dass es sein Kissen war. Sie kannte seinen Geruch. Er hatte das Licht im Schlafzimmer angemacht, vielleicht aus alter Gewohnheit. Vielleicht wollte er auch, dass sie ihn sehen konnte.

Sie konnte ihn sehen.

Sie sah seine Augen. Die Brauen, die mit erhobenen Borsten über dem weißen Kissen hervorsprangen. Sah die Dunkelheit.

Und sie hörte ihren eigenen Schrei tief im Inneren ihres eigenen Kopfes. Ihren Schrei weit unten im Hals. Seinen auch.

Vielleicht war es das Herz, vielleicht war es der Geysir, sie wusste nicht, was, aber irgendeine Kraft in ihr rettete ihr das Leben. Alma gelang es, ihren Mann wegzustoßen, sodass er zu Boden fiel.

Sie hielt sein Kissen im Schoß. Kurz blieb sie im Bett liegen und rang nach Atem, während er auf den Knien am Boden blieb. Auch er sah aus, als würde er nach Atem ringen. Sie überlegte, ob er überhaupt aufstehen konnte.

Diese beiden Alten, dachte sie. So miteinander zu kämpfen. Es entbehrte nicht einer gewissen Komik.

Sie bekam Lust, zusammen mit ihm zu lachen.

Jetzt stand er auf. Zuerst das eine Bein halb nach oben. Eine Hand an der Wand. Eine Hand am Boden. So. Ein vergeblicher Schub. Noch einer, nein, wieder hinunter. Dann noch ein Schub. Ja, so. Und dann das andere Bein. Wackelig. Ein Schritt zur Seite. Ein Schritt zurück. Die Hand an der Wand. Beide Hände an der Wand. So.

Jetzt stand er.

An die Wand gelehnt, mit dem Rücken zu ihr. Sie konnte an seinem Rücken sehen, dass er tief Atem holte.

Alma richtete sich mühsam auf und kam auf der Bettkante zum Sitzen. Ihr Blick fiel auf seinen Stock, der am Türrahmen lehnte. Mit Stock und Kissen war er hereingekommen, der alte Mann.

Ein Stück vom Stock entfernt lag sein einer Hausschuh auf der Seite, offenbar hatte er ihn im Eifer des Gefechts verloren. Er steckte mit einer gewissen Mühe den einen Fuß in den Schuh und bückte sich dann nach seinem Stock.

Als er sich zu ihr umwandte, stand er da wie immer, wenn er sich auf den Stock stützte. Leicht zu ihm hingeneigt, auf einem Bein ruhend. Das andere Bein machte einen kleinen Knick, als hätte jemand von der Seite dagegen gestoßen.

»Otto«, sagte sie. Sie sprach zu dem Mann, den sie liebte. Er hieß Otto. Bei dem anderen war sie sich nicht so sicher.

Es war der andere, der jetzt seinen Blick auf sie richtete. Und wer er auch war, seine Augen brannten.

Alma spürte den Schmerz, als wäre er weit entfernt. Ihr Mann würde sie niemals schlagen. Das war das Einzige, was sie währenddessen denken konnte. Der andere Mann traf sie mit seinem Stock an der Schulter. Am Arm. Dann am anderen Arm.

Sie parierte mit dem Kopfkissen. Er konnte sie schlagen, aber nicht richtig treffen. Es war, als wäre die ganze Zeit etwas Weiches zwischen ihnen. Etwas, das nicht sterben konnte. Er machte immer weiter. Und dann warf er den Stock plötzlich mit einer gewaltigen Kraft auf sie, auf jeden Fall mit aller Kraft, die er hatte. Er landete auf der Bettdecke. Weich.

Und dann ging er.

Alma war benommen, schwindelig von den Schlägen, aber immer noch am Leben. Nicht zerbrochen. Nicht auf diese Art.

Aber vielleicht hatte sie jetzt Angst.

Sie nahm seinen Stock von der Bettdecke und stand vorsichtig auf.

Von der Schlafzimmertür aus sah sie ihn den Flur hinuntergehen, die Arme zur Seite ausgestreckt, sodass er abwechselnd gegen die eine, dann gegen die andere Wand stieß. Aber nicht gegen die Zierteller, nicht gegen die Wandleuchten. Sie dachte an die Tapete. Dass sie nie dazu gekommen waren, die Tapete zu wechseln. Sie hätten etwas Schöneres finden können, etwas Helleres. Jemanden beauftragen, sie anzubringen, es konnte ja nicht so teuer sein.

Bevor er ins Wohnzimmer weiterlief, griff er nach dem Regenschirm, der an der Küchentür stand. Er brauchte etwas, worauf er sich stützen konnte.

Das brauchte sie auch. Alma folgte ihm mit dem Stock. Ja, sie konnte immer noch gehen, aber sie humpelte ein wenig.

Sie sah, wie er sich in Richtung Sitzgruppe wandte. Als sie selbst dort ankam, war er schon zur Terrassentür hinaus und auf dem Weg in den Garten. Er hatte die Tür weit offen stehen lassen. Sie dachte, dass es in Pyjama und Hausschuhen furchtbar kalt sein musste. Die obendrein Löcher hatten. Schnee würde zu den Zehen hineinkommen.

Er konnte Erfrierungen davontragen.

Er folgte dem Weg, den er selbst am Vormittag geräumt hatte. Trat in den Schnee, der sich seitdem darübergelegt hatte wie eine dünne, unschuldige Provokation. In kurzen Abständen schlug er gereizt mit der Spitze des Regenschirms in den Schnee.

Alma ging ihm nach. Mit seinem Stock. Erst da bemerkte sie, dass sie gar nicht ihr Nachthemd anhatte, sondern die Sachen, mit denen sie am Abend eingeschlafen war. Eine warme Bluse, einen wollenen Rock, dicke Strümpfe. Und ihre guten, kräftigen Schnürschuhe, die jetzt in seine Fußspuren traten.

Das Licht von den Fenstern des Hauses legte sich weich über die Terrasse, sodass sie sehen konnte, wohin sie ging. Doch die Kälte biss wie ein bissiger Hund, oh, wie sie doch biss.

Jetzt riss er die Tür zum Schuppen auf, weit genug, dass er hineinkam. Die Tür war bereits angelehnt, er musste also am Vormittag vergessen haben, sie abzuschließen, oder er hatte gedacht, dass er mit seiner Arbeit weitermachen würde. In diese Art von Plänen weihte er sie nicht ein, sie konnte ja auch nichts hören.

Die Schneeschaufel lehnte an der Außenwand, und er nahm sie mit, vermutlich, um sie im Schuppen an ihren Platz zu stellen. Die Dinge sollten an ihrem Platz sein. Dann drückte er auf den Lichtschalter innen neben der Tür, sodass die Glühbirne an der Decke zu leuchten begann. Sie sah das Licht durch die Türöffnung. Die kleine Wandlampe an der Außenwand ging gleichzeitig an. Sie konnte sehen, dass das massive Vorhängeschloss schräg am Riegel hing. Der Schlüssel steckte darin.

Er hatte sich gar nicht umgesehen.

Es war viel, viel zu kalt, um im Pyjama hinauszugehen, dachte sie erneut. Er konnte krank werden. Alma liebte ihn in diesem Pyjama. Es war einer, den sie ihm vor langer Zeit einmal zu Weihnachten geschenkt hatte. Ein weiches Päckchen. Er hatte ihr damals das weiße Nachthemd geschenkt, das sie immer noch trug, nur nicht in dieser Nacht. Das liebte sie auch.

Sie hatten die Geschenke gemeinsam gekauft. Darüber geredet, wie weich sie waren.

Alma blieb in der Türöffnung stehen und schaute hinein. Er war ein Stück in den Schuppen hineingegangen, zu dem Fenster, das auf die Felder hinauswies. Mit dem Rücken zu ihr stand er da und kramte in einer Kiste. Den Regenschirm hatte er auf den Boden geworfen. Seine Bewegungen waren gereizt. Sie kannte sie, und dann auch wieder nicht. Jetzt wandte er sich um, mit einem Kabel in der Hand. Und als er sie entdeckte, war es ihr sofort klar.

Er war nicht mehr bei Sinnen. Jetzt würde er versuchen, sie zu erdrosseln, und er würde weitermachen, bis es ihm gelang.

Er war wegen der Sache mit dem Hund wahnsinnig geworden. Genauso wie sie selbst. Wahnsinnig. Die Haare auf dem Sessel hatten ihm Angst gemacht. *Sie* hatte ihm Angst gemacht, hatte seine Furcht geradezu kontrolliert. Sie hatte mit ihm gespielt, wie die Katze mit der Maus spielt, bevor sie so gnädig ist zu töten. Damit konnte er nicht leben.

Mit ihrer Macht. Oder ihrer Bösartigkeit.

Vielleicht konnte sie selbst es auch nicht.

Sie waren beide verrückt geworden.

Er zog das Kabel zwischen seinen Händen straff und starrte sie an. Machte einen Schritt nach vorn, schwankte ein wenig ohne seinen Regenschirm, ging jedoch langsam weiter, ohne den Blick von seiner Ehefrau abzuwenden. Leicht vornübergebeugt ging er. Wie ein alter Mann. Oder ein Tier, das gleich zum Sprung ansetzt.

Sein Blick war völlig falsch.

Alma sah ihn von der Türöffnung aus und stand einen Moment still, genauso wie die Zeit. Und dann – ohne zu denken, ohne zu fühlen – trat sie einen Schritt zurück, stieß die Tür zu, schob den Riegel vor und rückte das Vorhängeschloss zurecht. Danach drückte sie es mit beiden Händen zusammen, bis sie das erlösende Klicken hörte, als es einrastete.

Jetzt stand sie da, den kleinen Schlüssel in der Hand.

Und jetzt dachte sie.

Sie dachte, dass sie sie gerettet hatten, diese alten Hände, mit ihrer plötzlichen Bereitschaft zur Zusammenarbeit.

Sein Stock war ihr beim Abschließen aus der Hand gerutscht. Die eine Hälfte war in den hohen Schnee gefallen, der Rest lag vor ihren Füßen. Sie beugte sich vorsichtig hinunter und hob ihn auf, während sie sich gegen die Schuppentür stützte. Sie spürte, dass die Tür bebte, als er von innen daran rüttelte.

Es war nicht er dort drinnen. Es war ein Fremder.

Es war nicht Otto.

Als sie zum Haus zurückging, umklammerte sie mit der einen Hand seinen Stock und mit der anderen den kleinen Schlüssel.

SCHUPPEN stand über dem Schalter. Die anderen Schalter ließ sie in Ruhe.

Sie schloss die Tür zum Sicherungskasten, arrangierte die Jacken an der offenen Garderobe etwas hübscher. Sein Mantel fühlte sich an den Schultern noch immer nicht ganz trocken an, nachdem er ihn nachmittags angehabt hatte. Die dichte Wolle hielt die Feuchtigkeit. Oder vielleicht ließ auch ihr Tastsinn nach. Die Gicht machte ihre Finger unberechenbar. Jetzt hatten sie ihr zum Beispiel gerade das Leben gerettet.

Sie wusste nicht recht, was sie fühlte.

Bevor sie das Licht im Eingangsbereich ausschaltete, wischte sie ein paar Fussel von dem kleinen Konsoltisch. Rückte die Lampe etwas zurecht, die darauf stand. Er hatte die Angewohnheit, sie zu weit an die Wand zu stellen, und das sah nicht schön aus. Sie sollte Platz haben. Seit sie in Solum wohnten, hatte jeder für sich immer wieder die Lampe vor und zurück geschoben, ohne es jemals dem anderen gegenüber anzusprechen.

Sie hatte an diesem Tag gestaubsaugt, nachdem er von seiner Erledigung zurückgekommen war und bevor es dunkel wurde. Es brauchte Zeit, staubzusaugen, und sie musste oft innehalten und sich ausruhen, doch sie konnte es noch. Der Nilfisk war Gott sei Dank einigermaßen leicht zu ziehen. Jetzt holte sie ihn noch einmal heraus, zog ihn ins Wohnzimmer und entfernte ihre weißen Haare aus dem Sessel.

Sie blickte nicht einen Moment zum Fenster, spürte aber trotzdem die Dunkelheit, die von außen gegen die Scheiben drückte, als würde sie mehr Raum einnehmen als sonst.

»Das war's«, sagte sie in die Stille hinaus, als sie im Wohnzimmer das Licht hinter sich ausschaltete. Dann steckte sie einen neuen Beutel in den Staubsauger und warf den vollen durch das Badezimmerfenster hinaus. »So«, flüsterte sie, während sie den Metalldeckel auf den Mülleimer fallen ließ. »Genug jetzt.«

Alma betrachtete die Blutergüsse an ihren Armen, als sie es endlich geschafft hatte, sich auszuziehen. Sie saß auf der Bettkante, und ihre Kleider lagen auf dem Stuhl neben dem Nachttisch. Die Schnürschuhe, die sie draußen im Schnee angehabt hatte, hatte sie an ihren Platz im Eingangsbereich gestellt. Bei diesem Wetter würde sie die nächste Zeit nicht hinausgehen. Nein, ihre guten warmen Pantoffeln würden erst einmal genügen. Es war auch immer eine Plackerei mit diesen Schnürsenkeln.

Dann zog sie sich vorsichtig ihr weißes Baumwollnachthemd über. Die weichen Ärmel verdeckten die roten Male.

Sie ließ die Tür zum Badezimmer offen stehen, während sie sich für die Nacht fertig machte. Sie pinkelte und putzte sich die Zähne. Schöpfte sich Wasser ins Gesicht. Als sie ihr Gesicht im Spiegel sah, hielt sie einen Moment inne.

Und dann ging sie ins Bett.

* * *

Als Alma erwachte, war es hell. Und als sie aus dem Fenster ihres Schlafzimmers blickte, stellte sie fest, dass es in der Nacht heftig geschneit hatte.

So weit das Auge reichte, lag der Schnee so hoch wie herbstreifes Getreide und verwandelte die Felder in glitzernde weiße Bettdecken. Ein Stück weiter hinten hatte die Parade der Bäume, die sich ohnehin schon in leicht gebeugter Haltung präsentierten, im Lauf der Nacht weitere Dekoration erhalten.

Auch der Garten war zugeschneit. Es war unmöglich zu sehen, wo der Rasen endete und die Terrasse begann. Dort, wo ein Weg gewesen war, war jetzt nur noch eine unbedeutende Vertiefung. Jegliche Spur von Aktivität war verwischt worden, abgesehen von den Abdrücken, die ein springendes Tier wie eine Zeichnung in der weißen Decke hinterlassen hatte.

Alma reckte den Hals und spähte zum Schuppen hinüber.

Sie konnte die Ecke des flachen Daches erkennen, das hinter der Eibe hervorragte. Ein hohes Kissen aus Schnee lag darauf. Hätte die Tür des Schuppens ganz oder teilweise offen gestanden, würde sie sie vom Fenster aus sehen. Sie sah sie nicht. Stattdessen sah sie, wie sich der Schnee schräg zum Schuppen hin auftürmte, und wusste, dass eine Wehe sich an der Fassade aufgeworfen hatte. Die Tür hinauf.

Der Himmel war grau und still.

Der Schnee leuchtete aus sich selbst.

Als sie das Fenster einen Spaltbreit öffnete, konnte sie riechen, dass jemand mit Brennholz einheizte. Der Nachbar vermutlich, hinter der riesigen Sahnetorte, die einmal eine unsinnige Hecke gewesen war.

Alma hatte den Geruch von Brennholz immer gemocht, und sie wollte ihn gerne im Haus haben, aber die Kälte war zu heftig. Sie schloss das Fenster wieder, beugte sich zum Heizkörper hinunter und drehte ihn auf die höchste Stufe.

Dann ging sie in sein Arbeitszimmer.

Die Tür war angelehnt, sodass sie nur leicht dagegendrücken musste, um sie ganz zu öffnen. Als Otto es verlassen hatte, um sie mit seinem Kopfkissen zu ersticken, hatte er offenbar nicht daran gedacht, hinter sich abzuschließen. Das sah ihm gar nicht ähnlich, dachte sie. Aber zumindest hatte sie in dem Moment, in dem er ihr das Leben nehmen wollte, seine volle Aufmerksamkeit gehabt.

Sie stellte sich vor, dass er auf seiner Pritsche gelegen und sich ereifert hatte, bevor er die Entscheidung traf. Die Bettdecke, eigentlich nur eine Steppdecke für die Gäste, die sie nie gehabt hatten, war zur Seite geschlagen. Dort, wo er gesessen hatte, war noch immer ein Abdruck auf der Matratze.

Jetzt holte sie sein Kissen und legte es zurück an seinen Platz. Den Rest ließ sie, wie er war. Sie hatte keine Lust, das Laken zu glätten und sein Bett zu machen.

Sie ließ den Blick durch den Raum und die untypische Unordnung schweifen. Das ganze Werkzeug, der Kram, die Papiere.

Halb unter einer Zeitschrift verborgen lag ein Block mit detaillierten Zeichnungen von Uhren. Von Ideen für Uhren. Er hatte jahrelang davon gesprochen, seine Traumuhr zu konstruieren, aber die Ideen endeten immer auf dem Papier. Die meisten waren ohnehin zerknüllt und zu kleinen Bällen zusammengepresst worden, die jetzt wie zerstörte Träume auf dem Boden verteilt lagen.

Er war so demütig den Schweizern gegenüber, so wütend auf die Japaner. Hier hatte er gesessen, gefangen in seiner eigenen Kiste zwischen Hass und Hingabe, und war nirgendwohin gekommen. Alma hatte oft versucht, ihn zu ermuntern, als er das Geschäft aufgegeben hatte und sie nach Solum gezogen waren. Es war ihr Vorschlag gewesen, dass er das Zimmer für seine Arbeit nutzen sollte. Sie konnte ihre in der Küche oder im Wohnzimmer verrichten, das war für sie völlig in Ordnung. So wichtig war ihr ihre Handarbeit nun auch nicht.

Sie blickte die Zigarillostummel in dem großen Aschenbecher an.

Seine Asche lag überall verstreut.

Nach kurzer Suche fand sie die Schlüssel zur Bornholmer Uhr. Sie lagen in einer Schale auf einem Regal gleich neben der Tür. Ja, natürlich mussten sie leicht zugänglich sein, wenn er sie jeden Abend benutzte.

Die Zigarrenkiste mit der Geliebten war hinter ein paar dicken Büchern über Schweizer Uhrmacherei versteckt.

Sie nahm die Kiste und die Schlüssel mit ins Wohnzimmer.

Als sie den Uhrenkasten der Bornholmer Uhr aufsperrte, fand sie dort drinnen nichts anderes als die Gewichte und das Pendel. Das Pendel schwang ruhig hin und her. Es war Leben in der Frau, aber mehr auch nicht. Alma legte die Zigarrenkiste mit der Geliebten auf den Boden des Hohlraums.

Jetzt war sie diejenige, die über die Damen bestimmte.

Und bevor sie die Tür wieder schloss, legte sie den kleinen Schlüssel zum Vorhängeschloss auf die Zigarrenkiste. Sie bestimmte auch über ihren Mann.

Der Schlüssel zum Uhrenkasten durfte in seinem Schloss stecken bleiben. Im Korb mit Strickzeug fand sie ein Stück rotes Garn, das sie um den Aufziehschlüssel band. Auf diese Weise konnte sie den einen Schlüssel an den anderen hängen.

Sie konnten genauso gut griffbereit sein, diese Schlüssel. Sie würde sie ohnehin noch am selben Abend benutzen, und die nächsten vielen Abende auch. Jedenfalls, solange sie lebte.

Jetzt musste sie wirklich daran denken.

Noch bevor es dunkel wurde, zündete sie die Kerzen an. Das Drama der Nacht fühlte sich wie etwas an, das vor langer Zeit passiert war. Oder vielleicht überhaupt nicht passiert war. Es war, als schüfe der Schnee einen angenehmen Abstand. Machte die Stille noch stiller.

Ein einziges Mal ging sie zur Terrassentür, um von dort in den Garten hinauszuschauen. Der Schnee lag bis ans Glas der Tür hinauf. Sie hätte sie wohl kaum öffnen können, auch wenn sie es versucht hätte. Aber Schneefall oder nicht, sie konnte nicht in den Schuppen zurück.

Sie wagte es auch nicht.

Jedenfalls fürs Erste. Vielleicht eines Tages.

Nein, jetzt wollte sie Weihnachten genießen und die Zeit, die noch blieb. Es sich ein bisschen gemütlich machen. Vielleicht konnte sie versuchen zu sticken, wenn ihre Finger es zuließen. Wenn nicht, konnte sie zumindest fernsehen, solange der Apparat funktionierte. Es war schön, ab und zu jemanden zu sehen, auch wenn er eigentlich weit weg war.

Vielleicht würde sie sogar noch den Frühling erleben? Sie konnte sich gut vorstellen, einen weiteren Frühling zu erleben. Nur einen. Er würde schon kommen. Die Zeit verging ja, auch wenn man nirgendwo hinging.

Eines Tages würde der Schnee weg sein und die Schneeglöckchen würden herausspitzen.

Alma hatte vor, Otto als den guten Mann in Erinnerung zu behalten, der er gewesen war, und sich selbst als die gute Ehefrau. Sie hatten sich doch geliebt. Mein Gott, wie sie sich geliebt hatten, das durfte sie nicht vergessen. Eines Tages würde sie ihm dann folgen.

Wenn es Zeit war.

Aber jetzt wollte sie noch eine Weile sitzen bleiben. Es war doch schön mit diesen Kerzen. Der Schnee war auch schön, sie konnte ihn dort draußen leuchten sehen. Wie gut, dass er ihn nicht räumen musste.

Das wäre eine schöne Plackerei gewesen.

Der ganze Schnee.

Den Rest des Tages herrschte eine gesegnete Ruhe im Wohnzimmer.

Und Alma dachte daran. Bevor sie sich schlafen legte, zog sie zum allerersten Mal die Frau auf.

Vergebung

Es war schwer, hier im Schuppen den Frühling zu spüren.

Alma stand vor dem längst entseelten Körper ihres Mannes und wusste nicht, was sie über all das denken sollte. Und erst recht nicht, was Otto gedacht hatte. Hing er da in seinen Streifen wie ein Verbrecher?

Oder wie sein eigener Herr?

Wie sein eigener Herrgott.

Etiketten stand auf einem Etikett, das ihr Blick zufällig streifte, als er zusammen mit dem Licht der Lampe an seinem Arm vorüberglitt. Die Kiste stand auf einem Regal gleich über der Hobelbank. Daneben lagen ein Zimmermannsbleistift und ein Kugelschreiber. Wenn sie doch nur fragen und eine Antwort bekommen könnte. Alma dachte an seine Augen, den warmen Blick, der einmal existiert hatte.

Sie konnte noch immer nicht den Mut finden, ihn zu berühren, ihn herumzudrehen und dabei zu riskieren, dass er zusammenfiel und sich auflöste.

Und sie sich ebenfalls.

Nein, sie wollte sein totes Gesicht nicht sehen.

Wollte nicht Gefahr laufen, es in Erinnerung zu behalten.

Alma war gezwungen, ihren Mann wieder zu verlassen. Der Anblick war zu schwer zu ertragen und der Geruch zu schrecklich, um länger zusammen mit ihm hier zu sein. Sie konnte auch nicht klar denken, hatte wirklich keine Ahnung, was sie mit diesem toten Körper machen sollte.

Vorläufig musste sie ihn in Ruhe lassen. Aber jetzt wusste sie zumindest, dass er da war.

Und dass er tot war.

Wenn man tot ist, ist man verdammt noch mal tot. Was in aller Welt sollte man sonst sein?

Als sie sich umwandte, um hinauszugehen, sah sie das Etikett an der Tür. Es war eines von den großen. Es klebte nicht richtig an dem groben, druckimprägnierten Holz, sodass er es an dem Brett festgenagelt hatte.

Etwas stand darauf geschrieben, mit Kugelschreiber und einer zittrigen Handschrift, die jedoch eindeutig seine Handschrift war:

MEINE ALMA. VERGIB MIR.
ICH WAR NICHT ICH SELBST.

Alma schloss die Schuppentür hinter sich, sperrte jedoch nicht ab. Sie ließ das Vorhängeschloss einfach offen hängen, mit dem Schlüssel darin. Sie brauchte den Schlüssel nicht mehr.

Draußen fühlte die Frühlingsluft sich in der Dunkelheit wunderbar frisch an.

Sie blieb stehen und holte einen Moment tief Atem. Dann stützte sie sich auf den Stock ihres Mannes und ging zu der offenen Terrassentür hinüber. Kurz bevor sie dort ankam, fing sie aus einem der umliegenden Häuser den Duft von Brennholz auf.

Und dann weinte sie.

* * *

»So«, sagte Alma und tätschelte die Frau, als sie den Aufziehschlüssel zurück an seinen Platz gehängt hatte. »Wir machen noch ein bisschen weiter, wir beide. Gute Nacht.«

Es gab noch immer etwas, wofür es sich zu leben lohnte.

Den Frühling.

Und vor allem einen kleinen Jungen, der morgen gefeiert werden sollte. Das hatte sie ihm versprochen.

Geburtstag

Am nächsten Morgen saß Alma am Fenster bereit.

Drüben bei den Apothekern war die Blut-Johannisbeere kurz vor dem Ausschlagen. Dort stand auch ein großer, schöner Tulpenbaum, den sie zur Hälfte sehen konnte. Sie hatte es immer genossen, wenn diese Hälfte blühte. Aber dazu war es noch zu früh. Draußen in ihrem eigenen Vorgarten, ganz hinten an der Ecke der Einfahrt, stand ein verwachsener Zwergflieder und wartete darauf, dass seine Zeit kam. Erst im Juni würde er die Menschen mit seiner rosafarbenen Blütenpracht willkommen heißen. Sie hatte ab und zu überlegt, ob die Apothekerfrau auch in ihrer Küche saß und zu Almas Zwergflieder hinüberschaute. Ob sie sich willkommen fühlen würde, wenn sie wüsste, dass er nicht da war.

Ein paar kleine Vögel hüpften im Vorgarten herum und flirteten miteinander. Sie wirkten ausgelassen. Es lag etwas in der Luft. Und Alma hatte Schmetterlinge im Bauch.

Heute wollte sie nur an den Jungen denken.

Ihr Blick glitt unablässig zu der nackten Fahnenstange in der dritten Straße hinüber. Die Häuser lagen so günstig versetzt, dass sie einen großen Teil davon hinter einem schrägen Dach aufragen sehen konnte.

Aber gleich vor ihr stand ebenfalls eine Fahnenstange. Eine kleine Holzflagge, die sie herausgesucht und neben die Keksdose auf den Tisch gestellt hatte. Das Geschenk hatte sie in der Frau liegen lassen. Otto sollte selbst das Vergnügen haben, aufzusperren und es darin zu finden, das würde ihm gefallen.

Ja, sie hatte alles vorbereitet, um ihn zu feiern.

Der Topf mit dem dicken Boden und die Schachtel mit dem Kakaopulver standen auf dem Tisch neben dem Herd. Auch die Schüssel und der Handmixer mit der Kurbel. Sie musste Otto die Sahne steif schlagen lassen. Das würden ihre alten Hände sicher nicht schaffen.

Sie summte vor sich hin.

Viel Glück und viel Segen …

Die Zeit verging. Und sie verging weiter. Alma sagte sich, dass er natürlich auch zu Hause gefeiert wurde. Er würde bestimmt kommen. Sie glaubte sich sogar zu erinnern, dass er es versprochen hatte.

»Die Zeit ist lang für den, der wartet«, sagte sie in die Stille hinaus.

Sie konnte nicht richtig erkennen, ob die beiden Vögel da draußen sich den Hof machten oder stritten. Es mussten wohl Rotkehlchen sein, so rote Kehlen, wie sie hatten. Dann war der eine plötzlich weg, und der andere blieb allein zurück und blickte sich nach allen Seiten um. Man konnte ihm nicht ansehen, ob er im Kampf gesiegt oder in der Liebe eine Niederlage erlitten hatte.

Aber hübsch war er.

»Jaja«, murmelte Alma vor sich hin. Sie sagte es einfach. Es bedeutete nichts. Und jetzt sagte sie es noch einmal. Dann rückte sie eine der Keramikdamen etwas zurecht. So standen sie alle wieder schön zusammen.

Und dann geschah endlich etwas.

Als sie gerade einen Schluck Kaffee trinken wollte, sah sie, wie die dänische Flagge hinter dem Schrägdach emporkam. Sie saß ganz still da und betrachtete sie, die Kaffeetasse vor sich in der Luft schwebend.

Die Flagge stieg ruckweise nach oben. Aber offenbar hatten sie Probleme damit, denn sie wollte nicht weiter als bis zur Mitte.

»Da stimmt wohl irgendwas mit der Schnur nicht«, sagte sie aufmunternd. Noch immer hielt sie die Kaffeetasse vor ihrer Brust hoch. Sie kam nicht weiter. Und die Flagge auch nicht.

Alma blieb fast den ganzen Tag auf der Küchenbank sitzen. Nachmittags schlief sie ein, den Kopf an die Wand hinter sich gelehnt und das Gesicht zum Fenster gewandt. Als sie aufwachte, hing die Flagge noch immer auf Halbmast, und sie hatte fürchterliche Schmerzen im Nacken.

Sie wusste nicht, wohin mit ihren Gedanken. Und mit all den Gefühlen, die ihren Körper durchströmten. Es war, als würde ihr Herz zu einer kleinen Kugel zusammengepresst.

Es betraf wohl jemanden aus der Familie des Jungen, sagte sie sich selbst.

So war es zweifellos, sicher jemand von den Großeltern oder Urgroßeltern. Oder vielleicht war sein Vater verunglückt. Oder seine Mutter, sie konnte ja auch ernsthaft krank gewesen sein. Das wäre ja wirklich traurig, falls es so war, das mit seiner Mutter. So versuchte Alma ihre Angst mit der Vorstellung vom tragischen Hinscheiden fremder Menschen zu lindern. Ja, selbst mit dem des Hundes. Aber egal, wem sie in Gedanken das Leben nahm, es gab eine Möglichkeit, die sich vor alle anderen drängte. Einen Gedanken, der sich weigerte zu verschwinden, auch wenn sie sich weigerte, ihn für sich zu formulieren.

Er kam nicht. Niemand kam. Die Flagge wehte still im Frühlingswind, bis sie vor Sonnenuntergang wieder heruntergelassen wurde.

Alma legte die kleine Holzflagge zurück in die Kommode. Dann zog sie die Frau auf, ohne das Geschenk anzusehen.

Die Flagge kam am nächsten Morgen nicht wieder hoch.

Niemand kam am nächsten Morgen.

Alma wartete und wartete.

Die Zeit verging und verging und kam nirgendwohin.

Doch dann kam der Hund. Er kam draußen vorbeigelaufen, mit hängender Zunge. Er lief zum Pfad hinauf. Ohne Leine. Ohne Otto. Alma sah ihn gerade noch, wie er sich über die Felder entfernte. Den wirbelnden Schwanz, der zwischen den Hügeln verschwand.

Und da wusste sie es.

* * *

An diesem Abend ging Alma ins Bett, ohne die Frau aufzuziehen.

Dennoch stand sie vor der Uhr, wie sie es immer zu tun pflegte. Lächelte zum Ziffernblatt hinauf. Rundherum glänzten die Girlanden, und ganz oben strahlte die kleine Lyra in aller Diskretion. Ja, es war eine schöne alte Frau, sie hatte sie wirklich sehr gemocht. Unglaublich, dass sie all die Jahre zusammen gewesen waren, schon seit Otto sich ungefähr zur selben Zeit in sie beide verliebt hatte. Alma legte die Handflächen an das elfenbeinfarbene Holz. Es fühlte sich schön an.

Warm.

»Jetzt ist es Zeit, meine liebe Freundin. Jetzt danken wir beide ab.« Sie tätschelte vorsichtig den Uhrenkasten. »Schlaf gut.«

Die Schlüssel rührte sie nicht an.

Sie blickte kurz zum Sekretär hinüber, auf dem ihre Eltern standen und sich in einem unklaren Nebel an den Händen hielten. Dann wandte sie der Bornholmer Uhr den Rücken zu, stützte sich auf die Kommode und danach auf den Esszimmerstuhl. Der alte Läufer trug sie den Rest des Weges.

Sie schaltete das Licht im Wohnzimmer aus, ohne sich umzusehen.

Draußen im Flur nickte sie der Dame mit den Locken freundlich zu, als sie zum letzten Mal an dem Wandteller vorbeikam.

»Jaja«, sagte sie. »Das war's.«

Bevor Alma ins Bett ging, öffnete sie das Schlafzimmerfenster, ließ es leicht angelehnt und drehte gleichzeitig die Heizung auf höchste Stufe. Doch anstatt unter die Decke zu kriechen, machte sie das Bett, so schön sie irgend konnte.

Sie musste ihre ganze Kraft aufwenden, um den Bettüberwurf über ihre Decke zu ziehen und an den Seiten zurechtzuzupfen, sodass er möglichst gleichmäßig auf dem Bett lag. Es war wirklich eine hübsche Patchworkdecke, dachte sie dabei mehrmals.

Sie mochte sie gern. Er hatte sie auch gemocht.

Erst als alles so ordentlich war, wie es nur ging, schlüpfte Alma aus ihren Pantoffeln und legte sich vorsichtig in ihrem weißen Nachthemd auf den Bettüberwurf. Mitten in all die Farben und kleinen Goldstreifen.

Sie lag auf dem Rücken, die Hände über der Brust gefaltet. Lange starrte sie in die Dunkelheit hinauf. Dann schloss sie ihre Augen und ließ sich in die Nacht sinken.

* * *

Irgendwann erwachte sie und setzte sich mit einem Ruck im Bett auf. Sie blickte zum Fenster hinüber, das zum Garten hinauswies.

»Otto? Bist du es?«, fragte sie.

Kurz darauf glitt sie wieder in den Schlaf und träumte unruhig von Geräuschen und Gerüchen, von der Hecke des Nachbarn und der Katze des Apothekerpaars und von einem Gewimmel fremder Menschen, die sie nicht in Frieden lassen wollten. Und dann, endlich, kam sie zur Ruhe.

Lulu

Alma wachte davon auf, dass etwas ihre Hand berührte. Etwas Feuchtes. Erschrocken zog sie die Hand zurück und drehte den Kopf. Auf dem Boden saß Lulu und betrachtete sie. Der Hund wedelte vorsichtig mit dem Schwanz.

»Du bist hier?«, sagte Alma verblüfft und streckte die Hand zu ihm hinunter. Lulu legte den Kopf in ihre Handfläche, und sie kraulte sie unterm Kinn. Es war schön, wieder ihr weiches Fell zu spüren.

Sie blickte sich um.

»Otto?«, rief sie.

Der Junge war nicht da, doch der Hund blieb sitzen.

»Bist du allein durch die Klappe gekommen?«, fragte sie, bekam jedoch nur einen Stupser mit der kühlen Schnauze zur Antwort.

Erst da fiel Alma ein, dass sie still hätte entschlafen sollen. Sie schaute auf den Wecker auf dem Nachttisch. Es war kurz vor Mitternacht. Dann blickte sie zum Fenster hinüber. Draußen trieben kleine bauschige Wolken langsam über einen blauen Himmel. Es fühlte sich an wie später Vormittag. Wie ein klarer Frühlingstag. Ihr fiel ein, dass der Wecker wahrscheinlich stehen geblieben war.

Nun, sie befand sich auf jeden Fall nicht im Himmel oben, den sie da gerade anstarrte, konstatierte sie trocken. Es musste ein Fehler passiert sein.

Alma musste lachen, auch wenn sie das alles eigentlich furchtbar tragisch fand. Das animierte Lulu dazu, noch etwas mehr mit dem Schwanz zu wedeln.

Sie war sich so sicher gewesen, dass sie sterben würde, wenn sie die Frau nicht mehr aufzog. Im Grunde genommen war sie wohl genauso eingebildet gewesen wie ihr rational denkender Mann. Dieser Glaube, dass man wusste, wie die Dinge zusammenhingen.

Ja, sie erinnerte sich deutlich an ihn. Sie wusste, dass er sich hinten in der Ecke ihres Gartens befand. Dass er an einem Kabel im Geräteschuppen hing. Dass er seit Dezember dort hing, in beißendem Frost und sprießendem Frühling, und dass der Geruch im Schuppen widerlich gewesen war. Dass er um Vergebung gebeten hatte.

Alma war so bereit gewesen, all das loszulassen.

Musste sie sich wirklich auch aufhängen, damit es gelang?

Dann dachte sie an den Jungen, der nicht mehr kam. Wofür sollte sie aufstehen, wenn nicht für ihn? Für den Frühling, natürlich, den hatte sie gern. Aber es war nicht dasselbe ohne Otto.

Jetzt war das Lachen schwierig geworden.

Sie blickte zu dem klaren Himmel hinaus und fühlte sich schwer und verlassen. Sie blickte den Hund an, der an der Bettkante saß und seine Pfote in ihre Hand gelegt hatte. Und Lulu blickte Alma mit bittenden Augen an.

Sollte sie für den Hund aufstehen?

Sie stand für den Hund auf. Erhob sich vom Bett. Streckte sich. Ging zum Fenster, während Lulu ihr um die nackten Beine sprang. Der Strauch neben der Eibe war ausgeschlagen. Eine Forsythie. Sie hatte die gelbe Frühlingsblütenpracht immer geliebt. Wenn sie blühte, bemerkte man den Schuppen dahinter kaum.

Draußen auf dem Feld fuhr Mads Frederiksen auf seinem

Traktor vorbei. Sie erinnerte sich an seinen großen Hund, Arnold war auf seine alten Tage schrecklich bissig geworden. Er hatte sogar Otto gebissen, als er ihn einmal mit seinem Stock gereizt hatte.

»Dieser Hund ist krank im Kopf«, hatte er gesagt.

Dann war Arnold eingeschläfert worden. Glücklicherweise, denn Alma hatte solche Angst gehabt, er würde sich Fleck schnappen.

Sie selbst hatte sich Fleck durch einen Aushang beim Kaufmann geschnappt. Ein junges Paar musste ihn abgeben. Alma hatte das Foto gesehen, den Text gelesen und sofort von dem Münztelefon neben der Anschlagtafel aus angerufen. Sie waren am selben Nachmittag mit Fleck vorbeigekommen, und sie hatte sich auf der Stelle in ihn verliebt. Fleck gehörte zu ihr, und Otto hatte in dieser Sache nichts zu sagen. In diesem Punkt war sie unerschütterlich. Es war ein gutes Gefühl gewesen, unerschütterlich zu sein.

Almas Blick glitt zu der Weigelie hinüber, unter der Fleck begraben lag.

Sie dachte an alle, die sie vermisste.

An ihre Schwestern. Ellen, die Jüngste, hatte sich vor Jahren von einem Mechaniker aus Uggerby scheiden lassen und war nach Frankreich gezogen, wo sie in relativ reifem Alter einen reichen Franzosen geheiratet hatte. Das war ungefähr ein Jahr, nachdem Otto und sie nach Solum gezogen waren. Die Schwester hatte einmal geschrieben, aber nur, um mitzuteilen, dass der Graf und sie nicht kontaktiert werden wollten. Ellen hatte den Brief an das Apothekerpaar geschickt und die beiden gebeten sicherzugehen, dass Alma ihn persönlich bekam, da sie ihrem Schwager nicht vertraute.

Alma erinnerte sich an den entschuldigenden Gesichtsausdruck der Apothekerfrau, als sie mit dem Brief in der Hand dastand. »Ja, ich habe Ihre jüngere Schwester ja nur ein einziges Mal getroffen, Frau Sørensen. Als sie letztes Jahr hier vorbeikam und wir uns über den Garten unterhalten haben. Ich finde es auch ein bisschen sonderbar … aber hier ist er, der Brief.« Das war zu der Zeit gewesen, als sie den Apothekern noch zugenickt und ab und zu mit ihnen Konversation betrieben hatten. Und es war das letzte Mal gewesen, dass Alma von Ellen gehört hatte.

Ihre ältere Schwester, die redselige und fröhliche, war mit einem wortkargen Landwirt aus Thy zusammengekommen. Agnete und sie hatten wegen Otto nach und nach aufgehört, sich zu treffen, aber sie hatten sich trotzdem weiterhin Weihnachtskarten geschickt.

Bis der Landwirt plötzlich im August eine Weihnachtskarte schickte, die aus unerfindlichen Gründen im Briefkasten des Apothekerpaars gelandet war. Die Adresse war eigentlich korrekt gewesen.

Ich schreibe, um Ihnen mitzuteilen, dass Ihre Schwester, meine geliebte Agnete, still eingeschlafen ist. Die Beisetzung hat in aller Stille stattgefunden. Agnete wünschte keinen Grabstein.

Auf dem Umschlag war ein Weihnachtsmann. Er hatte wohl keinen anderen gehabt.

Die Apothekerin hatte so verzweifelt ausgesehen, als sie mit dem Weihnachtsmann herüberkam, dass Alma sie beinahe umarmt hätte.

Als sie dann nach Thy schrieb, um sich nach dem Friedhof zu erkundigen, kam der Brief zurück. Kurz darauf bekam sie Post von einem Juristen, in dem stand, dass der Schwager sich in der Scheune erhängt hatte. Otto hatte den Brief geöffnet. Er öffnete ihre Briefe immer, wenn er sie vor ihr fand.

Er hatte auch alle Weihnachtskarten von Agnete gelesen.

Glücklicherweise war Otto so rational, dass er den Gedanken ablehnte, da könnte etwas zwischen den Zeilen stehen.

Auch Agnete hatte keine Kinder; vielleicht war es etwas Biologisches. Sie hätten so gerne welche gehabt. Almas jüngste Schwester hatte jedoch Zwillinge bekommen, die sicher auch längst Kinder hatten, und vermutlich Enkelkinder, aber nur Gott wusste, wo sie sich alle befanden. Vielleicht in Frankreich, so wie Elch. Ellen. Jetzt tat sie es schon wieder.

Alma fragte den Juristen nicht, wo Agnete zur Ruhe gebettet war. Sie würde ohnehin nie allein nach Thy finden. Und erst recht keinen Stein finden, der gar nicht da war.

Als sie sich auf die Tagesdecke gelegt hatte, um zu sterben, hatte sie sich darauf gefreut, ihre ältere Schwester im Jenseits zu treffen. Und ihren Schwager, den Selbstmörder. Und ihre Eltern. Irgendwann würde die jüngere Schwester wohl auch auftauchen, wenn sie nicht mit ihrem Grafen bereits dort war. Und wie hatte sie sich darauf gefreut, ihr kleines Mädchen wieder in die Arme zu schließen. Sie zu sehen.

Doch am allermeisten, das musste sie zugeben, hatte Alma sich darauf gefreut, den Mann wiederzutreffen, den sie geliebt hatte. Den Mann, der dort draußen hing, hinter der Forsythie. Und um Vergebung bat.

* * *

Das Fenster war angelehnt und ließ den Frühling herein. Einen Augenblick stand Alma still da und genoss die milde Luft, die ihre Wangen berührte wie kleine Küsse. Dabei spürte sie Lulus Fell an ihren Fußgelenken, manchmal auch eine kleine, feuchte Zunge.

Der Hund folgte ihr dicht auf den Fersen, als sie ins Wohnzimmer ging.

Die Frau lief nicht.

Die schöne Bornholmer Uhr stand nur da und lächelte freundlich, wenn auch etwas steif, die Zeiger auf kurz vor Mitternacht. Alma musste lachen. Sie wusste nicht genau, worüber.

Wahrscheinlich über den missglückten Abschied.

»Na ja, dann noch mal guten Tag«, sagte sie zur Uhr.

Sie dachte kurz darüber nach, ob sie ihre alte Freundin aufziehen sollte, entschied sich jedoch, sie in Ruhe zu lassen. Alma wusste ja nicht einmal so recht, was sie mit sich selbst anfangen sollte. Es fühlte sich auch nicht richtig an, die Frau aufzuziehen, wenn es nicht Abend war und an der Zeit, ins Bett zu gehen. Schon jetzt war es, als hätte die Zeit sich verschoben.

Alles hat sich verheddert, dachte sie und setzte sich auf den Esstischstuhl, auf den sie sich immer stützte, wenn sie vorbeiging. Lulu schlüpfte augenblicklich zwischen ihre Beine, um gestreichelt zu werden, und Alma strich ihr über den Kopf.

»Du bist wirklich eine Süße.«

Der Hund tat ihr auf einmal leid.

Das arme Mädchen musste Otto ganz schrecklich vermissen, dachte sie. Die Eltern hatten jetzt andere Dinge, um die sie sich kümmern mussten.

Ja, Alma war sich ganz sicher, dass der Junge tot war, und sobald sie daran dachte, krampfte sich in ihrer Brust alles zusammen. Sie wollte nicht an die Eltern und ihre Trauer denken, sie wollte sich lieber auf den Hund konzentrieren. Für ihn konnte sie wenigstens etwas tun, einfach, indem sie für ihn da war und ihm ein bisschen Liebe gab. Sie bekam so viel von ihm zurück.

Die Zeit verging, und der Hund wich Alma nicht von der Seite. Sie war mehrmals mit ihm draußen in der Waschküche gewesen und hatte ihn ermuntert, nach Hause zu laufen, aber Lulu wollte nicht einmal in die Nähe der Katzenklappe. Schließlich gab Alma den Versuch auf. Der Hund hatte seinen eigenen Willen und konnte zu jeder Zeit fort. Das wusste er. Es war ein kluger kleiner Hund.

Alma freute sich, dass er blieb.

Sie vergewisserte sich, dass immer noch Wasser und Futter für ihn in den beiden kleinen Glasschüsseln war, die Otto und sie in der Waschküche auf den Boden gestellt hatten. Das Futter bestand aus kleinen Würfeln aus Roggenbrotscheiben mit Leberwurst. Wenn sie lange dort lagen, wölbten sich die Ecken des trockenen Brotes nach oben.

Abends saßen sie zusammen im Sessel. Der Hund lag auf Almas Schoß, und sie kraulte ihn in der Dunkelheit. Sie spürte, dass er dankbar dafür war. Wenn sie selbst jetzt einschlief und starb, wäre vielleicht niemand mehr da, der sich um ihn kümmerte, dachte Alma. Dann wäre Lulu verlassen, allein mit einer Toten. Na, danke auch, sie wusste, wie sich das anfühlte.

Der Gedanke wollte sie nicht loslassen. Lulu sollte nicht allein sein.

Und irgendwann stand Alma auf, um die Bornholmer Uhr aufzuziehen. Die Geräusche des alten Mechanismus waren so wohlbekannt und so willkommen. Sie erweckte die alte Frau wieder zum Leben. Spürte die Schläge im Herzen. Hörte sie. Jetzt waren sie wieder zusammen, das war trotz allem schön.

Es war nur ein kleiner Ausfall gewesen.

* * *

Auch wenn die Zeit verging, hatte Alma das Gefühl dafür verloren. Für ihren Verlauf. Sie war wieder zu einem Zustand ohne Orientierungspunkte geworden. Der eine Tag ging in den anderen über, ohne dass sie etwas anderes tat, als auf den Hund aufzupassen. Vielleicht war es auch so, dass Lulu auf Alma aufpasste. Sie war sich nicht sicher.

Sie schliefen in dem grünen Sessel. Dort saßen sie gerne zusammen. Im Schlafzimmer war das Bett so ordentlich gemacht, dass es ihr widerstrebte, etwas daran zu verändern. Sie war sich auch nicht sicher, ob sie die Kraft hatte, den schweren Bettüberwurf noch einmal abzunehmen. Sie hatte davorgestanden und ihn angesehen, ihr schönes Werk genossen, und Lulu hatte sich darauflegen dürfen.

Aber Alma konnte sich nicht überwinden, sich selbst wieder auf den Bettüberwurf zu legen. Noch nicht.

Wenn sie in dem weichen Sessel die Augen schloss, hatte sie ohnehin nicht die geringste Lust, ins Bett zu gehen. Es war warm und gemütlich im Wohnzimmer zusammen mit Lulu, egal, ob es hell war oder dunkel.

Der Hund war ab und zu ein Weilchen fort, oder war vielleicht Alma fort? Er musste wohl hinaus, um sein Geschäft zu verrichten, ein bisschen Gassi zu gehen, dachte sie. Aber er kam immer nach kurzer Zeit zurück, und solange er das tat, wollte Alma sich für ihn am Leben halten.

Sie hielten jetzt zusammen, die beiden. Zwei kleine Geschöpfe, die früher einmal jemand geliebt hatte. Sie konnten sich gut gegenseitig stützen, bis sie an der Reihe waren, diesen Ort zu verlassen.

Wenn der Junge am Leben gewesen wäre, hätte er bei Alma nach Lulu gesucht. Da war sie sich absolut sicher.

Otto war tot.

Alma wusste von selbst, dass Otto von einem Auto überfahren worden war. Sie konnte es im Herzen spüren, sie kannte das Gefühl.

Sie war sich sicher, dass es passiert war, kurz nachdem sie den Jungen vom Feld aus hatte winken sehen. Ja, vermutlich ungefähr zu dem Zeitpunkt, als sich bei ihr alles darum gedreht hatte, dass sie zu ihrem toten Mann in den Schuppen musste. Am Tag vor dem Geburtstag.

Drüben hinter den Feldern lag die Landstraße. Alma hatte gehofft, der Junge würde auf seiner Route nicht dort entlanglaufen, wohl wissend, dass er ihr vermutlich doch ein Stück folgen musste, um zurück nach Hause zu kommen, vor allem, wenn er es eilig hatte. Es war keine stark befahrene Straße, aber es kamen natürlich Autos. Und ein Auto reichte. Wäre er doch nur dieses eine Mal gegen den Uhrzeigersinn gegangen. Den gleichen Weg zurückgegangen. Und hätte sie doch nur etwas gesagt. Ihn gewarnt!

Alma dachte an Otto, wie er ihr gewinkt hatte, auf dem großen Stein. Jetzt lag er unter einem. Auf der nackten Erde darum herum lagen frische Blumen. Die Eltern saßen in der Hocke vor dem Stein und umarmten einander. Sie sah das Ganze deutlich vor sich. Die gebeugten Rücken der Eltern, den der Mutter, der ein wenig zitterte. Das Einzige, was sie nicht sehen konnte, war der Name des Kindes. Sie wünschte, sie würde seinen richtigen Namen kennen, aber vielleicht war es besser so. Dass sie sich an ihn als Otto erinnerte.

Der Hund hatte den Unfall überlebt, und jetzt saß er hier und suchte Trost. Das wusste sie auch. Erst wenn Lulu eines Tages verschwand und nicht zurückkam, würde Alma wieder versuchen zu sterben.

Sie hatte darüber nachgedacht, ob sie sich dann neben ihrem Mann im Schuppen aufhängen sollte. Dann konnten sie dort hängen wie zwei Räucherheringe, der eine geräucherter als der andere, und zusammen gefunden werden. Die Frage war allerdings, ob Otto überhaupt hängen blieb. Sie wollte nur ungern dabei zusehen, wie er herunterfiel und zerbrach. Vielleicht war das schon passiert. Und dann war da noch die Sache mit dem Geruch. Alma hatte ehrlich gesagt keine Lust, ihn noch einmal zu erleben. Würde er ihr nicht auch das verzeihen?

Außerdem war es trotz allem gemütlicher, sich im Wohnzimmer zu erhängen. Es war jedenfalls sowohl wärmer als auch deutlich einfacher. Über dem gekachelten Sofatisch gab es einen guten, soliden Haken für die Lampe, hatte sie von ihrem Platz im Sessel aus bemerkt. Sie konnte sich gut vorstellen, sich daran zu erhängen, auch wenn das bedeutete, dass sie zuerst auf den Tisch klettern und ihn dann irgendwie ein wenig zur Seite schieben musste. Das würde einiges an Anstrengung kosten, aber wenn ihr alter Mann das draußen in der Kälte geschafft hatte, konnte sie es wohl auch drinnen im Warmen schaffen.

Es gab natürlich auch die Möglichkeit, dass es von selbst passierte. Dass sie ganz einfach an Hunger starb. Oder an Nahrungsmangel, besser gesagt. Als sie die Zettel am Küchentisch las, fühlte es sich völlig unmöglich an, der Aufforderung, ans Essen und Trinken zu denken, Folge zu leisten. Sie *dachte* zwar daran, aber sie wollte es nicht. Hatte keine Lust mehr. Nicht ohne Otto.

Die Frau aufzuziehen war leichter. Die Finger machten keine Probleme. Sie taten es, als hätten sie nie etwas anderes getan.

* * *

Eines Tages, als Alma mit Lulu in der Küche saß, kam ihr der Melodiefetzen in den Sinn, der sie lange gequält hatte, weil sie ihn immer mit einem falschen Text verband: *Der Wind hat mir mein Haar verweht.*

Und dann kam plötzlich der richtige: *Der Wind hat mir ein Lied erzählt.*

Das Lied handelte von einer Frau, die eine unglückliche Liebe erlebt hat. Ihr Glück ist zerbrochen, sie ist einsam und voller Sehnsucht und fragt sich, worauf sie eigentlich gehofft hat.

Ja, jetzt erinnerte Alma sich an den Ernst, aus dem der Scherz erwachsen war. Endlich, dachte sie. Endlich war es ihr eingefallen. Sie musste lächeln, aber nicht über den Scherz. Über den Ernst.

Das Lächeln erstarb, als einen Augenblick später ein Fremder draußen auf der Straße auftauchte. Alma duckte sich instinktiv hinter die Keramikdamen, aber sie sah noch, wie der Mann auf ihr Haus zuging. Er hatte keine Waren dabei. Vielleicht stand auch eine volle Kiste draußen vor der Tür, es war unübersichtlich geworden mit dem ganzen Essen.

Er sah nicht aus wie ein Postbote.

Erst recht nicht wie ein Müllmann.

Der Hund sprang von der Küchenbank und lief in den Eingangsbereich hinaus, bevor sie ihn aufhalten konnte.

»Nein, Lulu! Komm her!«, flüsterte sie. Aber Lulu blieb draußen.

Alma schlich an den Küchenschränken entlang, so vorsichtig sie konnte. Die Tür zwischen der Küche und der Diele stand wie immer offen, und direkt an der Haustür stand Lulu und starrte nach oben.

Gott sei Dank konnte man durch die schmale senkrechte Fensterscheibe neben der Tür nicht hineinsehen. Das Glas war mit Blei eingefasst und in dunklen Brauntönen gehalten, Bewegungen im Eingangsbereich waren also nur zu erkennen, wenn dort Licht brannte. Dafür sah man in der Regel einen Schatten draußen, wenn jemand etwas in den Briefschlitz warf. Alma betrachtete den Haufen von Kuverts. Vielleicht war noch eines dazugekommen, sie war sich nicht sicher.

Sie hörte Lulu bellen, oder besser gesagt, sie stellte sich vor, dass sie sie bellen hörte. Der Hund zuckte ein paarmal kurz, jetzt sprang er auch an der Tür hoch.

Alma fuhr zusammen, als sie sah, dass die Türklinke hinuntergedrückt wurde.

Sie zog sich in die Küche zurück, kauerte sich auf den Boden und kroch bis in die Waschküche, wo sie sich im Besenschrank versteckte. Der Staubsauger war nie wieder hineingeräumt worden. Er stand etwas weiter hinten auf dem Boden, neben den Schüsseln für den Hund.

Alma blieb unendlich lange im Besenschrank, die ganze Zeit mit dem Gefühl, dass jemand vor dem Haus war. Oder vielleicht sogar im Haus. Sie stellte sich alle möglichen Geräusche vor. Und sie hoffte, dass Lulu weggelaufen war oder sich irgendwo versteckt hatte.

Schließlich konnte sie nicht mehr und wagte sich hinaus.

Lulu saß neben dem Staubsauger und wartete auf sie. Ihre kleine Zunge tanzte auf den Zähnchen des Unterkiefers.

Als Alma vorsichtig zum Fenster hinausblickte, war niemand zu sehen.

Während sie im Besenschrank stand, hatte sie überlegt, ob jemand auf die Idee kommen konnte, um das Haus in den

Garten und zum Schuppen zu gehen. Vielleicht sogar die Tür zu öffnen.

Dann war es eben so, dachte Alma jetzt.

Dann würden sie ihn eben finden.

Sie fühlte sich seltsam abgeklärt, seitdem sie Otto dort draußen hatte hängen sehen und seine Nachricht gelesen hatte. Es war, als würde sie sich an immer mehr erinnern.

Jetzt vor allem an das Gute.

Sie erinnerte sich daran, wie er ihr auf einer Bank in Hulsig einen Heiratsantrag gemacht hatte. Wie der Wind ihm währenddessen die Locken ins Gesicht geweht hatte. Wie sie selbst die ganze Zeit versucht hatte, ihre eigenen blonden Locken von Augen und Ohren wegzuhalten, sodass sie ihn sehen und hören konnte.

Und sie erinnerte sich daran, wie sie JA gerufen hatte, so laut sie konnte, in den Westwind hinaus, und wie sie danach von der Bank gerutscht war. Hinunter zu Otto, der auf Knien im Kies lag, mit einem sehr kleinen Goldring, auf den er gespart hatte. Die ganze Welt gehörte ihnen, ihnen beiden. Auf Knien im Wind, ganz aufgelöst vor Weinen und Freude.

Sie erinnerte sich daran, wie sie sich zum ersten Mal geliebt hatten. An seine großen, warmen Hände und ihre kleinen, hervorstehenden Brüste, die im Bett so schrecklich nackt aussahen, bis er sie davon überzeugte, dass sie perfekt waren und ganz herrlich nackt aussahen.

Sie erinnerte sich an ihren großen blassen Bauch. Die kleinen Tritte. Sein kastanienbraunes Haar, als er die straffe Haut ihres Bauches küsste und alles spüren wollte, was sie spürte. Seine graugrünen Augen, die zu ihr aufblickten und voller Glück waren.

Und sie erinnerte sich an eine Torte mit sechs kleinen Kerzen, umgeben von plappernden Kinderstimmen. An Otto, der sich verkleidet hatte und für sie alle sang. An seine Clownsnase und die geschminkten Augen. Daran, wie sie sich nicht beherrschen konnte. Wie sie so lachte, dass ihr die Tränen herunterliefen, und wie dann alle Kinder noch mehr über sie lachten als über Otto.

An Otto, der aus ganzem Herzen mitlachte.

Und sie erinnerte sich an den Tag am Strand.

Sie sah die kleinen roten Zehen im Sand und hörte die klare Stimme des Mädchens. Viel deutlicher als seit einer Ewigkeit. Und sie wandte sich zu dem Mädchen um und sah seine nackten Beine und den schönen gepunkteten Badeanzug und die sonnengebräunten Arme.

Aber vor allem sah sie das strahlende Gesicht ihrer Tochter. Die Locken und die Sommersprossen und den fehlenden Vorderzahn. Die grünen Augen, die in die Sonne blinzelten, und die kleinen Grübchen, durch die sie ihrer Großmutter so unglaublich ähnelte.

Sie erinnerte sich daran, dass das Mädchen Clara hieß.

Sie erinnerte sich an ihren Grabstein.

Paranoia

Es passierte wieder. Diesmal waren es zwei Männer, die sogar in ihrer Einfahrt parkten. Als sie plötzlich um die Hecke herumfuhren, anhielten und die Vordertüren öffneten, ging alles so schnell, dass Alma vor Schreck fast gestorben wäre. Zum Glück schaffte sie es gerade noch, die Flucht in die Waschküche und den Besenschrank anzutreten, bevor sie sie im Küchenfenster sehen konnten. Sie stellte sich erneut vor, dass sie Stimmen hörte. Tiefe Stimmen. Im Haus. Was waren das für Leute? Polizisten?

Auch diesmal waren sie verschwunden, als sie sich endlich wieder hinauswagte. Vielleicht waren sie gar nicht drinnen gewesen. Vielleicht hatten sie nur angeklopft und waren dann wieder gefahren.

Vielleicht wurde sie allmählich verrückt. Noch verrückter.

In der nächsten Zeit versteckte sie sich manchmal zur Sicherheit im Besenschrank, selbst wenn sie niemanden gesehen hatte. Stand einfach dort drinnen, mit dem Gefühl, dass jemand ihr etwas tun wollte. Jemand von draußen. Sie stellte sich all die Geräusche vor. Die Stimmen. Sie lärmten in Almas Kopf mehr als je zuvor.

Wenn sie Lulu und sie doch nur in Frieden ließen! Im Grunde genommen wollte sie einfach nur Ruhe. In Ruhe auf Lulu aufpassen und in Ruhe sterben, wenn es Zeit war. Dann konnten sie alle kommen und sie im Haus und Otto im Schuppen finden und tun, was getan werden musste.

Der Hund nahm es gelassener. Er kuschelte sich an Alma, wie er es immer tat, wenn sie sich endlich aus dem Schrank wagte, und er sah nicht aus, als hätte er Angst. Also bildete sie sich das meiste wohl nur ein.

Und doch. Die nächsten Menschen, die sie mit eigenen Augen sah, kamen ganz sicher herein. Alma stand im Eingangsbereich, als sie bemerkte, dass sich jemand an der Haustür zu schaffen machte. Sie entdeckte auch einen Schatten hinter der mit Blei eingefassten Scheibe. Ohne nachzudenken trat sie zurück und versteckte sich hinter den Mänteln in der Garderobe.

Lulu war nicht zu sehen, also hoffte sie, dass der Hund draußen seine Runde machte und nicht auftauchen würde, bis die Gefahr vorüber war. Was auch immer es diesmal für eine Gefahr sein mochte. Aber ganz verrückt war sie also nicht gewesen, denn es *war* jemand an der Tür, und jetzt kamen sie herein.

Alma sah, wie zwei Damen in den Eingangsbereich traten. Das heißt, sie sah ihre vernünftigen Schuhe, ihre Strumpfhosen, die Faltenröcke und den untersten Rand ihrer hellen Mäntel. Sie streiften sich beide die Schuhe an der Fußmatte ab, und die eine stellte ihre Handtasche auf den Boden an die Wand. Wenn Alma ihre Gesichter sehen wollte, musste sie die Mäntel etwas zur Seite ziehen, doch das traute sie sich nicht.

Sie dachte darüber nach, dass sie zweifellos entdeckt werden würde, falls sie ihre Mäntel auf Bügel in die Garderobe hängten, und sie hielt den Atem an, als sie den untersten Rand der Mäntel flattern sah, bevor sie sie auszogen. Doch dann wurde es ruhig um sie. Die Damen hatten ihre Mäntel an der kleinen Hakenleiste neben dem Konsoltischchen gelassen. Dort hatte früher Ottos Regenschirm gehangen. Und sein Hut. Der Hut war immer noch da, das wusste sie, auch wenn sie ihn nicht sehen konnte. Er hatte ihn nur sehr selten benutzt, und Alma hatte immer vergessen, ihn abzustauben.

Jetzt gingen sie weiter ins Haus. Die eine trat von der Garderobe aus nach links in den Flur, durch die Tür, die sie nie benutzte. Die andere verschwand in die Küche. Alma stellte sich den Klang ihrer Schritte vor. Die gedämpfte Unterhaltung. Was wollten die Damen in ihrem Haus?

Es war keine Option, sich zu erkennen zu geben, auch wenn es bloß Frauen waren. Blieb nur, abzuwarten, bis es überstanden war.

Alma lehnte sich etwas zurück und versuchte sich zu entspannen. Es gab ihr ein bisschen Sicherheit, dort zwischen den wohlbekannten alten Jacken zu stehen, und es war auf jeden Fall gemütlicher als zusammen mit dem Staubwedel und den Staubsaugerbeuteln im Schrank.

Jetzt legte sie die Wange an den weichen Biberpelzkragen ihres alten Ulsters. Sie erinnerte sich noch immer an das Bild, das sie davon im Katalog gesehen hatte, und an das Kribbeln im Bauch, als der Bote mit dem Paket in Gadeby gestanden hatte. »Der steht dir aber wirklich gut«, hatte Otto gesagt, und sie hatte sich seitdem schön darin gefühlt, auch wenn er es nie wieder sagte.

Neben ihrem Ulster hing Ottos alter Wollmantel. So viel Hass hatte er in den letzten Jahren warm gehalten, dachte sie. Besonders beim letzten Mal, als er ihn trug.

Jetzt hing er da und roch nach Missmut und sauren Zigarillos.

Alma war weder missmutig noch sauer. Wenn sie daran dachte, was er ihr auf den Zettel in der Scheune geschrieben hatte, wurde ihr Herz ganz weich. Und während sie hier stand und an ihm roch, wurde ihr klar, dass sie ihm vergeben hatte. Otto hatte um Vergebung gebeten, und er hatte sie bekommen. Es war, als würde Almas Herz in der Garderobe leichter. Sie hoffte nur, er würde ihr auch vergeben. Vielleicht hatte er das schon getan. Es fühlte sich fast so an.

Alma wartete und wartete. Irgendwann kam Lulu und drückte sich an sie. Dann verschwand der Hund wieder.

Sie musste umgekippt sein. Als sie aufwachte, saß sie auf dem Boden zwischen den Stiefeln, aber immer noch hinter den Mänteln versteckt. Und als sie durch eine Lücke hinausblickte, war die Handtasche weg, und es hingen keine Jacken mehr an den Haken.

Auch die Briefe waren entfernt worden. Alma kamen Zweifel, ob sie selbst sie genommen und weggelegt hatte. Sie weggeworfen, vielleicht. Sie glaubte es eigentlich nicht, aber es fiel ihr schwer, sich einen Reim auf gewisse Dinge zu machen. Die Vergangenheit war in letzter Zeit deutlicher hervorgetreten. Aus der Gegenwart wurde sie dafür überhaupt nicht mehr schlau, aber vielleicht war das im Grunde genommen schon immer so gewesen.

Lulu kam wieder und huschte umher, und Alma trat vorsichtig aus ihrem Versteck. Alles wirkte friedlich. Es war schön, aus dem Zigarillogeruch herauszukommen. Die Luft im Haus wirkte frischer als je zuvor.

Ein wenig später setzte sie sich in den Sessel. Aber zuerst stand sie kurz am Fenster und blickte über die Felder hinaus.

Es war jetzt grün dort draußen.

* * *

Und dann parkte eines Tages wieder ein Auto in ihrer Einfahrt. Alma sah einen Mann aussteigen, er hatte eine Mappe unter dem Arm, und jetzt kam er den Gartenweg entlang. Bevor sie sich duckte, sah sie gerade noch, wie ein anderes Auto, eine ganz andere Art von Wagen, am Straßenrand hielt.

So viel Verkehr hatte es an ihrem Ende der Straße noch nie gegeben. Was war das für ein Kommen und Gehen von irgendwelchen Fremden?, dachte sie, während sie von der Küchenbank kroch.

Wieder lief Lulu in den Eingangsbereich hinaus, bevor Alma es verhindern konnte.

»Lulu, komm her«, flüsterte sie von der Türöffnung aus, doch der Hund blieb, wo er war. Jetzt sprang er an der Haustür hoch, und Alma war sich ganz sicher, dass er bellte.

Sie wagte nicht, sich wieder hinter den Mänteln zu verstecken, dieses Mal würde man sie vielleicht sehen. Stattdessen zog sie sich durch die Küche zurück, kriechend und mit ängstlichen Blicken in Richtung Fenster. Sie war plötzlich im Zweifel, ob der Staubsauger nicht inzwischen wieder an seinem Platz im Besenschrank stand, wahrscheinlich schon, also kroch sie bis ins Arbeitszimmer. Zu dem großen Schreibtisch, wo sie hinter dem großen Schubladenschrank in Deckung gehen konnte.

Alma sah sich nach Ottos zusammengeknüllten Träumen um, aber es lagen weder Papierkugeln noch Staubmäuse auf dem Boden. Selbst der Papierkorb war leer. Es roch auch nicht mehr nach Zigarillos, nicht annähernd so stark zumindest. Hatte sie es endlich geschafft aufzuräumen? Das war gut. Es war auch Zeit gewesen. Otto würde nicht zurückkommen.

Vorsichtig spähte sie unter der Tischplatte hindurch zur Türöffnung und ärgerte sich einen Moment, dass sie die Tür nicht zugestoßen hatte. Oder sogar zugesperrt. Jetzt traute sie sich nicht mehr. Aber vielleicht war es auch gut so, denn in diesem Augenblick kam Lulu zu ihr herein. Sie wedelte mit dem Schwanz, als wäre es ein Spiel, legte sich aber trotzdem dicht neben Alma und starrte wie sie zur Türöffnung hin.

Wieder kam es Alma so vor, als wären Geräusche im Haus. Sie sah auch, dass Lulus Ohren sich bewegten, als würden sie aufmerksam lauschen. Jemand war da. Etwas passierte hier.

Und ganz richtig. Plötzlich stand ein Mann draußen im Flur. Alma konnte seine kräftigen Schuhspitzen und seine dunkelblaue Hose sehen, aber nicht sein Gesicht. Dem Standort der Schuhe nach schaute er gerade ins Arbeitszimmer. Sie hielt den Atem an und hielt Lulu fest und betete, dass er nicht näher kam.

Er entdeckte sie nicht, Gott sei Dank, und kurz darauf ging er weiter in Richtung Schlafzimmer. Sowohl seine Schuhe als auch seine Hose hatten schrecklich schmutzig ausgesehen. Ein Einbrecher? In all den Jahren hatte Alma sich in diesem Haus nie vor Einbrechern gefürchtet. Erst recht nicht am helllichten Tag wie jetzt. Aber vielleicht hatte Otto doch einen Grund für seine Paranoia gehabt.

Ihr war wieder, als nähme sie Stimmen wahr. Bewegungen. Sie meinte eine andere Schuhspitze erahnen zu können. Die blaue Hose kam erneut in ihr Blickfeld, wurde langsamer. Jetzt stand der Mann wieder draußen im Flur, aber diesmal mit dem Rücken zu ihr an der Badezimmertür. Sie konnte ihn nur zur Hälfte sehen. Die Tür war geöffnet worden. Alma hoffte inständig, dass er nicht die Toilette benutzte. Sie konnte ihn riechen.

Dann war er plötzlich nicht mehr zu sehen, dafür kam eine weitere Hose zum Vorschein. Sie war schöner, und die Schuhe auch. Sie blieben nicht so lange. Gingen vorbei, entfernten sich und gingen einen Augenblick später noch einmal vorbei. Lulu wedelte unter dem Tisch zwischen Almas Beinen mit dem Schwanz. Sie wünschte, das würde sie nicht tun. Es kitzelte.

Wenn sie nur die Zierteller hängen ließen, dachte sie. Die durften sie nicht stehlen.

Alle Beinkleider waren verschwunden, aber da waren noch immer Geräusche. Stimmen. Vielleicht eine Tür, die zufiel. Alma glaubte allmählich, dass sie ihr Gehör zurückbekommen hatte. Es war, als drängen die Laute von außen ein, anstelle in ihrer Fantasie gebildet zu werden wie vorher. Sie war sich aber nicht ganz sicher.

Und jetzt war es still.

Endlich kroch sie heraus und wagte sich in den Flur hinaus. Dort roch es nach Achselschweiß und etwas anderem, das sie nicht einordnen konnte.

Die Zierteller hingen alle an ihrem Platz, doch die Tür vom Flur in den Eingangsbereich stand offen. Das tat sie sonst nie. Sie und Otto hatten immer den Weg durch die Küche genommen, wenn sie zur Haustür gegangen oder hereingekommen waren. Alles andere wirkte zu fein. Hätten sie Gäste gehabt, hätten sie sie natürlich auf diesem Weg hineingebeten. Aber sie hatten ja nie welche.

Alma schielte vorsichtig ins Wohnzimmer und in den Eingangsbereich. An beiden Orten war es leer. Dann trat sie in den Eingangsbereich hinaus und blickte von dort in die Küche. Auch leer. Alles wirkte friedlich. Sicher.

Sie atmete erleichtert auf. Wer die Leute auch gewesen waren, die in ihrem Haus herumliefen, sie waren wieder weg.

Sie stellte sich dicht an die Haustür und legte ihr Ohr an

das Holz. Wenn sie wirklich ihr Gehör wiederhatte, würde sie vielleicht dort draußen etwas hören. Es war ein schönes Gefühl, sich gegen die schwere Holztür zu lehnen. Sie meinte zu hören, wie ein Auto gestartet wurde, und presste das Ohr noch dichter an die Tür.

Und plötzlich wurde angeklopft.

Alma hätte vor Schreck fast laut geschrien.

Es war der Türklopfer. Zwei Schläge hörte sie. Sie wollte sich bewegen, konnte es aber nicht, sie stand nur da und starrte auf die Klinke hinunter. Lange Zeit blieb sie so stehen, an die Tür gelehnt, und dachte daran, dass vermutlich jemand gleich dahinter auf der anderen Seite stand.

Jemand, der hereinwollte.

Aber mehr passierte nicht. Doch, vielleicht hörte sie wieder ein Auto anfahren, nur auf eine andere Art. Dann lief Lulu zu ihr herüber und wedelte mit dem Schwanz, und langsam kam Alma wieder zur Ruhe.

Am Abend zog sie wie immer die Frau auf.

Sie hörte die Uhr sogar schlagen.

Wiedersehen

Und dann geschah das Wunder, von dem sie geträumt, auf das sie aber nie zu hoffen gewagt hatte. Otto kam wieder.

Nicht ihr Mann. Der Junge!

Als Alma ihn draußen auf der Straße stehen sah, verspürte sie eine so überwältigende innige Freude, dass es ihr völlig den Atem nahm. Gleichzeitig schätzte sie sich glücklich, dass sie sich doch nicht das Leben genommen hatte.

Lulu musste ihre Überraschung bemerkt haben, denn sie sprang auf die Küchenbank und zum Fenster, fast in einer einzigen Bewegung. Beim Anblick des Jungen machte sie einen begeisterten Satz, bevor sie von der Bank hinunter und in die Waschküche fegte. Kurz darauf sah sie sie draußen auf der Straße um seine Beine springen. Die Freude des Hundes war nicht zu übersehen.

Trotzdem sah Otto nicht richtig fröhlich aus.

Was war mit ihm?

Er ging langsam an ihrem Vorgarten entlang, wo das Unkraut sich ungestört im grünen Gras ausbreitete. Am Zwergflieder vorbei, der an der Einfahrt mit voller Blütenpracht willkommen hieß. Vorbei am Rhododendron mit den großen dunkellila Blüten und an dem überbordenden Perlmuttstrauch, der seinen rosafarbenen Mantel über den ganzen Weg hinauswarf. Lulu sprang vor, als würde sie Otto anfeuern, schneller ums Haus herum zur Waschküchentür zu kommen.

Er trug kurze Hosen und hatte etwas Weißes um sein Fußgelenk. Humpelte ein wenig.

Alma wollte gerade an die Scheibe klopfen und winken, als ihr klar wurde, dass der Junge nicht allein war.

Ein Mann war an der Hecke erschienen und ein paar Schritte in die Einfahrt getreten. Dort blieb er stehen. Es war derselbe Mann wie kürzlich. Oder vor langer Zeit. Sie war verwirrt. Die Zeit verging nicht wie früher. Sie lief und blieb stehen und lief wieder. Oft war es, als würde sie plötzlich verschwinden, oder als würde Alma aus ihr verschwinden, und dann blühte auf einmal der Perlmuttstrauch.

Lulu rannte von einem zum anderen und war kein bisschen verängstigt.

Der Mann rief Otto etwas zu, und der wandte sich zu ihm um. Dann ging er, leicht hinkend, zu dem Mann, der die Hand auf Ottos Schulter legte. War das sein Vater?

Der Mann war blond mit einem runden Gesicht und ansonsten eher schmal gebaut. Ja, es konnte sehr gut sein Vater sein.

Alma dachte an den kleinen Otto, der hinkte, und an den alten Otto, der im Schuppen hing, und an alles und nichts und fühlte sich fürchterlich unsicher. Geradezu angstvoll. Sie wusste nicht, ob sie bereit war, Ottos Vater zu treffen.

Alles war auf einmal auf den Kopf gestellt. Otto war immer allein gekommen, und nur am Vormittag, und jetzt war es doch schon später Nachmittag? Abend, würde sie sogar meinen, auch wenn es noch immer hell war. Durch die hinteren Fenster, die zum Garten hin wiesen und auf Kipp standen, war vom Nachbarhaus ein Geruch nach gebratenem Fleisch herübergezogen. Es musste Essenszeit sein.

Alma zog sich zurück, als die beiden sich dem Haus näherten. Für alles andere fehlte ihr der Mut. Bald darauf konnte sie sie im Eingangsbereich hören.

Sie begriff nicht, wie all diese Menschen hereinkamen. Es war doch abgesperrt, und wer hatte Hausschlüssel außer ihr selbst und ihrem Mann? Seine Schlüssel lagen zweifellos irgendwo im Arbeitszimmer versteckt. Ihre eigenen lagen in der Schublade im Nachttisch, wo sie sie immer aufbewahrt hatte. Oder lagen sie etwa nicht mehr dort? Sie erinnerte sich nicht, wann sie sie zuletzt benutzt hatte.

Auch diesmal beschloss sie, sich hinter dem Schreibtisch im Arbeitszimmer zu verstecken. Und wieder dauerte es nicht lange, bis Lulu sie fand. Der Hund war freudig erregt, konnte gar nicht stillsitzen. Das war ja auch verständlich, jetzt, wo der Junge gekommen war. Alma versuchte gegen ihre Gewohnheit, Lulu zu vertreiben. Sie sprang etwas verblüfft um sie herum, und auf einmal war sie wieder verschwunden.

Was würden sie wohl denken, wenn sie den Hund hier fanden, aber nicht sie? Andererseits hatte Otto nicht weiter überrascht gewirkt, Lulu dort draußen zu sehen.

Vielleicht war Lulu sogar zwischendurch *zu Hause*, wenn sie nicht bei Alma war? Wenn der Junge nun lebte und sich bester Gesundheit erfreute, wäre alles andere doch seltsam. Lulu hatte vielleicht die Erlaubnis bekommen, allein ihre Runden zu machen, weil Otto sich am Fuß verletzt hatte und nicht mit ihr Gassi gehen konnte. Und dann war sie so lieb gewesen, sie zu besuchen.

Alma lächelte.

Allmählich ergaben die Dinge wieder ein klein wenig Sinn.

Sie hatte schreckliche Lust, sich zu erkennen zu geben, aber sie war zu ängstlich. Mit einem Erwachsenen zu kommunizieren schien ihr eine unüberwindbare Aufgabe zu sein. Etwas, das sie seit Menschengedenken nicht mehr getan hatte.

Mit dem Jungen war alles so einfach. Und mit dem Hund.

Alma blieb ganz still sitzen, hinter dem Schubladenschrank zusammengerollt wie eine verstaubte Papierkugel. Wenn Otto sie jetzt sehen könnte, dachte sie. Und obwohl sie Angst hatte, musste sie ein bisschen vor sich hin kichern. So eine alte Frau auf dem Boden hinter seinem Schreibtisch.

Darüber hätte er gelacht.

Ob der Junge sich wohl auch amüsieren würde, wenn er sie hier drinnen entdeckte? In gewisser Weise wollte sie gerne gefunden werden.

Sie wurde nicht richtig schlau aus sich selbst.

Vater und Sohn

»Thomas, warte kurz«, rief der Vater seinem Sohn zu. »Es ist doch hier?«

Thomas wandte sich um und kam zu ihm herüber. Er hinkte noch immer ein bisschen, aber das Bein hatte sich fast erholt. Die Gehirnerschütterung war das Schlimmste gewesen. »Ichich ggehe immer zur aanderen Tür hihinten rein«, sagte sein Sohn und zeigte um die Ecke.

»Okay, mein Schatz. Aber lass uns jetzt einfach die Haustür nehmen.« Er legte eine Hand auf die Schulter des Jungen. Es war schrecklich, ihn so traurig zu sehen.

Gleichzeitig war das Ganze so seltsam. Der Vater konnte das Gefühl nur schwer abschütteln. Es war nur wenige Tage her, dass Thomas ihnen von Frau Sørensen erzählt hatte, die er offenbar über einen längeren Zeitraum besucht hatte.

Ihr kleiner Sohn hatte ein Geheimnis gehabt. Er hätte nie gedacht, dass der Junge etwas vor ihnen verbergen könnte. Es erschütterte ihn mehr, als er sich eingestehen wollte.

Sie hatten die ganze Zeit geglaubt, dass es nur um den Hund ging. Als sie dem brennenden Wunsch des Jungen nach einem Hund nachgegeben hatten, hatten sie sich auf sein Versprechen verlassen, jeden Tag mit ihm Gassi zu gehen. Es war sehr früh für eine so große Verantwortung, das war ihnen klar. Aber Thomas auch, und er hatte sich ohne jegliche Klagen um Lulu gekümmert und damit bewiesen, dass er ihr Vertrauen nicht enttäuschte. Ja, und dann war da die Sache mit der alten Dame, die er versäumt hatte, ihnen zu erzählen!

Sie hatten dem Jungen natürlich längst eingebläut, dass er

sich nie von fremden Menschen anlocken lassen durfte. Das war der Grund dafür, dass er nichts gesagt hatte. Er wusste ganz genau, dass er sich auf Abwegen befand – und dennoch. Sie hatten damals offenbar irgendetwas von Bonbons gesagt, aber Frau Sørensen hatte Vanillekringel gehabt. Das hatte nicht so gefährlich gewirkt. »Sssie hat mich angelockt, aaber ssie ist wwirklich nicht böse«, hatte er mit Tränen in den Augen gestammelt. »Sie ist lllieb. Und wwir spielen.«

Es war unmöglich gewesen, ihn auszuschimpfen.

Okay, Thomas hatte mit Frau Sørensen gespielt. Schlimmer war es glücklicherweise nicht, dachte der Vater, nur merkwürdig.

Und zumindest fanden einige Dinge jetzt eine Erklärung.

»Hast du bemerkt, dass er zurzeit ständig summt?«, hatte seine Frau eines Tages gesagt. »Und immer irgendeine alte Melodie. Die von der blauen Anemone, hast du ihm die beigebracht?«

Schließlich hatten sie sich darauf geeinigt, dass er sie im Radio gehört haben musste.

Sie waren auch nicht umhingekommen zu bemerken, dass es mit dem Stottern besser wurde. Noch vor wenigen Monaten hatte ihr Sohn sich kaum verständlich machen können. Das hatte den Jungen merklich frustriert, er hatte sich in sich zurückgezogen und sehr bedrückt gewirkt. Ob es nun Frau Sørensens oder Lulus Verdienst war, dass es jetzt besser ging, war schwer zu sagen, aber auf jeden Fall schien Thomas selbstsicherer geworden zu sein. Sie sahen dem Schulstart, der diesen Sommer anstand, immer positiver entgegen.

Aber zuerst musste er ganz über seinen Unfall hinwegkommen. Verdammt schade, dass er das gerade jetzt hatte erleben müssen, dachte der Vater.

Er blickte seinen Jungen an, der das hintere der beiden Küchenfenster am Haus anstarrte. Thomas hatte erzählt, dass sie immer in der Küche gesessen und gespielt hatten. Und dass es in ihrem Wohnzimmer eine Standuhr gab und sie ihm erklärt hatte, wie man sie aufzieht.

Da war auch noch etwas mit einem Geschenk. Offenbar im Inneren der Uhr.

Und etwas mit einer Frau.

Das Ganze klang ein bisschen mysteriös. Aber wenn Frau Sørensen Thomas wirklich ein Geschenk zugedacht hatte, wie er behauptete, dann war es wohl nur fair, dass er es bekam. In dieser besonderen Situation sollte es doch wirklich möglich sein, die Regeln etwas zurechtzubiegen. Wegen der Gehirnerschütterung hatte sein Sohn mehrere Wochen lang das Bett hüten müssen, und der Geburtstag selbst war in Unglück, Schock und Verzweiflung untergegangen. Alles, was den Jungen ein bisschen aufmuntern konnte, war ehrlich gesagt mehr als willkommen.

Thomas hatte sich geweigert, sich in seinem Krankenlager feiern zu lassen. Aus seinem benebelten Zustand heraus hatte er darauf bestanden, dass die Flagge nur auf Halbmast gehisst werden sollte wie damals bei Uroma in Sindal. Das mussten sie ihm versprechen, und der Vater hatte ihm den Wunsch pflichtschuldig erfüllt und die Sache anschließend den erschrockenen Nachbarn erklärt. Wenn die Zeit gekommen und Thomas bereit war, würden sie seinen Geburtstag mit ihm nachfeiern. Aber jetzt musste er erst einmal über seine Trauer hinwegkommen.

Es bestand kein Zweifel daran, dass er diesen Hund geliebt hatte.

Sie hatten Lulu im Garten begraben, wie er es gewollt hatte.

Und Blumen neben den Stein gelegt. Es war so verdammt unglücklich, dachte der Vater. Das Ganze.

Aber über all dem schwebte das Glück zu wissen, dass ihnen nicht der Junge genommen worden war. Der Schock, ihn *beinahe* zu verlieren, saß noch immer in ihm wie ein Faustschlag. Wie ein erschrockenes Einatmen. Doch ab und zu, wenn er seinen Jungen ansah – der jetzt gerade so voller Trauer war, aber dennoch lebte –, entlud sich der Schock in eine heftige Erleichterung, die fast genauso schwer zu fassen war.

Sein Blick glitt über die Fassade. Es war wirklich ziemlich wohlbehalten, das kleine Haus aus gelben Ziegelsteinen, wenn man es so von außen betrachtete. Aber mit der Hecke musste man unbedingt etwas machen. Und mit dem Unkraut im Rasen.

Thomas trat zu ihm auf die Türschwelle, als er die Haustür aufsperrte. »Willst du als Erster rein?«, fragte er seinen Sohn und trat einen Schritt zur Seite. Es ging jetzt um ihn, nicht um das Haus.

Thomas nickte und zog vorsichtig mit beiden Händen an der schweren Holztür.

Natürlich hätte ihr Sohn ihnen schon lange von seinen Besuchen bei Frau Sørensen erzählen sollen. Aber keiner von ihnen konnte ihm dafür böse sein. Nicht einmal dafür, dass er an jenem Tag ein Stück an der Landstraße entlanggegangen war, obwohl er wusste, dass er das nicht durfte. Es war, um schneller nach Hause zu kommen, hatte er in seiner Verzweiflung erklärt. Der Vater spürte jedes Mal die Faust im Magen, wenn er daran dachte.

Gott sei Dank war Lulu auf der Stelle tot gewesen, das hatten mehrere Zeugen bestätigt. Und es war nicht Thomas'

Schuld. Der Autofahrer hatte die Kontrolle über seinen Ford Sierra verloren und war plötzlich auf den Trampelpfad geschlingert. Es war ein Wunder, dass das Kind überlebt hatte, obendrein ohne ernsthafte Schäden, hatten sie im Krankenhaus gesagt.

Der Junge war umgerissen und aufgrund der Leine ein Stück über den Boden geschleift worden, aber wundersamerweise mit einer Verstauchung, einer Hautabschürfung und einer Gehirnerschütterung davongekommen. Und natürlich mit dem Schock. Als sie aus dem Krankenhaus zurückkamen, wollte er sein Zimmer lange Zeit nicht verlassen.

Thomas streifte seine Schuhe an der Fußmatte in der Tür ab. Er tat es lange und blickte dann auf. Seine Augen waren groß und weit geöffnet und glänzten ein wenig.

»Ist schon gut, Schatz. Jetzt können wir reingehen«, sagte der Vater. »Also, wenn du es immer noch willst?«

Der Junge schob seine Unterlippe ein wenig nach oben, wie es seine Angewohnheit war, und nickte langsam. Abgesehen von dem weichen Geräusch von Kinderschuhen auf einem Teppich war es still im Eingangsbereich.

Es gab zwei Türen, eine nach links und eine geradeaus, und Thomas nahm die erste. Als er in die Küche trat, knarzte der Boden unter ihm. Nur ein klein wenig, groß war er ja nicht.

Der Vater folgte ihm.

Es war Abend, ungefähr Essenszeit, aber immer noch hell. Sie selbst hatten etwas früher gegessen als sonst, und dann musste es plötzlich sein. Der Junge wollte hierher.

Sie hatten einander nur zugenickt. Ihn entscheiden lassen.

Der Vater sah seinen Sohn zum Essplatz in der Ecke gehen und an der Tischkante herumfingern. Es war gut, dass die rote

Wachsdecke mit den Zetteln entfernt worden war. Mit dem Holztisch sah es schöner aus.

Jetzt rückte Thomas ein bisschen Dekoration auf dem Fensterbrett zurecht, irgendwelche Keramiksachen. Er sah traurig aus, vielleicht weinte er auch ein bisschen, das war schwer zu sehen.

* * *

Das Haus machte noch immer einen behaglichen Eindruck, fand er, aber es würde sicher nicht einfach sein, es zu verkaufen. Bisher hatte es erst eine einzige sehr spontane Besichtigung vor ein paar Tagen gegeben, die überhaupt nicht gut gelaufen war. Er hatte dem Typen stattdessen ein Haus im Nachbarort mit Platz für zwei Autos verkauft. Ein kaltes Haus ohne Seele.

Hier mangelte es nicht an Seele, dachte der Makler, als er nun zum dritten Mal in der Küche stand und sich umsah. Trotz der Tragödie hatte es eine freundliche Atmosphäre. Es war gar nicht schwer, sich eine nette alte Dame in dieser Umgebung vorzustellen. Ja, auch dass man zu einer Tasse Kaffee eingeladen wurde … und vielleicht einem Vanillekringel!

Er konnte auch gut verstehen, dass Thomas gern hierhergekommen war. Aber es würde trotz allem schwer verkäuflich sein.

Zumindest hatte der Nachbar ein klein wenig Interesse gezeigt. Er war derjenige, der im April Herrn Sørensen im Schuppen gefunden und die Polizei angerufen hatte. Der Mann wollte nicht selbst hier wohnen, aber er hatte eine Halbschwester, die vielleicht interessiert sein könnte. Man würde sehen.

Ein unangenehmer Kerl, dieser Nachbar. Sehr kurzsichtig, aber am Geruchssinn mangelte es offenbar nicht. Er hatte der Polizei gesagt, dass er sich über den starken Verwesungsgeruch gewundert hatte, der durch die Hecke in die Ecke seines Gartens gedrungen war. Hinten, wo er selbst Müll verbrannte.

Schließlich war er hinübergegangen, um die Sache zu untersuchen, auch wenn er sich *weiß Gott nicht um diesen Aprilscherz scherte*, wie er es ausgedrückt hatte. Unglaublich, wie man sich so über seinen armen Nachbarn äußern konnte.

An jenem Morgen war hier offenbar viel los gewesen. Polizei, Krankenwagen. Das Ehepaar von schräg gegenüber war auch hergerufen worden. Die alten Apotheker, die der Makler vom Sehen kannte. Sympathische Leute, die ein wenig zurückgezogen lebten. Sie hatten einen kleinen Schock erlitten, die Armen.

An den darauffolgenden Tagen war beim Kaufmann hinter vorgehaltener Hand, aber dennoch intensiv darüber geredet worden. Sobald man den Laden betrat, spürte man es wie ein insistierendes Summen eines Bienenstocks. Man wusste, es würde ein Stich kommen, bevor man wieder hinausging. Dort hatte auch er selbst von der Sache erfahren.

Ja, jetzt war ja klar, warum über einen längeren Zeitraum die Waren nicht bezahlt worden waren, hatte der Kaufmann gesagt. Der Uhrmacher hatte vor vielen Monaten darum gebeten, die Waren jede Woche an die Tür geliefert zu bekommen, nachdem Frau Sørensen nur noch schwer gehen konnte. Dasselbe galt wohl auch für ihn, den alten Uhrmacher, auch wenn das nicht mit in die Begründung einging. Er war ein stolzer Mann gewesen.

Oder ein sturer Bock, wie man es nun sehen wollte. Einer

aus der Straße hatte gesagt, man sei nur schwer an ihn herangekommen, vor allem zum Schluss. Er lief immer nur herum und schimpfte, auch einfach nur in die Luft, als würde er nicht mehr ganz richtig ticken. Sogar wenn man ihm bei irgendetwas Hilfe anbot, reagierte er giftig.

Einige meinten, er sei schon immer verrückt gewesen. Aber ein Paar, das den Uhrmacher noch aus Gadeby kannte, erzählte, dass er wohl irgendwann eine starke Veränderung durchgemacht hatte. Sie wussten nicht, wie er privat war, aber früher war er auf jeden Fall bei seinen Kunden beliebt und äußerst respektiert gewesen. Man wurde im Laden immer sehr gut bedient, sagten sie. Sørensen hatte seine Arbeit immer mit Engagement und Herzblut ausgeübt, und die Frau war ja unglaublich nett gewesen. Aber dann hatte er sich verändert. Und dann gab es auch noch diesen Brand, der alles zerstörte.

Jemand schlug Depression vor, ein anderer ein Blutgerinnsel im Hirn. Mehrere sprachen von Demenz. Demenz konnte entweder die angenehmen oder die unangenehmen Eigenschaften eines Menschen verstärken, sagte der junge Mann, der die Pfandflaschen entgegennahm. Das hatte seine Tante ihm erzählt, nachdem sein Großvater eine Putzfrau mit einer ergonomischen Gabel bedroht hatte.

Von Frau Sørensen hatte man schon lange nichts mehr gehört. Sie war früher immer mit ihrem Dalmatiner spazieren gegangen, aber irgendwann hatte man sie plötzlich nicht mehr gesehen. Der Uhrmacher hatte geknurrt, dass der Köter tot sei, als jemand auf die dumme Idee gekommen war, ihn zu fragen. Seitdem hatte Frau Sørensen sich offenbar zu Hause gehalten. Es lag wohl auch an der Sache mit den Beinen. Ein Hund war vermutlich doch zu viel für sie gewesen.

»Aber er war sehr wohlerzogen«, sagte ein Mann mit

Comb-Over und einer Packung Koteletts aus dem Angebot. »Er lief immer so brav an ihrer Seite.«

»Aber sie *war* ja auch immer so eine nette Frau«, piepste eine Stimme hinter einem Rollator mit einem Viertelliter Kaffeesahne.

Der Kaufmann lieferte die Waren natürlich gerne zu Sørensens. Meine Güte, es war ja nur so eine kurze Strecke. Nichtsdestoweniger wäre es aber schön gewesen, die Lieferungen des Winters bezahlt zu bekommen, wie er sagte. Ja, sie hatten sich im Laden schon gewundert, waren auch manchmal oben gewesen und hatten angeklopft. Aber solange die Kiste geleert wurde, wusste man ja, dass sie dort drinnen am Leben waren. Jedenfalls einer von ihnen!

Der Bote hatte ein bisschen gemeckert, dass dort nicht richtig Schnee geräumt wurde, als der Winter voranschritt, aber noch einmal, es waren ja alte Leute. So richtig geschneit hatte es auch nur im Dezember. Den restlichen Winter war es nur extrem kalt gewesen.

Man sagte, dass er mehrere Monate dort gehangen haben musste.

Tiefgekühlt, wie der Kaufmann es ausdrückte.

Dass es Selbstmord war, stand außer Zweifel. Man hatte von der Nachricht an der Schuppentür gehört. Erstaunlich, dass der alte Griesgram um Verzeihung gebeten hatte, sagten die Männer.

Das war dann aber trotz allem sympathisch, sagten die Frauen.

Alle hätten gern gewusst, was eigentlich passiert war. Nicht zuletzt, wofür er um Verzeihung gebeten hatte. Er hatte vielleicht eine Geliebte gehabt, schlug eine Dame vor, ohne auch nur im Entferntesten daran zu glauben.

Ja, man redete viel beim Kaufmann, aber man wusste sehr wenig.

Der Makler selbst hatte schon damit gerechnet, irgendwann wegen des Hauses kontaktiert zu werden. Von irgendjemandem.

Und neulich hatte dann der Anwalt angerufen. Es war nicht gelungen, irgendwelche Verwandten aufzuspüren, die Interesse an dem Haus hatten, hatte er gesagt. Jetzt wollte man das Haus gern so schnell wie möglich verkaufen und die Sache zum Abschluss bringen, ja, sehr gerne noch vor den Sommerferien. Und der Makler war in der Umgebung bekannt, also war er doch wohl der Richtige für diese Aufgabe?

Doch, der Makler würde sein Bestes tun, natürlich.

Nicht, dass er selbst damit rechnete, dass es so schnell gehen würde. Nicht bei diesem Haus. Drinnen war zu vieles im Argen. Aber zumindest würden die nächsten Besitzer eine herrliche Aussicht bekommen.

Und sympathische Nachbarn gegenüber.

Als er neulich die Apothekerin getroffen hatte, hatte sie ihm anvertraut, dass es ihr schrecklich leidtat, dass sie und ihr Mann nicht öfter bei ihnen vorbeigeschaut hatten. Sie hätten ja nur über die Straße gehen müssen, wie sie sagte. Zum Uhrmacherpaar. Aber im Lauf der Jahre war das kurze Stück länger und länger geworden.

Sie hatte übrigens ab und zu seinen kleinen Thomas draußen auf der Straße mit dem Hund vorbeigehen sehen, und ein einziges Mal hatte sie auch gesehen, wie er im Haus des Uhrmacherpaars jemandem zuwinkte. Vermutlich Frau Sørensen, hatte sie gedacht. Es war wirklich nett von dem Jungen zu winken.

Aber wie traurig war es doch, dass er diesen schlimmen Unfall gehabt und dabei seinen kleinen Hund verloren hatte. Ja, sie hatte davon gehört. Falls Thomas irgendwann Lust haben sollte, wäre er herzlich willkommen, bei den Apothekern anzuklopfen. Sie hatten ja eine Katze, und sie hatten Kekse. Und eine große Schüssel Dentalkaugummis.

Es wäre so nett, den kleinen Kerl zu Besuch zu haben, hatte die Apothekerfrau gesagt. Es kamen ja sonst nicht so viele.

Der Vater hatte sich bedankt. Das war wirklich sehr freundlich von ihr.

Und das war es ja auch.

Dennoch wäre es ihm jetzt lieber, Thomas würde jemanden in seinem Alter finden, mit dem er spielen konnte. Das würde wohl hoffentlich mit der Schule kommen.

* * *

Die Keramikfiguren sollten offenbar auf eine ganz bestimmte Art auf der Fensterbank stehen. Der Vater wartete, bis Thomas mit seinem Unterfangen fertig zu sein schien.

»Na, mein Schatz«, sagte er und versuchte aufmunternd zu klingen. »War da nicht noch etwas mit einer Uhr, die du mir zeigen wolltest?« Er konnte sich fast denken, was es für eine war.

Thomas wandte sich zu ihm um und nickte eifrig. Dann kletterte er von der Küchenbank. »Sssie steht hier drinnen«, sagte er und winkte seinen Vater mit sich durch die Tür zum Wohnzimmer.

Der Vater folgte ihm.

»Ist ddie nicht tttoll?«, fragte Thomas und zeigte auf die alte

Bornholmer Uhr drüben an der Wand. »Schau, da ist Gold drauf!«

»Ja, die ist wirklich toll, Schatz.«

»Eees ist eine Frau!«

»Eine Frau? Ist es nicht eher eine Bornholmer Uhr?«

Thomas schüttelte den Kopf. »Nein, nein, eine Fffrau!«

»Aha.« Er lächelte. »Dann ist es auf jeden Fall eine richtig feine alte Frau.«

Der Vater zog einen der Esstischstühle heraus, drehte ihn zu der Standuhr und setzte sich darauf. Und Thomas schob sich zwischen seine Beine und griff nach seinem Knie, wobei er seine Aufmerksamkeit ebenfalls auf die Bornholmer Uhr richtete.

Sie lief. Aber die Zeit stimmte nicht ganz.

War es nicht so, dass solche Uhren entweder ein Tageswerk oder ein Wochenwerk hatten? Irgendwas in der Art? Aber vielleicht konnten einige noch länger laufen als eine Woche. Er hatte ehrlich gesagt nicht viel Ahnung von solchen Dingen. Wahrscheinlich hatten die Reinigungskräfte sie aufgezogen, die vor der Besichtigung da gewesen waren. Wie umsichtig von ihnen.

Es hatte etwas Gesegnetes, dem ruhigen, tiefen Ticken zuzuhören.

»Tick-tack«, sagte er und strich seinem Sohn über das Haar.

»Tick-tack«, sagte der Sohn.

Jetzt ließ Thomas sein Bein los und lief zu der Standuhr hinüber. Der Schlüssel steckte im Schloss, und es hing eine Schnur mit einem lustigen Ding daran. Mit diesem Ding zog man wohl die Uhr auf. Der Junge drehte den Schlüssel zum Uhrenkasten und öffnete vorsichtig die Tür, die ein bisschen zu klemmen schien.

Er hatte die Uhr absolut im Griff. Selbstvertrauen.

Der Vater lächelte seinem Rücken zu.

»Schau, Papa!« Der Junge trat ein wenig zur Seite, sodass sein Vater in den Uhrenkasten sehen konnte.

Die Gewichte hingen niedrig, und das Pendel schwang gleichmäßig und stetig.

»Mensch, das sieht aber spannend aus da drinnen, was?«

»Und dddas ist für mich!«, rief Thomas und zeigte auf etwas am Boden des Innenraums. Er streckte seine Hand hinein, offenbar war es ein bisschen schwierig heranzukommen, wegen der Gewichte.

»Ach so?« Der Vater stand auf und ging zu seinem Sohn, der nun etwas in der Hand hielt. Das Kind hatte wirklich recht. In der Uhr hatte ein Geschenk gelegen. »Aber bist du ganz sicher, Thomas? Dass es für dich ist?«

Es fühlte sich ehrlich gesagt etwas merkwürdig an.

Thomas nickte starrsinnig. »Dddas hat sie gesagt!« Er klang empört, als hätte er Angst, man würde ihm nicht glauben.

An dem Päckchen steckte eine Karte. Gott sei Dank.

Allerdings eine Kondolenzkarte!

»Okay, Schatz. Lass mich kurz die Karte lesen.«

Sie war in Ordnung. Sie war für ihn. Thomas hatte erzählt, dass Frau Sørensen ihn Otto nannte, weil sie nicht hören konnte, was er sagte. Die Handschrift war auf jeden Fall dieselbe wie die auf den Merkzetteln in der Küche. Aber sie war schwer zu lesen, an manchen Stellen fast unleserlich.

»Lielies vor, Papa!«, bat der Junge.

Und er las:

Für meinen lieben Freund Otto (oder wie Du nun richtig heißt).
Herzlichen Glückwunsch zu Deinem Geburtstag. Dieses Geschenk ist für Dich, als Dank für unsere schönen Stunden zusammen.
Die Zeit ist kostbar. Denk immer daran, sie mit etwas zu verbringen, das Dich froh macht. Dann wirst Du bestimmt so alt werden wie ich – hundertsechzig Jahre. Mindestens!
Liebe Grüße (auch an Lulu)
von Deiner uralten Freundin
Alma

Er übersprang das mit Lulu. Dasselbe tat er mit *Ein letzter Gruß*. Er hatte keine Ahnung, wie er das erklären sollte. Ja, wie er es überhaupt verstehen sollte.

»Du hast völlig recht, Schatz. Das Geschenk ist wirklich für dich.«

Thomas' Augen strahlten.

»Hundertsechzig. Das ist aber ganz schön alt, was?«

Jetzt grinste sein Junge, zum ersten Mal seit vielen Wochen, und in seinem Vater schmolz etwas.

»Ich finde, wir sollten das Geschenk mit nach Hause nehmen, sodass Mama auch zuschauen kann, wenn du es auspackst. Ich glaube, darüber würde sie sich freuen.«

Thomas nickte ein wenig widerwillig. Seine Lippen kämpften einen Moment miteinander, als würde er noch überlegen. Kurz darauf legte er jedoch das Geschenk auf den Esstisch, ohne einen Versuch, es zu öffnen.

Stattdessen ging er zurück zur Bornholmer Uhr, drückte die Tür des Uhrenkastens mit beiden Händen zu und blickte zum Ziffernblatt hinauf. Und bevor der Vater reagieren konnte, war er in eine Ecke des Wohnzimmers gelaufen, zur Sitzgruppe, um einen Fußhocker zu holen. Er zog den Fußhocker hinter sich her und rückte ihn vor der Uhr zurecht. Es sah zweifellos so aus, als hätte er das schon einmal gemacht.

Schließlich setzte Thomas sich auf den Fußhocker und starrte zur Bornholmer Uhr hinauf. Seine Faszination war nicht zu übersehen, dachte der Vater. Ob sich wohl ein kleiner Uhrmacher in ihrem Sohn versteckte?

Ihm fiel ein, dass sie Thomas bald eine Armbanduhr kaufen sollten. Und, na ja, ihm beibringen, die Uhr richtig zu lesen. Soweit er sich erinnerte, gab es in Gadeby einen Laden, der billige Uhren für Kinder verkaufte.

Aber jetzt sollte Thomas einfach nur ein bisschen vor der Bornholmer Uhr sitzen dürfen. Der Junge schlenkerte mit den Beinen und sah die Uhr an, als wäre sie ein Fernsehschirm.

»Hör mal, mein Schatz. Wie wäre es, wenn du mit der Uhr hier drinnen bleibst, während ich kurz rausgehe und mir den Garten anschaue? Können wir es so machen?«

Der Makler wollte gern einen Blick in diesen Geräteschuppen werfen.

Die beiden anderen Male, als er auf dem Grundstück gewesen war, hatte er sich nicht überwinden können, und glücklicherweise hatte der Kunde neulich auch nicht darum gebeten, den Schuppen sehen zu dürfen.

Jetzt wollte der Makler sichergehen, dass dort draußen alles in Ordnung war. Er wollte nicht riskieren, mit einem anderen Kunden dazustehen und von plötzlicher Übelkeit befallen zu werden. Allein der Gedanke daran, dass den ganzen Winter über ein alter Mann in diesem Raum gehangen hatte!

»Okay, ich bbbleibe hier«, antwortete Thomas, ohne ihn anzusehen.

Die Terrassentür klemmte ein wenig. Der Vater ließ sie hinter sich angelehnt. Einen Moment blieb er stehen. Vom Nachbarn zog ein Geruch nach gebratenem Fleisch herüber. Lieber das als nach aufgetautem Rentner, dachte er und schämte sich sofort für seinen Zynismus.

Ein Geräusch aus dem Wohnzimmer ließ ihn stutzen, und er hob den Kopf, um zu horchen. Allmählich begriff er, dass das, was er hörte, die Bornholmer Uhr war, die aufgezogen wurde. Er wollte schon wieder hineingehen, um Thomas zu sagen, dass er die Uhr in Ruhe lassen sollte, doch dann hielt er sich zurück. Es bedeutete dem Jungen sicher etwas, dass er die große Uhr aufziehen konnte. Und meine Güte, was konnte schon passieren? Der Vater musste lächeln. Wenn er zurückkam, würde er angemessen beeindruckt reagieren.

Der Makler ging über die Terrasse und überquerte den Rasen auf dem schmalen gefliesten Weg. Die Tür zum Schuppen stand offen, darauf hatten sie sich geeinigt. Es musste Luft hinein. Die Polizei hatte auch die Fensterscheibe hinten zu den Feldern hinaus entfernt. Bald würde ein Glaser kommen und eine neue einsetzen.

* * *

Sie hatten keine Ahnung, dass sie da war, dachte Alma. Sie hatte sich aus dem Arbeitszimmer gewagt und behielt sie nun vom Flur aus im Auge. Solange sie mit dem Rücken zu ihr standen, konnten sie sie nicht sehen, und sie war bereit, sich schnell zurückzuziehen.

Lulu hatte sich zwischen Ottos Beine gedrängt. Ihr Schwanz wirbelte durch die Luft. Sie freute sich so, ihn zu sehen.

Sie selbst freute sich auch. Besonders darüber, dass der

Junge sein Geschenk gefunden hatte. Wahrscheinlich würde er es mit nach Hause nehmen und dort auspacken, aber das war nicht so schlimm. Hauptsache, er bekam seine schöne Uhr. Beim nächsten Mal würden sie sich viel zu erzählen haben.

Alma musste wieder daran denken, dass die Armbanduhr lief, als sie sie eingepackt hatte. Das war wirklich höchst merkwürdig, weil sie ja nicht aufgezogen worden war, seit sie ihren Mann in den Schuppen gesperrt hatte, und das war eine Ewigkeit her. Sie konnte nicht begreifen, wie das zugegangen war. Es war eine Sache, dass die Zeit von selbst verging, egal wie sehr man versuchte, sie zu steuern. Aber eine Uhr konnte sich doch verflixt noch mal nicht selbst aufziehen!

Einen Moment dachte sie an die Mutter der Freundin und das Sherryglas.

Und im nächsten Moment zog Otto den Fußhocker vor die Frau.

Alma betrachtete ihn, als er sich mit dem Rücken zu ihr auf den Hocker setzte. Er streckte die Arme nach hinten, stützte die Hände auf den Sitz und blickte zu der Uhr hinauf. Lulu legte sich ein Stück weiter auf den Boden und wedelte still mit dem Schwanz.

Alma hatte Otto bisher nur *erzählt*, wie man die Frau aufzog. Es nicht wirklich getan, während er zusah. Er kam ja immer vormittags, und das sollte am Abend geschehen, damit nichts durcheinanderkam.

Aber jetzt war es Abend! Jetzt konnte sie sie doch wunderbar aufziehen.

Sie wollte es so schrecklich gerne machen, während er da war.

Auf einmal ging der Vater zur Terrassentür hinüber. Er wollte sich den Garten ansehen, begriff sie. Das war ihre Chance!

Alma versuchte nicht daran zu denken, was er dort draußen finden konnte. Es war ja auch gar nicht sicher, dass er die Tür zum Schuppen öffnen würde. Ja, er hing vermutlich noch dort, ihr Mann. Sie wusste nicht recht. Die Zeit war so langsam und so schnell vergangen, seit sie ihn gefunden hatte. Und sie war nur geblieben, wo sie war. Zusammen mit Lulu.

»Pssst, ich bin's nur, Otto.« Alma legte vorsichtig ihre Hände auf die Schultern des Jungen und flüsterte ihm ins Ohr. »Ich bin zu Hause, aber das muss dein Vater ja nicht wissen.«

Sie umarmte ihn liebevoll. »Es ist gut, dass du gekommen bist, Otto. Denn es ist Zeit, die alte Frau aufzuziehen. Und jetzt darfst du dabei zuschauen!«

Alma stellte sich zwischen Otto und die Uhr. Dann nahm sie die Schnur mit dem Aufziehschlüssel von ihrem Haken.

»Zuerst nehmen wir den hier, und dann öffnen wir die Scheibe vor dem Ziffernblatt da oben, wie ich es dir erzählt habe … so. Und dann steckt man den Aufziehschlüssel zuerst in das eine kleine Loch … da … und dann dreht man ihn. Siehst du?«

Und Alma drehte den Schlüssel in dem einen Loch. Und dann in dem anderen. Sie wünschte, sie könnte es etwas schneller. Aber es brauchte nun einmal seine Zeit.

Als sie den Glasdeckel vor dem Ziffernblatt wieder geschlossen hatte, wandte sie sich einen Augenblick um und lächelte Otto zu, der das Ganze fasziniert verfolgte. Seine Augen waren größer als je zuvor.

»Ja, so macht man das also. Genau wie ich es dir erzählt habe. Und schau mal hier …« Alma öffnete die Tür zum Uhrenkasten. »Die Gewichte da drin sind jetzt ganz oben. Alles ist, wie es sein soll.«

Sie machte die Tür wieder zu und drückte noch einmal mit beiden Händen dagegen. Dann blickte sie verstohlen zur Terrassentür hinüber und dachte an den Vater, der jederzeit zurückkommen konnte. Sie konnte ihn draußen nicht sehen. Hoffentlich sah er auch sie nicht durchs Fenster.

»Ich finde, nächstes Mal solltest du es machen, Otto. Ob du wohl mal an einem Abend allein herkommen kannst?«

Otto antwortete nicht. Aber er lächelte. Das war Antwort genug. Alma wollte gerade sagen, dass er sich dabei ruhig auf den Hocker stellen konnte. Aber plötzlich hörte sie ein Geräusch an der Tür. Sie beeilte sich, die Schnur mit dem Aufziehschlüssel zurück an ihren Platz zu hängen. Klappernd stieß er gegen die Tür.

»Pssst, ich bin gar nicht hier«, flüsterte sie und tätschelte Otto die Schulter. Dann kroch sie hastig zurück in den Flur, bevor der Vater sie entdeckte. Lulu blieb liegen und blickte ihr nach. Sie wedelte noch immer mit dem Schwanz.

Alma verstand nicht so recht, warum Otto nicht alleine gekommen war wie sonst. Aber sie war nicht böse auf ihn. Nur ein bisschen gespannt, ob er seinem Vater verraten würde, dass sie zu Hause war.

* * *

Als er von der Terrasse zurückkam, saß Thomas noch immer auf dem alten Fußhocker und blickte zur Bornholmer Uhr hinauf. Das Aufziehdings schaukelte an seiner Schnur, als wäre es gerade zurückgehängt worden.

Der Vater musste lächeln. Thomas war sich offenbar nicht ganz sicher gewesen, ob er die Uhr aufziehen durfte, und jetzt saß er da und tat, als wäre nichts gewesen.

Er ging zu ihm und legte die Hände auf seine Schultern. »Ich hab schon gehört, dass du die Uhr aufgezogen hast, mein Schatz. Dass du das konntest! Das ist ja wirklich toll.«

Einen Moment hörte er nur das tiefe Ticken der Uhr. Dann endlich antwortete Thomas, fast ohne zu stottern.

»Aaaber das war ich nicht, Papa. Die Frau hat es sselbst gemacht.«

»Die Frau?«

»Ja, die Uhr! Die Uhr hat sich ssselbst aufgezogen.«

Der Vater lächelte und drückte seinen Sohn noch einmal.

»Na so was!«

Er dachte an den Schuppen. Abgesehen von ein paar Flecken auf den Fliesen gab es keine Spuren von dem Unglück. Ja, die Flecken konnten vielleicht auch schon vorher dort gewesen sein. Der Leichengeruch war Gott sei Dank weg, er hatte dort drinnen nichts anderes als den Abendessensgeruch vom Nachbarn wahrnehmen können. Das war schon schlimm genug gewesen.

»Na, mein Schatz ... wenn du das Geschenk noch auspacken willst, bevor du ins Bett musst, sollten wir wohl langsam nach Hause gehen.«

Thomas sprang wie der Blitz vom Hocker auf.

Hoffentlich ist es etwas, worüber er sich freut, dachte der Vater. Aber es war auf jeden Fall eine außergewöhnlich nette Karte, die Frau Sørensen geschrieben hatte.

»Stellst du den Hocker dahin zurück, wo du ihn herhast?«

Er sah seinem Sohn dabei zu, wie er das Möbelstück zurückbugsierte. Irgendetwas war an ihm.

Auf jeden Fall war es ein kleines Geheimnis gewesen, das Thomas mit sich herumgetragen hatte. Als der Junge sich ihnen endlich anvertraut hatte, war er zuerst mit roten Augen ins Schlafzimmer gekommen. Er hatte gesagt, es gebe etwas, das er ihnen gern sagen wollte, und dass sie nicht wütend auf ihn sein sollten. Dann war er zwischen ihnen ins Bett gekrochen.

Als er von seinen Besuchen bei der alten Dame namens Alma fertig erzählt hatte, hatte er gesagt, dass er sie gern wieder besuchen würde. So bald wie möglich.

Es tat ihm leid, dass sie nicht wusste, warum er jetzt so lange nicht gekommen war. Er hätte sie an seinem Geburtstag besuchen sollen, das hatte er ihr versprochen. Und sie hatte versprochen, ihm heißen Kakao zu machen. Vielleicht machte sie sich Sorgen um ihn, hatte Thomas gesagt – selbst voller Sorge um die alte Dame, die in dem Haus hinter der großen Hecke am Ende der ersten Sackgasse wohnte. Sie sollte auch das mit Lulu erfahren. Sie war immer so lieb zu Lulu gewesen.

Lulu hatte sogar Plätzchen bekommen.

Letzteres erklärte, warum der Hund in letzter Zeit ein wenig pummelig geworden war, aber das ließen sie unerwähnt.

Sie durften nur nicht böse auf ihn sein, schluchzte er wieder und wieder aus tiefstem Herzen. Und sie hatten ihren unglücklichen Sohn beide im Bett umarmt und ihm versichert, dass sie nicht böse waren. Dabei hatten sie sich über seinen Kopf hinweg verblüfft angesehen.

Es hatte keinen Sinn, ihn in Unwissenheit zu lassen. Früher oder später würde er es herausfinden. Deshalb mussten sie Thomas erzählen, dass Frau Sørensen kurz nach seinem Unfall tot aufgefunden worden war. Und dann war noch eine weitere Welle der Trauer über ihren Sohn hinweggeschwappt.

»Ein Unglück kommt selten allein. Warum ist das nur immer so?«, hatte der Vater seine Frau gefragt, als Thomas endlich eingeschlafen war und sie selbst von ihrem Mitleid wachgehalten wurden. »Das ist doch nicht fair.«

Seine Frau hatte nicht sofort geantwortet.

»Nein, aber andererseits …«, begann sie. »Wenn Thomas nicht den Unfall gehabt hätte, hätte er derjenige sein können, der Frau Sørensen tot auffindet. Das ist ihm immerhin erspart geblieben.«

Und in der nächsten Sekunde dachten sie dasselbe.

Er hätte auch den Mann finden können.

Frau Sørensen hatte der kurzsichtige Nachbar damals offenbar zuerst gefunden. Er hatte sie durchs Schlafzimmerfenster gesehen und vergeblich versucht, ihre Aufmerksamkeit zu erregen.

»Sie lag einfach da, auf dem Bettüberwurf«, hatte er gesagt. »In ihrem weißen Nachthemd. Ja, fast wie ein Gespenst.«

Danach hatte er den Uhrmacher drüben im Schuppen entdeckt.

»Da war dieser Geruch hinten in der Ecke! Es konnten keine verrotteten Gartenabfälle sein, wie ich zuerst dachte. Nein, das Ganze stank nach etwas anderem. Und dann war es tatsächlich er selbst.«

Zumindest war Frau Sørensen friedlich eingeschlafen.

Nur das mit den unterschiedlichen Zeiten verstand niemand so recht. Frau Sørensen hatte ihren Mann offenbar um mehrere Monate überlebt. Das Schlimmste war nicht die Tatsache, dass der alte Griesgram sich erhängt hatte. Nein, es war der Gedanke, dass die Frau die ganze Zeit völlig allein in diesem Haus gewesen war.

Ohne jemandem etwas zu sagen.

Vielleicht hatte sie selbst keine Ahnung gehabt, dass er tot war?

* * *

Der Vater zog die Haustür zu und wandte sich um.

Neben der Türschwelle stand Thomas und wartete mit seinem Geschenk in der Hand. *Für Otto von Alma* stand auf dem Kuvert, das unter dem dunkelblauen Seidenband steckte.

»Papa«, sagte er.

»Ja?«

Der Vater trat von der Schwelle hinunter und legte die Hand auf die Schulter seines Sohnes. »Was willst du sagen, mein Schatz?«

»Die alte Frau«, sagte Thomas, ohne zu stottern.

»Ja, was ist mit ihr?«

»Ich glaube, sie war da drinnen.«

Der Vater wollte nichts sagen. Er konnte es nicht.

Zeit

Alma blickte Otto und seinem Vater nach, als sie um die Hecke verschwanden. Die Sonne ging langsam unter und warf einen weichen, rötlichen Schein über die Straße. Das war schön, dachte Alma. Draußen auf dem Wendeplatz streckte sich die goldene Katze des Apothekerpaars auf dem Asphalt. Es sah so aus, als tanzte sie mit ihrem eigenen langen Schatten.

Sie betrachtete die Keramikdamen, die genau so dastanden, wie Otto und sie es am schönsten fanden. Erneut wunderte sie sich über die fehlende Wachsdecke. Sie konnte nicht begreifen, warum sie sie abgenommen und wo sie sie hingelegt hatte. Lulu saß neben ihr auf der Küchenbank und ließ sich kraulen.

»War es schön, Otto zu sehen?«, flüsterte sie.

Der Hund steckte wie zur Antwort die Schnauze in ihre Handfläche. Natürlich war es schön. Alma wunderte sich ein wenig, dass Lulu ihm nicht nachgelaufen war. Blieb der Hund jetzt nur hier, um auf *sie* aufzupassen? Das sollte er doch nicht.

Auf einmal sprang Lulu von der Küchenbank herunter und wandte sich nach Alma um. Die Brauen über ihren glänzenden Augen waren erhoben.

Sie wollte etwas.

Vielleicht brauchte sie Wasser, dachte sie und erhob sich von der Bank. Es war bestimmt lange her, dass sie die Schüssel aufgefüllt hatte. Sie folgte dem wedelnden Schwanz in die Waschküche hinaus.

Die Schüsseln standen gar nicht da. Alma konnte nicht verstehen, dass sie sie weggestellt hatte. Warum sollte sie das tun, wo

Lulu doch immer noch hier war? Es musste einer der Fremden gewesen sein, dachte sie. Vielleicht eine der Damen. Oder der Vater.

Aber nicht Otto. Er würde sie nie wegstellen.

Lulu schien jedoch gar nicht an Wasser interessiert zu sein, denn sie lief an der Stelle vorbei, an der die Schüsseln gestanden hatten, und steuerte geradewegs auf die Tür zu, die nach draußen führte.

Dann verschwand sie durch die Katzenklappe.

Es gab kein Geräusch und auch keine Bewegung, die Katzenklappe öffnete sich weder, noch schloss sie sich. Alma sah den kleinen Hund nur durch sie verschwinden. Ein wirbelnder Schwanz, der plötzlich fort war.

Sie ging zur Tür und blickte durch die Scheibe. Den Hund konnte sie nicht entdecken, aber oben am Weg stand Otto und wartete. Auf Alma, offenbar, denn sobald er sie sah, lächelte er und signalisierte, dass sie zu ihm hinauskommen sollte.

Er zeigte auf sein Handgelenk.

Das blau karierte Hemd sah zu seinen kastanienbraunen Locken ungewöhnlich gut aus. Besonders in dem schönen Abendlicht. Alma winkte ihrem Mann und fuhr sich durch ihr eigenes unbezähmbares Haar, sodass ihr eine lange blonde Locke in die Stirn fiel. Sie sah, dass er dort draußen lachte, und jetzt musste sie auch lachen. Es war, als würde irgendetwas von ihr abfallen.

Und endlich verließ Alma ihr Haus.

Es war Zeit.